I0732827

EEN MEIDENUITJE WAS NOG NOOIT ZO LEKKER!

Ook Spierenbonken Houden van Zoet

BEEF CAKE INC.

JUDI FENNELL

Suiker is zoet, maar wraak is ook zoet...

Het enige wat Lara Cavallo wil, is van haar bakkerij, Cavallo's Cups & Cakes, een succes maken, zodat ze geen alimentatie meer hoeft aan te nemen van haar vreemdgaande ex-man. Maar eerst moet ze haar kleren vinden en de vreemde hotelkamer zien te ontvluchten waar ze wakker is geworden, voordat ze zichzelf nog verder voor schut zet tegenover de eigenaar van dat prachtige naakte achterwerk dat ze door de badkamerdeur ziet. Ze moet haar gedachten bij haar cupcakes houden. Ze heeft geen tijd voor gespierde binken, hoe verleidelijk ook.

Cupcakes zijn zoet, en Lara ook...

Het enige wat Gage Tomlinson wil, is een manier vinden om zijn zus, een alleenstaande moeder, te helpen de ziekenhuisrekeningen te betalen voor zijn zesjarige neefje, die zwaargewond is geraakt bij een doorrijongeval. Overdag in de bouw werken en 's avonds eigenaar zijn van de mannelijke strippergroep BeefCake, Inc. laat weinig tijd over voor pleziertjes. Jammer genoeg valt het schattigste wezen dat hij in tijden heeft gezien flauw in zijn armen, om er vervolgens vandoor te gaan voordat hij zelfs maar een hapje heeft kunnen proeven. Hij is een echte zoetekauw, en alleen Lara's 'cupcakes' kunnen hem verzadigen.

Maar wanneer cupcake eindelijk beefcake ontmoet, wordt het heet genoeg om de botercrème van de taart te laten smelten

De ochtend erna

Dit was niet haar hotelkamer.

Het colbertje dat over de stoel was gegooid, was Lara's eerste aanwijzing.

De bijbehorende broek die op de grond lag, was de tweede.

De deuk in de matras toen er achter haar iemand uit bed stapte, was de derde.

Mijn God. Wat had ze gedaan?

Nou ja, het was vrij duidelijk wat ze had gedaan, maar, o God…

Lara hield haar ogen stijf dicht toen diegene om het voeteneind van het bed liep, en pas toen ze de badkamerdeur hoorde openschuiven, spiekte ze even.

Hemeltje. De blote billen van die vent zagen er echt goed uit. Waarschijnlijk nog beter uit die broek dan erin — jammer dat ze zich niet meer herinnerde hoe hij erin had uitgezien.

Jammer dat ze zich hém niet meer herinnerde.

De deur klikte dicht en Lara vloog overeind — wat tot de tweede schok van de ochtend leidde.

Ze droeg alleen een T-shirt. En het was niet van haar.

Ze wilde er niet over nadenken van wie het was of hoe ze in dat T-shirt terecht was gekomen; ze wilde alleen maar haar jurk, schoenen en tas pakken en maken dat ze wegkwam voordat haar eerste en enige onenightstand klaar was met wat een onenightstand dan ook deed de ochtend erna.

Ze viste de jurk van de commode — nee, ze ging er niet over nadenken hoe die daar terecht was gekomen — trok zijn shirt over haar hoofd, daarna de jurk aan en besloot niet naar haar bh te gaan zoeken. Ze wilde alleen maar weg.

Haar schoenen stonden naast de stoel — eentje lag eronder — en haar tas hing godzijdank aan de deurklink van de hotelkamer.

Vijfentwintig seconden. Meer had ze niet nodig gehad om te ontsnappen aan de meest on-Lara-achtige actie die ze ooit in haar leven had begaan.

Het duurde nog eens vijfendertig seconden voordat de verdomde lift eindelijk bij de — ze tuurde naar de verdiepingsindicator boven de pijl omlaag — tiende verdieping was.

Godzijdank stond er niemand in de lift. Ze had geen getuigen nodig bij haar 'walk of shame'.

Jeetje, zou Jeff niet geschokt zijn om haar nu zo te zien? 'seksueel saai en inspiratieloos' was wat hij had gezegd om de affaire – een van de vele – te verklaren, maar deze aftocht deed die woorden teniet.

Ze kon het niet geloven. Dertig jaar oud met haar eigen goedlopende bakkerij, en toch hadden een paar te veel shotjes op het vrijgezellenfeest van haar studiegenote ervoor gezorgd dat ze een wildvreemde kerel oppikte voor een nacht vol ongeremde apenseks, alleen maar om haar in duizend stukjes geslagen ego te sussen na een ex die haar aandacht niet eens waard was, laat staan dit soort 'ik-zal-hem-eens-wat-laten-zien'-strategieën.

Het *was* toch wel ongeremde apenseks geweest, hè?

Ze sloot haar ogen en probeerde zich een beeld voor de geest te halen, maar het laatste wat ze zich herinnerde was dat ze over de dansvloer stuiterde tijdens de jitterbug.

Ze kon helemaal niet jitterbuggen. Maar blijkbaar had dat haar niet tegen-gehouden.

O God, haar hoofd. En haar maag. En dat nare gevoel van een mond vol watten...

De liftbel pingelde toen ze bij de tweede verdieping aankwamen. Ze rommelde naar haar kamersleutel en strompelde een gezegend lege gang in. Haar kamer was een paar deuren verderop, en gelukkig had ze voor deze reis besloten geen kamergenoot te nemen.

Nou ja, geen vaste kamergenoot dan.

Wie was die vent? Ze wist zelfs niet meer hoe hij eruitzag, laat staan hoe hij heette.

Ze kreunde toen ze haar hotelkamer binnenstapte. Hoe erg was het dat het enige wat ze zich van hem kon herinneren zijn blote billen waren, en dat ook alleen maar omdat ze ze had gezien toen ze naar buiten glipte?

Ze pelde de jurk van haar lijf — hij zat achterstevoren — en ging de badkamer in. Douchen, ontbijten en een groot glas jus d'orange, dan kon ze haar auto pakken en maken dat ze wegkwam uit dit oord, zodat ze niet het risico liep haar grootste blunder binnenkort weer tegen het lijf te lopen.

De vraag was echter: waar had ze precies spijt van? Dat ze hem überhaupt had opgepikt, of dat ze zich geen snars meer herinnerde van wat er daarna was gebeurd?

* * *

Gage haalde de handdoek door zijn haar en wikkelde hem toen om zijn heupen. Hij wilde Doornroosje daar buiten niet laten schrikken met zijn naaktheid zodra ze haar prachtige ogen opende.

Hij zag zijn eigen glimlach in de spiegel. Ja, hij was nogal roofzuchtig, maar waarom ook niet? Hij was geëindigd met de mooiste vrouw van het hele feest, de aanstaande bruid incluis.

Natuurlijk had hij hiervoor zijn eigen regels gebroken — niet feesten met de klanten — maar ze was binnengekomen en hij was op slag verkocht.

Het zou eigenlijk best grappig zijn als het niet zo, nou ja, niet grappig was. Hij viel normaal nooit op klein, donker en rondborstig. Graatmagere modellen waren meer zijn type. Althans, dat waren ze geweest. Maar toen was zij binnengelopen; haar rondingen lieten zijn handpalmen zweten, haar krullen smeekten om zijn vingers en die chocoladebruine ogen... Ze schreeuwden zo hard *slaapkamer* dat ze bijna de muziek overstemden, en hij had moeite gehad om zijn aandacht bij de show te houden.

Godzijdank wisten die gasten waar ze mee bezig waren. Markus wist het iets té goed; hij was vanaf het eerste 'bump and grind'-nummer op Lara gefocust geweest.

Gelukkig had niemand vragen gesteld bij de snelle programmawijziging die hij had doorgevoerd, waardoor Markus pas halverwege de tweede act weer op het podium hoefde te verschijnen.

Tegen die tijd hadden de shotjes die rijkelijk vloeiden aan haar tafel er wel voor gezorgd dat Lara's interesse niet langer uitsluitend bij Markus lag.

Dat was het moment waarop hij zijn slag had geslagen.

Zijn slag geslagen. Gage kreunde. Wat was hij — twintig? Hij hoefde nooit zijn best te doen; vrouwen dromden altijd om hem heen.

Maar zij had in de hoek van haar bankje gezeten, omringd door vriendinnen, starend naar het podium, en het zag er niet naar uit dat ze daar snel vandaan zou komen.

Hij pakte zijn tandenborstel. Hij had eerder actie moeten ondernemen. Dan had ze die laatste twee shotjes misschien niet meer genomen. De vrouw kon totaal niet tegen drank. Ze had de hotellift nog gehaald en was toen letterlijk in zijn armen flauwgevallen. Dat was wel een domper op zijn avond geweest, maar niet op zijn libido.

Hij hoopte maar dat ze deze ochtend wat meer bij de les was.

Hij was klaar met tandenpoetsen en schonk een glas water in. Dat zou ze wel nodig hebben en het gaf hem een excuus om dicht bij haar te gaan zitten.

En hopelijk nog veel meer te doen.

Zachtjes deed hij de deur open. Hij wilde degene zijn die haar wakker maakte, en niet het lawaai of het licht uit de badkamer.

Behalve dan dat... ze weg was.

Hij liet zich tegen de deurpost zakken. Eigen schuld, dikke bult. Elk weekend bediende hij de fantasieën van honderden vrouwen, maar de enige vrouw wiens fantasie hij persoonlijk had willen vervullen, had er blijkbaar geen enkele behoefte aan hem dat te laten doen.

Eén

'Blijf met je poten van mijn cupcakes af.' Lara hield haar houten spatel dreigend omhoog naar de man die haar over haar stand op de bruidsbeurs heen aangaapte. Het was misschien geen zwaar wapen, maar een flinke tik kon best aankomen, en meneer de dronken vader van de bruid kon wel een tik of twee gebruiken.

Vooral omdat hij haar zo smerig aankeek. 'Schatje, ik zit nog lang niet bij je cupcakes, maar als je wat dichterbij komt, doe ik dat met alle plezier.'

Lara snuifde. Dat moest wel een van de slechtste versiertrucs zijn die ze ooit had gehoord.

Ze tikte met de spatel onder de twee cupcakes die hij had geplet. De Romeo en Julia-modellen. Verdomme. Dat waren een paar van haar meest verfijnde ontwerpen die altijd indruk maakten op de klanten.

De dronken vader hield niet op. 'Wat dacht je ervan als jij en ik straks wat gaan drinken om je... cupcakes te bespreken?'

'Wat dacht je van niet?'

De dronken vader knipperde met zijn ogen. 'Nou, dat is niet erg aardig.' Hij liep naar het uiteinde van de stand en pakte een vlinder van gesponnen suiker op. 'Zoals deze bijvoorbeeld. Ik wed dat die heel lekker smaakt op mijn tong.'

Ze zou nooit meer op dezelfde manier naar die vlinders kunnen kijken.

Ze pakte hem uit zijn hand.

Maar daardoor kwam ze dicht genoeg bij hem zodat hij haar vast kon grijpen. En dat deed hij ook; hij klemde een klamme hand om haar pols.

'Kom op, schatje, het is een feestweekend. Er hangt zoveel liefde en seks in de lucht. Dat voel je toch zeker wel?'

'Wat ik voel is dat je een grens overschrijdt, meneer.' Ze zette de cupcake neer en probeerde zijn vingers los te wrikken. Vooral de pink. Als ze die ver genoeg naar achteren kon buigen—

Hij trok haar naar zich toe, plantte een natte zoen op haar lippen en legde een vlezige klauw op haar borst.

Ze deinsde achteruit. 'Laat me los—'

Hij vloog achterover.

'De dame zei dat je haar met rust moest laten.'

Er stond een man in een strakke spijkerbroek, een cowboyhoed en een overhemd dat tot aan zijn middel openstond. Hij was gespierd, ademde zwaar en zag eruit als een held die rechtstreeks uit een bouquetreeks was weggelopen.

De dronken vader probeerde op te krabbelen. 'Wat was dat in godsnaam? Ik klaag je aan—'

'Houd je kop, eikel, en bid dat de dame geen aangifte doet van aanranding.'

Dat deed de man direct ontnuchteren.

Maar Lara was gefixeerd op het wasbordje dat zichtbaar was onder het open overhemd van haar redder.

'Hierboven, liefje.' De cowboy-gast knipte met zijn vingers ter hoogte van zijn middel.

Ze keek omhoog.

O god, hij had haar betrapt terwijl ze staarde. En die brede grijns op zijn gezicht verraadde dat hij precies wist waarnaar ze had gekeken, *en* dat hij het wel leuk vond dat ze keek.

Ze voelde het rood naar haar kaken stijgen.

Hij glimlachte en raakte de rand van zijn hoed aan, waarna hij zich omdraaide om de dronken klootzak van de vloer te helpen.

God, die man had een geweldig achterwerk. Net zoals de man met de blote billen in het hotel, twee weken geleden.

Ze schudde haar hoofd. Ze werd gek. De billen van die andere man waren naakt geweest; deze waren bedekt. Totaal geen gelijkenis. Nou ja, behalve het feit dat ze beide perfect gevormd waren en ze het niet erg zou vinden om haar handen op alle vier de billen te leggen.

'Hoort er iemand bij je of moet ik je overdragen aan de beveiliging?' De cowboy draaide de arm van de dronkaard om.

'Het is al goed. Ik heb een vrouw.'

'Gelukkige dame.' De cowboy wiebelde met zijn wenkbrauwen naar Lara. 'Wat dacht je ervan als je haar gaat opzoeken en nooit meer terugkomt? Als ik je hier weer zie, kom je er niet zo genadig vanaf als dit keer. Heb ik mezelf duidelijk gemaakt?'

De dronken man haalde een hand door zijn overkamde haar. 'Helemaal.'

'Mooi. Maak dat je wegkomt.'

Lara probeerde haar kalmte te herwinnen terwijl de cowboy naar haar stand toe slenterde. En slenteren deed hij, met een heupwiegende, sexy tred.

'Hoe gaat het ermee, Cupcake?'

Oh jee. Uit zijn mond werkte die openingszin wel. Het zat hem absoluut in de manier waarop hij het bracht.

Ze wenste alleen dat ze er immuun voor was. Jeff had haar vertrouwen in mannen flink beschadigd, maar vooral in de dromerige types.

En deze man, met zijn goudblonde haar en opvallende blauwe ogen, was absoluut het type waarover je zou dromen.

Maar nee. Niet meer dromen. Geen mannen meer. Focussen op haar carrière. Daar moest ze het nu van hebben, niet van het wispelturige libido van een of andere vent. 'Die heb ik vaker gehoord.'

Hij bekeek haar van top tot teen en Lara voelde de hitte alsof hij een brander gebruikte.

'Dat geloof ik graag. Wat dacht je van deze: zal ik eens proeven of je zo lekker bent als je eruitziet?'

Ze stond op het punt om ter plekke te smelten. 'Eh, ja. Die heb ik ook gehoord.' Maar nooit op *die* manier. Hij was de eerste man bij wie ze daadwerkelijk overwoog hem het antwoord te laten ontdekken.

Voor ongeveer twee seconden. Een man als hij zou nooit in haar geïnteresseerd zijn voor meer dan een onenightstand—en die ene keer dat zij dat had gedaan, had haar ervan overtuigd dat ze daar niet voor in de wieg was gelegd.

'Nou, dan moet ik eens diep gaan nadenken om met iets nieuws te komen.'

Ze kon het niet helpen; haar ogen gleden even naar zijn kruis.

En toen snel weer terug naar zijn gezicht toen hij grinnikte.

Oké, laat de vloer van het congrescentrum nu maar opengaan en haar opslokken.

Nee, ze mocht absoluut niet denken aan de combinatie van deze cowboy en opslokken.

Toen stak de cowboy zijn hand uit. 'Hoi. Ik ben Gage. Gage Tomlinson.'

Ze veegde onopgemerkt haar klamme hand – geheel de schuld van de cowboy, eh, Gage trouwens – af aan haar dij. 'Lara. Cavallo. Bedankt dat je die man hebt aangepakt.'

'Graag gedaan, mevrouw.'

God, het was zo sexy als hij dat accent opzette en zijn hoed aantikte. Lara ging helemaal op in de cowboy-fantasie.

'Wil je een cupcake? Ik bedoel—' ze zou het echt niet erg vinden als de vloer nu open ging '—als bedankje.'

Zijn glimlach was verwoestend. Net als dat kuiltje in zijn wang. 'Dat zou ik heel graag willen. Misschien twee?'

Ze hadden het over suiker en cake van Cups & Cakes, toch?

'Eh, tuurlijk. Je mag er twee hebben. Kies maar uit.' Kom op... die grote barst in de vloer. Het zou wonderen doen voor haar schaamte.

Hij nam de tijd en staarde naar elk van haar cupcakes. Die op de tafel, welteverstaan. Hij deed er ongewoon lang over.

Lang genoeg om de aandacht van flink wat vrouwen te trekken. Die begonnen allemaal suggesties te doen welke cupcakes hij zou moeten kiezen.

Ze had nog nooit zulke goede reclame gehad, maar de knipogen die hij haar bleef geven telkens wanneer iemand hem vroeg van wat voor soort cupcakes hij hield, waren veel spannender.

Seksueel saai en *ongeïnspireerd*, was ze dat? Deze heerlijke cowboy leek daar anders over te denken.

Lara deelde snel haar brochures en proefstukjes van de verschillende cakes uit en verzamelde een stapel visitekaartjes, terwijl de cowboy zijn charmes in de strijd gooide.

Ik vraag me af wat voor magie hij nog meer kan bedrijven?

Hij betrapte haar terwijl ze naar hem staarde, maar afgezien van een flauwe glimlach deed hij niets anders dan zijn hoed aantikken.

Het was genoeg.

'Nou, mevrouw. Ik dank je voor het aanbod, maar volgens mij heb je al je cupcakes nog hard nodig. Ik wacht wel af wat er over is als we hier klaar zijn. Vind je dat goed?'

Ze knikte, maar als hij haar zo bleef aankijken, zou ze zelf ook niet veel meer overhebben: geen zelfbeheersing, geen gezond verstand en geen kracht meer in haar benen...

'Oké dan. Laat me maar weten wanneer je vrij bent. Ik sta bij stand 263.'

Ze knikte terwijl hij zich omdraaide en wegliep.

Jemig, die man vulde die spijkerbroek verdomd goed op.

En zij zou het niet erg vinden om dat van dichtbij te onderzoeken.

Contact gelegd. Nou ja, figuurlijk dan. Fysiek contact zou de volgende stap zijn.

Dat hoopte hij tenminste.

Gage zette zijn hoed af en ging met een hand door zijn haar. Verdomme, dat ding was veel te warm in deze hal, maar bij de vrouwen werkte het elke keer weer.

'Je bent lang weggeweest, baas.' Murph overhandigde hem een stapel visitekaartjes.

Gage wierp er een blik op. Ongelofelijk hoeveel handgeschreven telefoonnummers er stonden op de kaartjes die vrouwen achterlieten bij de stand van BeefCake, Inc. Zijn mailinglijst zou tegen het einde van het weekend de honderdduizend wel aantikken.

Hopelijk zou zijn bankrekening snel volgen.

'Goed gedaan, jongens. Als jullie even pauze willen nemen, neem ik het wel over.' Hij schoof de kaartjes in de vissenkom op de balie, pakte een van de klapstoelen en ging er schrijlings op zitten om zijn benen wat rust te gunnen. Zodra die vrouwen klaar waren bij de stand van Lara, zouden ze vanzelf zijn kant op komen. Dat deden ze altijd, en hoewel hij Lara zijn standnummer had gegeven omdat hij hoopte dat ze hem echt zou komen opzoeken, was het ook een slimme zakelijke zet geweest. Hij kon alle klandizie gebruiken die hij kon krijgen.

'Moet je nog wat hebben terwijl we weg zijn?' Tanner maakte zijn vlinderdasje los en gooide het op de tafel. 'Dat onding verstikt je nog in deze hitte.'

Gage hield de opmerking voor zich die normaal gesproken op zo'n uitspraak zou volgen. Tanner was degene die de meeste fooien binnenhaalde. Die gozer had meer bankbiljetten in zijn g-string dan de drie daaropvolgende best verdienende dansers bij elkaar. Het had inderdaad wel iets met een paard te maken.

Maar ach, het betaalde zijn rekeningen en leverde Gage een paar honderd extra per maand op. Alle kleine beetjes hielpen.

'Nee, ik heb niks nodig.'

'Wil je geen... cupcake?'

Gage glimlachte en schudde zijn hoofd. Dat zou hij nooit meer te horen krijgen. De jongens hadden hem die avond helemaal hoteldebotel van haar gezien, en nou ja, ze hadden tenminste geen flauw idee waar ze de nacht had doorgebracht. Dat wilde hij graag zo houden.

Hij wilde ook graag een herhaling.

Maar zodra ze haar stand hadden gezien, waren de opmerkingen begonnen.

'En? Heb je de cupcakelady nog gesproken?' Bry, zijn zakenpartner, gooide zijn politiepet op de tafel. De twee hadden al maanden niet meer in kostuum gestaan — of liever gezegd: uit kostuum — maar als het aankwam op het werven van klanten op beurzen, stonden zij net zo goed in de etalage als de rest van de jongens.

'Ja, heb ik gedaan.'

Bry wipte het dopje van een flesje fris. 'En?'

En... niets. Hij had verwacht... Hij wist niet wat. Iets. Een verklaring waarom ze er vandoor was gegaan.

Hij haalde zijn schouders op, maar het zat hem nog steeds dwars. Hij had gedacht dat hij wel punten zou scoren door geen misbruik van haar te maken. 'Ze was aan het werk. Niet bepaald het beste moment om je slag te slaan bij haar.'

'Dat heeft je anders nooit eerder tegengehouden.' Bry goot wat fris naar binnen. In de goede oude tijd zou er een flinke scheut Jack in hebben gezeten, maar nu waren ze zakenmannen. Jack stond pas na sluitingstijd op het menu.

'Misschien had ik vroeger minder te verliezen.'

Bry spuugde zijn drinken over de balie. 'Verliezen? Haar? Wat krijgen we nou, man? Wat is er die avond gebeurd?'

Geen klap, helaas. Zelfs geen kus.

Gage pakte een van de hempjes van de jongens en veegde de bende op. Ze hadden een fortuin uitgegeven aan het promotiemateriaal; hij peinsde er niet over om dat te laten verpesten. 'Niet haar. Dít. Onze zaak. Ik heb geen tijd om een vrouw het hof te maken terwijl ik probeer genoeg te verdienen om dit wereldje achter me te kunnen laten.'

'Begin je daar weer over? Serieus, Gage, misschien moet je dat heroverwegen. De rekeningen worden er wel door betaald.'

Niet allemaal. De rekeningen voor de operaties, therapie en medicijnen van zijn neefje doemden voor hem op in grote, opzichtige, pijnlijk felle toneellichten, en de nullen leken zich exponentieel te vermenigvuldigen telkens als hij eraan dacht. En dat was vaak.

'Bry, ik ben hieraan begonnen voor het geld.' In het begin was het een manier geweest om zijn inkomen als aannemer aan te vullen toen de economie ruim een jaar geleden instortte. Hij en Bry hadden in hun studententijd al leuk bijverdiend met strippen. Maar door de operaties die Connor nodig had en het feit dat Gage de feitelijke gezinshoofd van de Tomlinson-clan was, had het geld een heel nieuwe betekenis gekregen.

Hij en Bry hadden meer jongens aangenomen en meer klussen geboekt, met het idee dat dit een tijdelijke oplossing was. Een middel om een doel te bereiken. Het was niet zo dat hij het op zijn leeftijd nog geweldig vond om uit de kleren te gaan voor een publiek van dronken vrouwen — vierendertig was niet per se oud, vooral omdat hij goed in vorm bleef, maar vergeleken met die jongere gasten... Nee, hij wilde niet meer dansen. Zeker niet na de ellende met zijn laatste vriendin, Leslie. Niets maakte een relatie sneller kapot dan jaloezie — ook al had ze geen enkele reden gehad om jaloers te zijn.

Maar het maakte hem voorzichtig. Hij had het geld te hard nodig om ermee te stoppen, en als een vrouw zijn werk niet aankon, tja, dan had het geen zin om haar in zijn leven te laten. Niet voordat hij de zaken rondom Connor onder controle had.

Maar twee weken geleden liep hij door de zaal om te voorkomen dat vrouwen zich op het podium op de dansers stortten — dat gebeurde vaker dan hem lief was, en daarom bleef hij bij optredens meestal uit de buurt van vrouwen — en toen had hij Lara gezien. Vanaf dat moment was hij alle zelfbeheersing kwijt. Hij begreep het niet, maar hij móést met haar praten. Met haar dansen.

Dat had hij dus gedaan. En van het een kwam het ander en—

'Heb je de informatie voor de heropening van Gina's spa?' vroeg Bry.

Gage knikte. 'Ik heb Tanner en Carlo ingepland. Het is maar een klusje van een uur. Twee man zou genoeg moeten zijn.'

'Een klusje van een uur voor een meier of vijf. Ik hou van die korte, krachtige shows. Dat is onze basis, man.'

Zelfs met de korting die ze Gina gaven, de nicht van Bry, bleef er na aftrek van het loon van de dansers en de onkosten voor hem en Bry elk honderd euro over. Niet slecht voor een paar telefoontjes.

Hij keek naar alle visitekaartjes in de vissenkom. Er moesten nog heel wat telefoontjes gepleegd worden. Als daar slechts twintig procent van iets opleverde, zou hij tegen het einde van volgende maand al een heel eind op weg zijn naar zijn doel. En als de benefietavond voor zijn neefje zou opbrengen waar hij op hoopte, nou, dan zouden ze allemaal wat opgeluchter kunnen ademhalen voor Connors volgende operatie.

Bryan vulde de mand met vlinderdas-sleutelhangers aan, waarop hun website op het bandje prijkte. 'Dus, ga je me nog vertellen wat er zo speciaal is aan dat grietje dat je onze onwrikbare regel om uit de buurt van betalende klanten te blijven hebt verbroken?'

'Zij betaalde niet.'

'Serieus? Is dat hoe je het voor jezelf goedpraatte?' Bry smeet een sleutelhanger naar hem. Hij raakte hem precies in zijn maagstreek. Dat verdomde plastic was nog scherp ook. 'Ze hoorde bij de groep die betaalde. Eén pot nat. Ik heb je sinds de universiteit niet meer zo op een meisje af zien stappen. Het was alsof ze een soort aantrekkingskracht op je uitoefende als een magneet.'

Gage wreef over zijn buikspieren en probeerde Bryan niet aan te kijken. Ja, hij had het flink te pakken gehad. Nog steeds. Alleen zijn gekrenkte ego had hem ervan weerhouden haar te bellen in de twee weken sinds hun nacht samen. Nou ja, dat en het feit dat hij nauwelijks tijd had om alles te regelen wat hij moest regelen, laat staan om ook nog te gaan daten.

Maar dat betekende niet dat hij er niet aan gedacht had. Ze was die avond behoorlijk trots geweest op de bakkerij van haar en haar nichtje, Cavallo's Cups & Cakes.

Ze was zo schattig toen ze bekende dat ze de 'design'-piemelcake voor het vrijgezellenfeest had geleverd. Als hij het over zijn hart had kunnen verkrijgen om een stuk van een cakepiemel te eten, had hij het misschien wel geprobeerd, maar er was gewoon iets volslagen weerzinwekkends aan die eerste hap.

Hij had daarentegen geen bezwaar gehad tegen een hapje van haar. Dat was waarom hij met haar gedanst had.

Maar verdomme, hij had niet eens een kus gekregen. In een vlaag van fatsoen had hij haar niet besprongen op de dansvloer, en daarna was ze in de lift recht in zijn armen in slaap gevallen, dus toen was het al helemaal uitgesloten.

'Joehoe, loverboy.' Bry raakte zijn wang met een papieren vliegtuigje. 'Ben je je fantastische nacht aan het herbeleven?'

Gage wou dat het waar was, maar zo fantastisch was het niet geweest. Hij had de hele nacht met een stijve naast haar gelegen terwijl zij lag te ronken.

Hij glimlachte even en het kon hem niet schelen als Bry dacht dat het door een bijzonder 'goede' herinnering kwam. Ze was schattig als ze snurkte.

'En, wat zei ze toen ze je zag? Werd ze helemaal zenuwachtig en verlegen, of was ze meteen onder de indruk?'

Gage keek op. 'Weet je? Geen van beide.'

'Ho. Je verliest je touch. Vroeger had je ze al in katzwijm liggen voordat je ze überhaupt aangeraakt had.'

Platvloers maar waar. God had hem het gezicht gegeven en de sportschool het lichaam, en hij had van de vruchten van beide genoten. Het leven was destijds één groot feest geweest. Het strippen had de vijver met beschikbare vrouwen alleen maar groter gemaakt.

Bry pakte meer van de body shot-ansichtkaarten van de jongens om de stapels bij de stand aan te vullen. Zo vaak werden ze geboekt op speciaal verzoek; het was een marketingstunt van jewelste om mini-portfolio's van de dansers uit te delen. Een paar van hen begonnen al hun eigen fans te krijgen, wat de zaken alleen maar ten goede kwam.

'Misschien is ze lesbisch.' Bryan bewoog zijn wenkbrauwen op en neer.

Gage verslikte zich. 'Ze is niet lesbisch.' Hoewel hij dat natuurlijk helemaal niet zeker wist.

De gedachte was ontnuchterend. Was ze lesbisch? Was ze daarom de volgende ochtend zo snel vertrokken? Om hen beiden die ongemakkelijke situatie te besparen?

Reageerde ze daarom niet op hem bij haar stand?

Gage moest toegeven dat haar gebrek aan reactie stak, zelfs al zou ze lesbisch zijn. Hij wist hoe hij eruitzag; verdomme, in zijn vak móést hij dat wel weten. Zijn uiterlijk was zijn handelswaar. Hij kon zich niet herinneren wanneer iemand voor het laatst zo onverschillig was gebleven voor hem of zijn charme. En hij had verdomd hard zijn best gedaan om charmant te zijn daarnet, als de beleefde cowboy en het alfamannetje. Die dronken gast had hem de perfecte gelegenheid gegeven, maar Lara was alleen maar geïnteresseerd geweest in het uitwisselen van sneren, niet van telefoonnummers.

'Of misschien heeft ze gewoon principes.'

Gage smeet zijn hoed naar Bryan. 'Eikel.'

'Dat is Meneer Eikel voor jou.' Bry zette de hoed op zijn hoofd en duwde de rand naar achteren. 'Misschien heb ik hiermee meer geluk dan jij. Welke stand zei je dat van haar was?'

'Elfvierentwintig. Daar ergens.' Gage wees naar de verste hoek van de hal. Weg van waar Lara stond. Geen haar op zijn hoofd die erover dacht om Bryan op haar af te sturen. Die gozer kreeg net zoveel vrouwen als Gage, en Gages ego kon de concurrentie niet aan. Niet totdat hij had uitgevogeld waarom ze niet in hem geïnteresseerd was.

'Aha. Dat dacht ik al.' Bry liep in de tegenovergestelde richting. Rechtstreeks op ramkoers met de cupcakelady.

Shit.

En nu de jongens weg waren, zat Gage vast bij de stand.

Drie

'Jesse, kunt u even voor me waarnemen? Ik heb een pauze nodig.'

Het grapefruitsap dat ze bij het ontbijt had gedronken eiste de aandacht op, maar Lara had niet weg willen gaan voordat ze elke vrouw had gesproken die de cowboy naar haar kraam was gevolgd. Ze zou hem eigenlijk moeten inhuren om naar elke vakbeurs met haar mee te gaan. Het zou de kosten dubbel en dwars waard zijn.

Vooral als ze een paar centen bespaarde door hem bij haar te laten slapen...

'Natuurlijk, mevrouw Cavallo.'

Lara kromp ineen. Niets zo fijn als een tiener die haar het gevoel gaf dat ze haar eigen grootmoeder was.

'Ga je die lekkerd even opzoeken?'

Lara onderdrukte een... wat eigenlijk? Een snuif? Schaamte? Een enorme berg gloeiend heet verlangen?

Ja, dat laatste.

'Nee. Moeder Natuur roept.'

'Oh.'

Grappig hoe de stagiair honderduit kon kletsen over lekkerds, maar zodra ze een toiletpauze noemde, werd het kind zo rood als, nou ja, die enorme berg gloeiend heet verlangen.

Toch deed ze twee cupcakes in een doosje; ze had het hem tenslotte beloofd. En stand 263 was vlak bij de toiletten...

Ach, wie hield ze voor de gek? Ze *wilde* hem zien, en de cupcakes waren slechts een smoesje.

Ze lachte bijna om zichzelf. Bijna. Blijkbaar had de geweldige seks van twee weken geleden haar remmingen wat doen vervagen.

Ze kon zich alleen maar voorstellen wat voor andere dingen het die avond had losgemaakt — en ze *kon* het zich ook alleen maar voorstellen, want ze herinnerde zich nog steeds geen fluit meer vanaf het moment dat ze de dans- vloer had verlaten met Mr. B.N.A.

Nooit meer. Ze zou nooit meer shotjes Sambuca drinken. Dat spul was dodelijk.

Dus wat verklaarde deze idiotie die ze nu vertoonde door die hete vent op te gaan zoeken? Had ze mannen niet afgezworen?

Dat had ze. Echt waar. Ze had met haar ex-man wel genoeg van mannen gehad. Maar goed, ze was hem nog wel die cupcakes verschuldigd omdat hij haar had geholpen...

Nadat ze klaar was in het toilet, nam ze belachelijk lang de tijd om haar gezicht in de spiegel te controleren. Haar make-up was weggesmolten door de hitte — en dan ging ze uit van de hitte in het congrescentrum, niet de hitte die Mr. Cowboy Gage uitstraalde — en haar haar begon uit het opgestoken kapsel te pluizen dat ze normaal altijd droeg. Normaal gesproken kon haar dat niets schelen. Haar cliënteel bestond uit bruiden en hun families, en als er al eens een bruidegom meekwam, had hij alleen oog voor zijn verloofde. Niemand keek ooit naar haar.

Mr. Cowboy Gage wel. God, zelfs zijn naam was sexy.

Ze hield haar vingers onder de kraan en probeerde de pluis te temmen met een flinke hoeveelheid water. Waardoor haar haar er vet uit ging zien.

Zucht.

Ze pakte een papieren handdoekje en probeerde het overtollige water op te deppen, maar dat zorgde er alleen maar voor dat het weer ging pluizen.

Lara gaf het op. Hij was niet *echt* in haar geïnteresseerd; hij speelde een rol. Hij had de meeste vrouwen aan zijn voeten liggen zodra hij zijn mond open- deed met dat onwaarschijnlijk sexy accent.

Maar goed, ze had een schuld in te lossen, dus pakte ze het doosje cupcakes van de rand bij de spiegel en liep op zijn stand af.

Stand tweehonderdveertien, tweehonderdtweeëntwintig, tweehonderdzesendertig... Daarna hoefde ze niet meer naar de nummers te kijken, want daar, aan het einde, in een stand bekleed met zwart fluweel met stomend hete foto's van mannen en hun buikspieren over de hele achterwand onder het spandoek van BeefCake, Inc., stond Mr. Cowboy Gage.

Met een harem aan vrouwen die aan zijn lippen hingen.

De enige reden dat ze niet echt aan hem hingen, was omdat de balie hen scheidde. Slimme jongen, anders was er waarschijnlijk een stormloop ontstaan. Het was maar goed dat er niet veel bruidegoms aanwezig waren, want zoals die vrouwen om hem heen drentelden, zouden er heel wat verlovingen kunnen sneuvelen.

Ze zou eigenlijk terug moeten gaan. Serieus, hij had haar dank niet nodig; de meeste van die vrouwen waren degenen die hij naar haar stand had gelokt. Hij wist precies wat hij deed toen hij zijn standnummer riep.

Ze draaide zich om om weg te gaan.

'Hé, Cupcake!'

Ze keek op. Gage de cowboy staarde haar recht aan en zwaaide haar dichterbij.

Haar gezicht vloog in brand, bijna net zo snel als haar hartslag in de hoogste versnelling ging.

Maar het weerhield haar er niet van om naar hem toe te lopen.

'Even ruimte maken, dames. Ruimte maken,' zei hij terwijl ze zijn schare bewonderaars naderde, die op zijn bevel uiteenweek als de Rode Zee.

'Hier.' Ze stak de doos vooruit. Bij hem speelde ze ver boven haar niveau. Dat was waarschijnlijk al zo voordat Jeff haar zelfvertrouwen tot de grond toe had afgebroken. 'Deze zijn voor jou. Die cupcakes die ik je beloofd had. Rocky road en pindakaasswirl.'

Hij grijnsde, en hoewel zijn ogen niet omlaag gleden, wist ze gewoon dat hij daaraan dacht.

Of misschien was dat wel *wishful thinking* van haar kant.

'Bedankt. En welkom bij BeefCake, Inc.'

Dat was het zeker. Helemaal nu een prachtexemplaar een arm om haar middel sloeg en haar de stand in trok.

Lara overwoog serieus om flauw te vallen. Wat waarschijnlijk betekende dat ze het niet zou doen, aangezien de meeste mensen niet *nadenken* voordat ze flauwvallen – anders zouden ze het niet doen – maar op dit moment verdween haar denkvermogen in rap tempo terwijl zijn vingers opzwepende dingen met haar huid deden en zijn geur – mannelijk en sexy, met een vleugje transpiratie dat alleen bij een knappe vent werkt – haar binnenste op hol bracht en haar dijen deed trillen.

O God, wie had gedacht dat trillende dijen echt bestonden?

'En, wat vind je ervan?' vroeg hij met dat lome accent dat hij naar believen kon inzetten.

Nou, als ze er iets van moest vinden, dan vond ze hem absoluut de meest aantrekkelijke man door wie ze ooit was vastgehouden. En dat ze zijn armen nooit meer wilde verlaten. En dat ze *hem* zeker nooit zou vergeten als ze ooit het geluk zou hebben de nacht met hem door te brengen.

'Eh, indrukwekkend.'

En jemig, die grijns. En die kuiltjes in zijn wangen. De man was een tot leven gekomen fantasie.

'Dat vat ik op als een compliment.'

En terecht.

'Mijn ego kan tenslotte wel wat streling gebruiken.'

Ze zou zich als eerste aanmelden voor die lijst. Oh wacht. Ego.

'Zeker nadat je voor me bent weggevlucht.'

Het kostte haar een paar seconden om zijn woorden te verwerken. En zelfs toen sloegen ze nergens op. 'Eh, wat?'

'Nou ja. Ik bedoel, ik ben het niet bepaald gewend dat vrouwen wegrennen nog voor het "goedemorgen" is. Fatsoensnormen, weet je wel?'

Eh, nee. Dat wist ze niet. 'Fatsoensnormen?'

Hij boog naar haar toe en haar huid huiverde toen hij in haar oor fluisterde. 'Je weet wel, toen ik je mee terugnam naar mijn kamer na dat feest van twee weken geleden?'

O. Mijn. God.

Heilige stront.

Ongelooflijk.

Cowboy Gage was Mr. Bare Naked Ass?

Interessant dat mevrouw Lara Cavallo geen gevat antwoord paraat had. Dat betekende ofwel dat hij haar pissig had gemaakt, ofwel dat het haar niets kon schelen, ofwel dat ze niet had verwacht dat hij haar zou aanspreken op haar grove gebrek aan etiquette.

'Hoeveel voor een lapdance?' Een van de vrouwen stak een briefje van twintig in de vissenkom met visitekaartjes.

Lara verstijfde naast hem.

Gage hield het op pissig.

Hij kneep steviger in haar arm. Ze ging nergens heen voordat hij een paar antwoorden had gekregen.

'Ik geef je het dubbele.' Een andere vrouw propte nog wat briefjes in de vissenkom.

Toen kwamen de dollars tevoorschijn.

Gage moest er een stokje voor steken. De snelste manier om van de beurs te worden getrapt, was door een rel uit te lokken. De organisatoren hadden specifiek in zijn contract laten opnemen dat er niet naar klanten mocht worden gehengeld. *Geen klantenwerving.* Alsof een groep mannelijke dansers — die op dat moment niet eens dansten — een stel gigolo's was. Hij durfde elk telefoonnummer in die vissenkom te verwedden dat Lara geen verklaring had hoeven tekenen waarin ze beloofde geen seks te verkopen via cupcakes.

Hij wierp een blik op haar T-shirt. *Haar* cupcakes deden hem absoluut aan seks denken.

Hij snoof. God, was hij echt zo vol van zichzelf dat hij het niet kon verkroppen dat een vrouw ertussenuit was geknepen? Moest hij zichzelf bewijzen dat hij invloed op haar kon uitoefenen?

Blijkbaar wel.

Hij zette de doos neer, pakte met zijn vrije hand de vissenkom van de toonbank en klemde hem tussen zijn knieën. Lara liet hij niet los.

Hij viste het geld eruit en gaf het terug aan de gulle gevers. 'Sorry, dames, maar we zijn hier alleen voor reclame. Niet voor entertainment.' En hij had het echt niet nodig dat dit Lara door de strot werd geduwd de eerste keer dat hij bij haar was — nou ja, de eerste keer dat ze *nuchter* samen waren. Leslie had de aandacht die hij kreeg slechts vijf maanden kunnen verdragen.

Een vrouw streek met haar briefje van twintig langs haar lippen. 'Nou, dat weet ik zo net nog niet. Gewoon naar je kijken is al verdomd vermakelijk.'

Als Lara nog stijver werd, zou hij denken dat ze overleden was. Haar grote, prachtige donkere ogen hielpen ook niet mee om die indruk weg te nemen.

Gelukkig kwamen Murph en Tanner net op dat moment aanlopen. Ze zagen de menigte en kwamen via de achterkant van de stand binnen.

'Tjonge, baas, we laten je een paar minuten alleen en je trekt ze aan als de Rattenvanger van Hamelen.' Tanner pakte zijn vlinderdasje en klemde het om zijn nek.

'Jongens, kunnen jullie dit even overnemen? Ik moet Lara even spreken.'

'Natuurlijk. Ga je gang.'

Hij wilde wel wat meer laten gaan dan alleen zijn gang.

'Lara?' Hij hield zijn vrije hand naar de opening aan de achterzijde van de stand. Geen sprake van dat hij haar zou loslaten. 'Zullen we?'

Ze keek hem met toegeknepen ogen aan. 'Wat zullen we?'

Ach, de mogelijkheden die die vraag opriep. Hij kon een glimlach niet onderdrukken. 'Nou, ik dacht dat we eerst maar eens die nacht moesten bespreken. En daarna, tja, sta ik open voor alles wat je maar wilt.'

Ze zei niets. Maar ze liep wel in de richting van de opening.

Hij griste twee klapstoelen van achter uit de stand mee — daarvoor moest hij haar wel even loslaten, maar gelukkig ging ze er niet vandoor.

'Laten we die kant op gaan.' Hij knikte naar de achterste hoek van de hal, waar transportcontainers waren afgezet, klaar om na het evenement weer ingeladen te worden. Hij wilde privacy voor dit gesprek, en te zien aan de blos die op haar wangen brandde, dacht hij dat zij dat ook wel zou willen.

Hij hield het gordijn voor haar opzij en zette de stoelen neer. 'Ga zitten.'

Ze ging zitten. Maar ze zei nog steeds niets.

Hij kreeg hier geen goed gevoel over. 'Gaat het?'

'Hè?' Ze schudde haar hoofd. 'Dat weet ik niet zo goed.'

'Verloopt de beurs een beetje naar wens voor je? Ik dacht dat die vrouwen wel interesse zouden hebben.'

'Niet de soort interesse die jij krijgt.'

Ah, de gevatheid was terug. Hij glimlachte. 'Tja, als het op vrouwen aankomt, wint een gespierd lichaam het meestal van cupcakes.'

'Dat zal wel.'

En weg was de gevatheid weer.

Haar blos werd echter alleen maar dieper. Man, wat was ze een plaatje. Donkere wimpers omlijstten ogen die zo zwart waren dat hij erin kon verdrinken, en haar zwarte krullen zaten slordig boven op haar hoofd alsof ze net wakker was geworden na een nacht hartstochtelijke seks.

Wat zou hij er niet voor over hebben om dat persoonlijk mee te maken. Die ochtend was ze al gevlogen voordat hij haar had gezien. 'Dus, waarom ben je weggegaan?'

Shit. Het was niet de bedoeling geweest om dat er zomaar uit te flappen, maar ja, zijn ego zat er blijkbaar mee.

Toen ze haar onderlip bevochtigde, begon zijn libido zich er ook mee te bemoeien.

'Ik... euh.' Ze haalde haar schouders op. 'Ik wist niet wat het protocol was. Dat was de eerste keer dat ik zoiets heb gedaan.'

Hij wist niet dat het mogelijk was dat haar wangen nog roder werden.

'Eerste keer? Voor wat? Bewusteloos raken in het bed van een wildvreemde?'

'Moet je het zo lomp verwoorden?'

'Lomp? Ik noem gewoon de feiten. Je bent out gegaan. Eigenlijk was je in de lift al weg. Ik heb alle zeilen bij moeten zetten om je in bed te krijgen.'

'Waarom heb je dat dan gedaan?'

'Wou je dat ik je op de vloer had laten liggen?'

'Waarom heb je me niet gewoon naar mijn eigen kamer gebracht? Dat was de galante manier geweest.'

'Cupcake, die nacht had ik echt geen galante gedachten over je. En jij wilde dat ook niet. Niet met de manier waarop je tegen me aan stond te dansen. Vervolgens wierp je je praktisch in mijn armen zodra we de club verlieten. Bovendien wist ik niet in welke kamer je zat en jij was niet in staat om het me te vertellen.'

Lara beet op haar onderlip en keek weg. Ze knipperde met haar ogen alsof ze er iets in had.

Of alsof ze op het punt stond te gaan huilen.

Shit. 'Je hebt nog nooit eerder een man opgepikt, hè?'

Ze schudde haar hoofd.

Geen wonder dat ze was weggevlucht en zich zo ongemakkelijk voelde.

'Je weet toch wel dat er niets is gebeurd tussen ons?'

'Echt niet?'

De hoop in haar stem en de opluchting in haar ogen hadden hem bijna van zijn stuk gebracht als hij niet al had gezeten. Het stak, verdorie. De meeste vrouwen die hem probeerden te versieren, zouden zwaar teleurgesteld zijn als er niets gebeurde.

'Natuurlijk niet. Ik trek de grens bij het misbruik maken van slachtoffers die in coma liggen.'

Ze bloosde opnieuw. 'Ik ben het niet gewend om zoveel te drinken.'

'Dat had ik al begrepen.' Hij knoopte zijn overhemd dicht, omdat hij zich in haar nabijheid iets te blootgesteld voelde. Onschuld gecombineerd met sensualiteit was een krachtige mix, maar gezien haar gebrek aan, tja, enthousiasme, wilde hij niet in de verleiding komen. Of verleidelijk *zijn*, want hij wist niet of hij het zou overleven om nóg een keer te worden afgewezen. 'Je moet in de toekomst wel voorzichtig zijn. Niet iedereen zal zo gewetensvol handelen als ik.'

'Dank je daarvoor.'

'Ik zou willen zeggen dat het me een genoegen was, maar dat was het eigenlijk niet.'

Ze bloosde weer.

Daar kon hij wel aan wennen. Vooral als die heerlijk dieproze kleur zich ook naar beneden zou verspreiden.

Niet handig voor dat hele in-de-verleiding-komen-verhaal...

'Dus ik neem aan dat je er vandoor bent gegaan omdat je je schaamde?'

Ze stopte een eigenwijze krul die uit haar knot was ontsnapt achter haar oor. 'Zoals ik al zei, ik heb dat nog nooit gedaan. Ik wist niet precies wat de etiquette was en dacht dat vluchten de verstandigste keuze was.'

'Lafaard.'

'Pardon?'

'O, Cupcake, je wilt om heel andere zaken smeken dan om vergiffenis.'

Haar mond viel open. 'Ik weet niet waar ik me meer over moet opwinden: die stomme bijnaam of je arrogantie.'

'Allebei prima, want daardoor voer je tenminste een echt gesprek met me in plaats van dat keurige praatje.'

'Ik weet niet of ik wel met je wil praten.'

'Hé, ik ben meer dan bereid een betere bestemming voor onze monden te vinden.'

Ze stond op. 'Je denkt echt dat je een geschenk uit de hemel bent voor de vrouwen, hè?'

Hij greep naar haar hand en verstrengelde zijn vingers met de hare. 'Ach, kom op. Kan je niet tegen een beetje plagen? Een beetje flirten?'

Ze probeerde haar hand los te trekken, maar hij was niet van plan haar te laten gaan.

'Was dat wat het was? Vergeef me als ik dacht dat je auditie deed voor Klootzak van het Jaar.'

'Nee, die titel heeft Bry al in de wacht gesleept.'

'Bry?' Ze rukte aan haar vingers.

Hij liet nog steeds niet los. 'Mijn partner. Bryan Lassiter.'

'Ben je homo?'

'Grappig, hij zei hetzelfde over jou. Nee, mijn zakenpartner. BeefCake, Inc., weet je nog?'

'Helaas zal ik dat waarschijnlijk nooit vergeten.' Ze zakte terug op de stoel. 'Dus jij bent een van de strippers?'

'Nee. Ik ben de eigenaar van het bedrijf. Ik strip niet.'

In de blik waarmee ze hem van top tot teen opnam, mocht dan ongeloof doorklinken, maar Gage voelde haar ogen alsof ze hem had aangeraakt.

'Niet meer, bedoel ik.'

'Dus je hebt... dat wel gedaan?'

'Strippen? Ja. Ik wil je best een privéoptreden geven als je me niet gelooft.' Het was gewoon te makkelijk om haar te plagen.

En daar verscheen haar blos weer. 'Laat maar, ik pas.'

'Weet je het zeker? Elk van die vrouwen daarginds zou een moord doen om met je te ruilen.'

'Ga dan vooral een leven redden door een van hun fantasieën uit te laten komen. Laat je door mij niet tegenhouden.' Ze stond weer op, pakte de stoel en klapte hem in. 'Ik moet terug naar mijn stand. Bedankt dat je die nacht een heer was. Het spijt me als ik je, euh, tot last ben geweest.'

Alleen als ze een gigantisch blauwtje als een last beschouwde. Hij vond het vooral een doodzonde.

Ze overhandigde hem de stoel. 'En bedankt voor je hulp vandaag. Ik heb een hoop leads binnengehaald. Ik hoop dat het voor jou ook een succes was.'

Hij nam de stoel aan en zette hem tegen de zijne. 'Ik loop met je mee terug.'

'Dat is niet nodig—'

'Ik dacht dat je zo op galante manieren gesteld was? Een heer begeleidt zijn dame terug naar haar plaats.'

'Maar ik ben jouw dame niet.'

Het punt was alleen dat hij, hoe slecht dat ook paste in zijn toekomstplannen, wilde dat ze dat wel was.

Het kostte Lara de grootste moeite om haar kalmte te bewaren terwijl hij haar terug naar de stand vergezelde. Gegeven het feit dat zijn dichtgeknoopte overhemd hielp, maar het enige waar ze aan kon denken was dat ze hem naakt had gezien. Oké, alleen zijn achterwerk, maar het was wel een heel mooi exemplaar geweest.

'Dus, hoe ben je op het idee van cupcakes gekomen?'

Ze wierp een blik op hem. Zijn halflange donkerblonde haar raakte zijn kraag en zijn aquamarijnblauwe ogen twinkelden terwijl hij haar aankeek. Hij was eigenlijk veel te knap voor zijn eigen bestwil, of voor wie dan ook.

'Ik heb bakken altijd al leuk gevonden. Ik heb een paar culinaire cursussen gevolgd en mijn nichtje en ik hebben Cavallo's Cups & Cakes geopend.' Ze liet De Jeff-jaren weg. Niet geschikt voor de meeste gesprekken, maar al helemaal niet met een bloedhete man die om God mag weten welke reden belangstelling voor haar leek te hebben. 'Cupcakes zijn de nieuwste rage in de bakkerswereld. Ik merk dat het grootste deel van onze omzet inmiddels uit cupcakes bestaat. Zelfs bruiden kiezen ze in plaats van de grote bruidstaart met verdiepingen. We kunnen ze veel gemakkelijker aanpassen en voor een betere prijs dan traditionele taarten. Bovendien zijn ze leuk. Mensen nemen afstand van de formele sociale evenementen die bruiloften in het verleden waren en kiezen voor een meer feestelijke sfeer. Cupcakes passen perfect bij die feestsfeer.

Maar we maken ook nog steeds taarten hoor. Dat zal nooit helemaal verdwijnen.'

'Zoals vrijgezellenfeest-taarten.'

'Dat heb je gezien, hè?' Ze had zo gehoopt dit gesprek te kunnen voeren zonder die taart te hoeven noemen. Ze was doodopgelaten geweest de hele tijd dat ze hem aan het bakken was. Cara had zich rot gelachen toen Lara haar best deed om het scrotum realistisch te maken.

'Wie was je model daarvoor?'

'Dat zou je wel willen weten, hè?' Oh, verdorie. Wat was haar probleem? Ze wilde hem helemaal niet aanmoedigen. Het was al erg genoeg dat ze hem eerder al had verleid om daarna niet door te zetten — er was een niet zo aardige term voor vrouwen die dat deden — ze moest niet met hem staan flirten. Die beschamende nacht kon ze maar beter vergeten.

'Hé, ik bied me vrijwillig aan als je er nog een nodig hebt,' zei Meneer-Veel-Te-Sexy met een grijns die het begrip *lekker ding* een nieuwe dimensie gaf. 'Niets wat je niet al gezien hebt.'

Eigenlijk wel. Ze had alleen een glimp van de achterkant opgevangen. Maar nogmaals, ze wilde die hele nacht gewoon achter zich laten. 'Ik denk dat we wat die taart betreft wel voorzien zijn, maar bedankt voor het aanbod.'

'Altijd tot je dienst, Cupcake.'

'Je weet dat dat een heel seksistische term is, hè?'

'Ik vind het juist een lieve term. Vol suiker en om van te watertanden.'

Tja, als hij het zó zei...

Chips. Nu begonnen haar knieën alweer te knikken.

Gelukkig was ze nog maar een paar meter van haar stand verwijderd. 'Nou, bedankt voor het begeleiden. Ik wens je het allerbeste met je onderneming.'

Hij bestudeerde haar, zijn blauwe ogen vernauwden zich terwijl hij aan de opening van zijn overhemd krabde.

En ja, haar ogen werden daarheen getrokken, hoe onverstandig dat ook was. Maar het was niet haar schuld dat het bedrijf van de man zo toepasselijk was vernoemd.

'Als je iets nodig hebt, weet je me te vinden.'

'Dat zal ik doen.'

Niet dus.

Want ja, ze had wel iets nodig. Wilde het ook. Maar ze bleef ver uit de buurt van Meneer Cowboy Sexy Gage. Ze zou inmiddels immuun moeten zijn. Jeff was immers ook charmant en prachtig geweest, en wist precies hoe hij een vrouw moest inpalmen. *Elke* vrouw. Dat was nou juist het probleem geweest.

Dat was precies de reden waarom ze ver uit de buurt van mannen bleef. Vooral van de ontzettend knappe, charmante soort.

Hij tikte met twee vingers tegen zijn voorhoofd in een korte groet, draaide zich om op de hak van zijn cowboylaars en slenterde weg met die heupwiegende cowboy-stijl van hem.

Ja. Blijf heel, heel ver uit de buurt.

'Wie is *dat*?' vroeg Jesse, en de ademloosheid in haar stem was iets waar Lara zich volledig in kon vinden.

'Hij is de eigenaar van BeefCake, Inc.'

'Hij *is* beefcake, inc.'

Zo waar als wat. Lara dwong zichzelf om weg te kijken. Er kon niets goeds voortkomen uit het wegdromen bij zo'n man. Een man waar vrouwen in drommen op afkwamen, bij kwijlden en — als ze mocht afgaan op die vrouwen bij de stand — de mannen in hun leven voor aan de kant schoven, allemaal in de hoop op een avontuurtje tussen de lakens.

Eentje die zij aan haar neus voorbij had laten gaan. 'En, hoe was het bij de stand terwijl ik weg was? Nog gegadigden?'

Jesse overhandigde haar een stapeltje bestellingen. 'Hier zijn wat leads. De bovenste lijkt echt veelbelovend. Ze wil een Disney-thema en je kasteel van Assepoester was precies wat ze zocht.'

'Het is Slot Neuschwanstein. Ik kan het onder die andere naam niet aan de man brengen, anders kan ik al mijn winst aan hen afdragen.'

'Oh, sorry. Voor mij ziet het eruit als het kasteel van Assepoester.'

Dat kwam omdat haar kasteel was gemodelleerd naar het Beierse kasteel van de krankzinnige koning Ludwig, zoals Lara al had uitgelegd, maar Jesse was dat blijkbaar vergeten. Lara kon er niet boos om worden; dat kreeg je nu eenmaal als je tijdelijke hulp inhuurde voor beurzen. Zij en Cara waren nog niet toe aan het aannemen van vast personeel; ze konden net de vaste lasten voor hun winkel en de afbetalingen op de apparatuur ophoesten. Maar als ze dit soort aanbevelingen bleven krijgen, zouden ze dat over een paar maanden misschien wel kunnen.

'Hoe gingen de proeverijen en de verkoop?' De proeverijen waren bedoeld om potentiële klanten een voorproefje van haar werk te geven en hen aan te moedigen ter plaatse cupcakes te kopen. Ze rekende op die verkopen om haar deelname aan de beurs te subsidiëren. Bij de andere beurzen die ze hadden gedaan was dat goed uitgepakt, en met de harem van Gage in de buurt zou het deze keer vast nog beter gaan.

'De verkoop ging geweldig. Die vrouwen moeten tegen iedereen gepraat hebben, want je bent er bijna doorheen.'

Lara slaakte een zucht van verlichting. En van angst. Ze haatte het om bij iemand in het krijt te staan, maar na wat Gage voor haar had gedaan, was ze hem iets verschuldigd.

* * *

Gage opende zijn lijst met favoriete contacten en drukte op bellen. 'Hé, Gina,' zei hij toen ze opnam. 'Ik heb een gunst nodig.'

'Nee, Gage, ik ga je kind niet baren.'

Hij lachte binnensmonds. 'Verdomme vrouw, je kwetst me.'

'Tja, iemand moet mijn sekse beschermen tegen jouw soort aantrekkingskracht.'

Hij hield van Gina. Een pittige tante die al te vaak met dit bijltje gehakt had om nog onzin te pikken. Niet dat hij haar die zou voorschotelen. Ze waren al eeuwig vrienden zonder dat er ook maar een spoortje van iets anders was — maar goed ook, anders had Bry, zijn vriend en haar neef, hem wel een pak rammel gegeven. Maar het was fijn om zo'n band met een vrouw te hebben. Iemand van wie hij de eerlijke waarheid te horen kreeg zonder dat hij zich hoefde af te vragen of er een dubbele agenda achter zat.

'Eigenlijk hoopte ik dat je iemand van je eigen sekse een handje zou kunnen helpen.'

'Hoe? Door haar te koppelen aan je droomachtige zelf?'

Hij hoorde haar nagels tegen haar tanden tikken. Dat deed ze alleen als ze ongeduldig of opgewonden was. En aangezien dat laatste in zijn geval niet opging, dacht hij dat hij maar beter direct ter zake kon komen. 'Nee. Ik wil dat je voor je grote opening volgend weekend wat cupcakes bij haar bestelt.'

'Het dessert is al geregeld, Gage.'

'Ik zou het als een persoonlijke gunst beschouwen.'

Het getik stopte. 'Hoe knap is ze?'

'Hè?'

'Je hoort me wel. Hoe knap is ze en waarom ziet ze jouw eigen niveau van knapheid niet?'

'Gina, je hebt het helemaal mis.'

'Uh-huh. Je vergeet dat ik je ken, Gage Tomlinson. Behalve als het om je zus gaat, is de enige keer dat jij iets aardigs doet voor een vrouw wanneer je bij haar in bed wilt belanden.'

Au. Waarom had ze die indruk van hem? Het was absoluut niet waar. Tuurlijk, hij had net zoveel behoefte aan seks als iedere andere kerel, maar hij behandelde de vrouwen in zijn leven wel met respect. Of ze hem nu in hun bed lieten of niet. Lara was daarop geen uitzondering. 'Hé, zo erg ben ik nou ook weer niet.'

'Nee, eigenlijk heb ik gehoord dat je behoorlijk goed bent. 'Spectaculair' was het woord dat ze gebruikte, geloof ik.'

'Ze?' Had Gina met Lara gepraat?

'Oh nee, van mij krijg je geen namen te horen. Laten we het erop houden dat een paar van je exen hebben besloten hun ervaringen te delen.'

'Zijn jullie notities aan het vergelijken?' Vrouwen. Hij moest zijn werkwijze wat hen betrof serieus gaan heroverwegen als zijn prestaties onderwerp van gesprek waren. Het verbaasde hem altijd weer hoeveel hij eigenlijk niet wist, en nooit zou weten, over de schone sekse.

'Je vergeet, Gage, dat ik niets heb *om* te vergelijken.'

Bij elke andere vrouw zou hij denken dat dat een klacht was. Maar niet bij Gina. Zij hield van haar mannen kaal en zonder ballen, zodat zij de baas kon spelen.

'Maar goed, bedankt dat je haar tevreden houdt. Ik wou alleen dat vrouwen niet de behoefte voelden om alles te delen.'

Ja, hij ook, na dit pijnlijke telefoongesprek. 'Luister, Gina, Lara heeft net haar eigen bakkerij geopend en kan de klandizie goed gebruiken. Ze heeft me geholpen met aanbevelingen op deze beurs en ik wil iets voor haar terugdoen.'

'Ik heb het eten al besteld, Gage. En ook al geef je me een geweldige korting op het entertainment, deze opening zit al boven het budget. Er is niets meer over om je te helpen voor Ridder op het Witte Paard te spelen.'

'Jeetje vrouw, je hebt een scherpe tong. *Ik* betaal voor de cupcakes; ik wil alleen dat jij de bestelling plaatst. Het enige wat jij hoeft te doen is zorgen dat Lara de order krijgt en ze ter plekke komt klaarzetten. Oh, en noem mijn naam niet.'

'Nou, duh. Als je zoveel moeite doet om dit geregeld te krijgen, wil je blijkbaar niet dat die vrouw weet dat ze bij je in het krijt staat. Ga je haar ook de prijs vertellen als ze erachter komt? Want je weet dat ze erachter komt; dat doen we altijd.'

Dat sprak uit Gina's eigen persoonlijke ervaring. Hij en Bry hadden de boel flink moeten redden die ene keer dat ze haar hart had laten spreken.

Die gast had er absoluut spijt van gekregen dat hij het gebroken had. Vooral toen zij zijn neus hadden gebroken.

'Er is geen sprake van een prijs, oké? Ik help gewoon iemand die mij geholpen heeft. Doe je het?'

'Natuurlijk doe ik het. Maar je staat bij me in het krijt.'

'Wat je maar wilt, Geen.'

'Ah, Gage, breng me niet in verzoeking. Je weet wel, dat vergelijken en zo.'

Hij hield van Gina en haar sarcasme. Hij kon er altijd op rekenen dat ze hem met beide benen op de grond hield. 'Geen probleem, schatje. Het is niet alsof ik je überhaupt zou kunnen verleiden.'

* * *

Gina hing op en zuchtte. Lang, luid en volkomen verslagen.

Gage had echt geen flauw benul. Ze werd al jaren in verzoeking gebracht. Maar ze was niet het type plastic Barbie waar hij op viel. En aangezien hij voor haar niet hetzelfde voelde als zij voor hem, was het beter om zijn vriendin te zijn dan een ex met een gebroken hart die de rest van haar leven naar hem smachtte.

Maar ja, ze wilde dat bakkersmeisje weleens van dichtbij bekijken.

Zes

Lara zag Gage de rest van de beurs niet meer. Ze hoorde echter wel over hem van elke vrouw die bij haar stand stopte. Het scheen dat BeefCake, Inc. de hit van de beurs was. Ze kon het die vrouwen niet kwalijk nemen; als ze niet bij haar eigen stand had moeten staan, had ze die kerels zelf ook wel even willen bekijken.

Geweldig, ze was verlaagd tot ongegeneerd gapen.

Wanneer was haar leven zo afgegleden? Wanneer was een gespierde vent haar enige kans geworden op iets wat in de verste verte op romantiek en seks leek?

En zelfs dat had ze verpest.

God, ze was flauwgevallen waar hij bij stond. In de lift. Ze had niet eens zijn bed gehaald.

Jeff zou een rolberoerte krijgen als hij ooit van dat kleine incidentje hoorde. Zijn ex die bijna het laken deelde met een stripper. Of zou hij de term *exotisch danser* prefereren? Hoe dan ook, hij zou erdoor gechoqueerd zijn. Hij had haar 'Vanille' genoemd. Hij zei dat ze totaal geen avontuurlijke geest had in de slaapkamer. Zou hij even verbaasd staan?

Lara moest erom giechelen. Als het niet zo verschrikkelijk gênant was, zou ze het bijna zelf rondvertellen.

Maar godzijdank had geen van de meiden op het feestje het doorgehad. Ze wilde niet alleen niet dat Jeff er lucht van kreeg, ze was ook niet gebrand op het idee dat iemand anders haar schaamte zou delen. Het was al erg genoeg dat Gage het wist.

En, o god, aan wie had hij het allemaal verteld. Mannen deden dat toch? Praten over hun veroveringen?

Gebruikte iemand die term überhaupt nog?

Lara maakte snel de laatste kartonnen doos plat en herschikte het laatste anderhalve dozijn cupcakes op een wegwerpschaal in de stand. *Denk aan de cupcakes. Denk aan de beurs.* Niet *aan wat Gage aan het verkopen was of de show die hij weggegeven had.*

Haar mobiel ging over en redde haar van een volgende ronde zelfkastijding.

'Hé, Cara, hoe is het?'

'Ik wilde je even laten weten dat mevrouw Applebaum ons een fooi van vijftien procent heeft gegeven.'

'Hé, wat goed!' Mevrouw Applebaum stond erom bekend nogal gierig te zijn met fooien, dus de standaard vijftien procent van haar was als vijfentwintig procent van iemand anders.

'Nee, het is niet goed. Die vrouw *zou* ons zoveel fooi moeten geven. Ik zeg dat we onze prijzen voor haar volgende evenement verhogen.'

'Dat kunnen we niet maken, dan komt ze nooit meer terug.'

'O jawel hoor. Het afstudeerfeest voor Haar-Zoon-De-Arts komt eraan en ze wil – luister goed – een nabootsing van zijn universiteitscampus. Daar kunnen we haar de hoofdprijs voor vragen en ze zal het met liefde betalen.'

'Ik weet het niet, Car, het voelt gewoon als...'

'Wil je die tweede industriële mixer met alle hulpstukken nou wel of niet?'

Daar had Cara een punt. Dat ene apparaat zou hun leven een stuk makkelijker maken.

'Oké, maar we kunnen de prijs met maximaal vijf procent verhogen.'

'Vijftien.'

'Dat is te veel.'

'En dat is precies waarom jij de prijsbepaling aan mij moet overlaten. Ik heb haar de offerte al gegeven en ze is akkoord gegaan.'

'Meen je dat?'

'Over zaken maak ik geen grapjes, Lara. Daarom doe jij het creatieve gedeelte en regel ik de administratie. Ik wil die leningen in de helft van de tijd afbetaald hebben. Ik dacht dat jij dat ook wilde.'

Dat wilde ze ook. Want dan kon ze stoppen met het aannemen van partneralimentatie van Jeff.

Dat was nog zo'n punt waar zij en Cara over van mening verschilden, maar het ging Cara niets aan. Het was ook geen zaak van Cavallo's Cups & Cakes. Jeff had haar ballast genoemd toen ze de scheidingspapieren tekenden, een mantra dat hij herhaalde op elk stom geeltje dat hij bij elke alimentatiecheque plakte.

Het maakte haar niet uit dat ze volgens de wet recht had op dat geld. Of dat ze het eigenlijk ook echt verdiende. Ze wilde nog liever van Jeff af zijn dan hij van haar. Een goed voorbeeld: ze had zijn achternaam laten vallen op de dag dat hij was verhuisd. En nu, onder haar eigen naam, ging ze hem — en zichzelf — bewijzen dat ze geen ballast was. Dat ze niet alleen voor zichzelf kon zorgen, maar er ook nog in kon floreren.

De scheiding had haar zelfvertrouwen aan flarden gescheurd. Ze had na hun bruiloft zo bereidwillig haar baan als restaurantrecensent voor de plaatselijke krant opgezegd, omdat hij wilde dat ze thuis was en voor hem en het huis zorgde. 'Het staat niet goed als de vrouw van een advocaat zo'n onbelangrijke functie heeft,' had hij gezegd.

Onbelangrijk? Ze had van haar werk gehouden. Ze maakte een verschil. Verschillende restaurants waren opgebloeid na haar recensies.

Maar in Jeffs Grote Plan voor hun toekomst moest zij de perfecte gastvrouw zijn die thuisbleef en de kinderen opvoedde, want zijn carrière zou degene zijn die hun schaapjes op het droge zou brengen.

En omdat ze inderdaad thuis wilde zijn bij die toekomstige kinderen, en hij gelijk had over de verschillen in hun inkomen, had ze haar baan opgezegd, was ze lid geworden van de chique countryclub, was ze bloemschikken gaan studeren en had ze geleerd hoe ze de beste cocktailparty's kon geven om hem het imago te bezorgen dat hij wilde.

En toen had die klootzak haar gedumpt zodra hij partner was geworden.

Dus ja, ze zou zijn geld aannemen, maar alleen tot de zaak haar een goed salaris uitbetaalde. En als ze de helft van de klanten kon binnenhalen die vandaag hun naam op de e-maillijst hadden gezet, was ze goed op weg.

'Lar? Ben je daar nog?'

'Ja.'

'Dus je doet mee met dit project?'

Lara stapelde de presenteerschalen op en zette ze in de opbergdoos onder de stand. 'Natuurlijk. Ik ga vanavond, zodra ik terug ben, research doen. Foto's en dergelijke van de universiteit.'

'Mooi. Ik stuur het contract naar haar op. We moeten het ijzer smeden als het heet is.'

'Slechte analogie, Car.'

'Zoals ik al zei, jij bent de creativeling. Dus, hoe ging de beurs?'

Terwijl ze de stand afbrak en haar decoratiespullen, tafelkleden en de borden inpakte, vertelde ze Cara over de enorme drukte bij de stand, maar ze liet na om Gage te noemen. Het was niet nodig om over een pijnlijk onderwerp te beginnen waar Cara verder niets mee te maken had.

'Geweldig,' zei Cara. 'Ik begin met bellen zodra je terug bent. Jij zult onze voorraad weer moeten gaan aanvullen. Vergeet niet dat we een van de sponsors zijn voor het benefietgala dit weekend.'

Dat was Cara ten voeten uit, altijd zakelijk. Lara zag haar taarten nooit als 'product'. Iedere taart was een op maat gemaakte persoonlijke ervaring voor de koper en Lara was zich daar altijd zeer van bewust. Trots op haar werk was haar motto; dat was wat haar taarten deed opvallen en wat klanten deed terugkomen. Zoals mevrouw Applebaum of de mensen die vandaag haar baksels geproefd hadden.

Zouden zij Gage ook doen terugkomen?

O god. Daar moest ze niet aan denken. Ze wilde hem helemaal niet terug.

Leugenaar.

Nee, ze loog niet. Natuurlijk, de aandacht die hij haar had geschonken was leuk geweest, maar het was niet echt, en trouwens, ze was volledig overmand door de schaamte over de manier waarop ze elkaar hadden ontmoet. Hoewel stomende seks met hem goed klonk, was ze gewoon niet dat type persoon. Ze was niet bepaald 'vanille', maar zeker geen materiaal voor een gesmolten-chocolade-stripper-gast. Misschien ergens daar tussenin, zoiets als *red-velvet*-blush.

'Het klinkt alsof het een succesvolle beurs was. En door alle cupcakes te verkopen hebben we een winst van drieëntwintig procent, wat twaalf procent hoger is dan ons gemiddelde.' Cara tikte de cijfers net zo snel op de rekenmachine als ze praatte. 'Wat denk je dat dit keer het verschil maakte?'

Gage. Maar er was geen enkele manier waarop ze hem ooit zouden kunnen betalen — niet professioneel en zeker niet persoonlijk.

'Ik denk dat het de opkomst was, Car. Er was veel belangstelling voor deze beurs en de bezoekersaantallen waren goed. Zeg je niet altijd dat het een kwestie van getallen is?'

'Ja. Als je genoeg kansen krijgt, haal je vanzelf een bepaald percentage. Jammer dat we er niet beter de vinger op kunnen leggen. Ik vind het vervelend dat we afhankelijk zijn van de inspanningen van de locatie. We moeten brainstormen over manieren om meer mensen in ons bedrijf geïnteresseerd te krijgen.'

'Oké, Car, maar ik moet nu gaan. Het is tijd om af te breken.' Lara wist heel goed wat het verschil had gemaakt, maar ze ging het niet delen. Het was niet nodig om 'exotisch danser' toe te voegen aan de onkostenposten van Cara.

Zeven

Gage opende de hordeur van het appartement van zijn zus. 'Hé, zus, hoe gaat het met hem?'

Missy gaf hem haar gebruikelijke fletse glimlach. 'Hetzelfde.'

Wat betekende dat Connor stond te trappelen om op te staan en rond te rennen, maar het gips en de verlamming hem daarvan weerhielden.

God, wat had hij met dat joch te doen. Hij zou het met plezier van hem overnemen, zodat zijn neefje dat niet hoefde. Zodat zijn zus dat niet hoefde. Het was al erg genoeg dat Connor was aangereden door een doorrijder en dat Missy's karige zorgverzekering maar een beperkt deel dekte. De rekeningen stroomden veel sneller en hoger binnen dan ze hadden verwacht, en het zag ernaar uit dat Connor langdurige zorg nodig zou hebben. De last was duizelingwekkend, en van haar klootzak van een ex zouden ze ook geen cent zien. De vent was er al vandoor gegaan voordat Connor was geboren.

'Jij wilde een kind, ik niet', was het harteloze antwoord geweest op haar smeekbede om hulp na het ongeluk.

Als die lulhannes niet voortdurend werkloos was en met een tweederangs versie van de Hell's Angels rondhing, zou Gage hem hebben opgespoord en de betaling in fysiek aanvaardbare termen hebben opgeëist.

Maar Missy en Connor konden niet nog meer drama in hun leven gebruiken. Hun dagelijkse beslommeringen waren al meer dan genoeg voor iedereen om te behappen. Beefcake, Inc. was de beste kans om hen uit deze ellende te halen.

'Je zult blij zijn om te horen dat we het afgelopen weekend een enorme hoeveelheid aanbevelingen hebben gekregen. Naast de benefietavond heb ik al twee klussen geboekt voor volgend weekend.'

Missy glimlachte opnieuw, maar die was net zo mager als de vorige. 'Ik ben je zo dankbaar, Gage—'

'Missy, hou op.' Hij wilde haar dankbaarheid niet. Connor was als zijn eigen kind, een feit dat hem pijnlijk duidelijk was geworden toen hij aan zijn ziekenhuisbed stond en God smeekte om hem niet te laten sterven. 'Ik heb je gezegd dat ik je zorgen wilde verlichten, niet dat ik je nog meer verdriet wilde bezorgen. Laten we van de dag genieten, oké?'

Dit keer werd haar glimlach iets breder. 'Hij heeft naar je gevraagd.'

'Wanneer doet hij dat nou niet?'

'O, God. Hij heeft jouw ego.'

'Daar is niets mis mee.'

Ze gaf hem een speels tikje tegen zijn arm terwijl hij Connors kamer in liep, en Gage zakte bijna in elkaar van opluchting. Sinds het ongeluk drie maanden geleden was Missy zichzelf niet meer geweest. Althans, haar oude zelf. En na alles wat ze hadden meegemaakt, kon hij het haar niet kwalijk nemen, maar hem een tik geven? Dat was een teken van het jongere zusje aan wie hij zich zo had geërgerd toen hij een tiener was.

Wat zou hij er niet voor over hebben om die zorgeloze dagen weer terug te hebben.

Maar het was wat het was; hij was al lang blij dat hij opties had. Dat Missy en Connor opties hadden.

Hij liep Connors kleine, met speelgoed volgepropte slaapkamer binnen en liep met een boog om de rolstoel heen die ze alle drie haatten. 'Hé, maatje, nog steeds lekker aan het luieren, zie ik.'

'Hoi, oom Gage', zei de zesjarige. 'Je kent mama. Zodra ik maar naar het randje van het bed schuif, zit ze al bovenop me.'

'Bovenop je? Waar heb je dat geleerd?' Het joch groeide veel te snel op. Het leek wel gisteren dat Missy hem mee naar huis had genomen uit het ziekenhuis, alleen, bang, zonder een cent of een diploma op haar naam. Ze had inmiddels haar middelbare schooldiploma gehaald en was begonnen aan een avondopleiding tot juridisch medewerker, maar de medische zorg voor

Connor had dat nu in de koelkast gezet.

'Nicky Pollecco vertelde het me. Zijn vader zegt het de hele tijd.'

Nicky's vader zei wel vaker dingen, meestal zaken die hem in kroeggevechten deden belanden.

Gage klemde zijn kaken op elkaar. Nu was de maat vol; hij ging zijn poot stijf houden. Missy moest dit appartement uit en bij hem in het ouderlijk huis van de Tomlinsons trekken. Hij had haar dit niet willen ontnemen, dit laatste beetje controle over haar eigen leven, maar hij zou haar vertellen dat het om het geld ging; dat ze haar huur konden gebruiken om Connors medische rekeningen sneller af te betalen en haar weer naar school te laten gaan. Het was geen leugen, en soms moet je gewoon doen wat nodig is.

'Dus, welk spelletje gaan we vandaag doen?'

Connor keek naar Missy, die in de deuropening bleef dralen. 'Het is goed hoor, mam.'

En weer voelde Gage een steek in zijn hart. Zijn neefje dat zijn moeder geruststelde. Het joch zou buiten in bomen moeten klimmen, moeten fietsen en Nicky Pollecco in de pan moeten hakken, in plaats van zijn moeder te troosten door te doen alsof er niets aan de hand was.

Hij begon de inkomsten te tellen die hij zou verdienen met de klussen van het komende weekend, afgezien van de benefietavond die Gina had georganiseerd. Dat zou een eenmalig iets zijn en hij kon niet voorspellen wat daaruit zou voortvloeien. Nee, hij moest ervoor zorgen dat het geld bleef binnenstromen, en om dat te doen had hij minstens nog drie klussen per weekend nodig. Twee per avond. Het zou geweldig zijn om een vaste plek te hebben voor een Ladies' Night in enkele van de nabijgelegen clubs, maar tot nu toe hapten de plaatselijke clubs niet. Een incidentele show wekte wel interesse, zeiden ze, maar een wekelijkse show zou de aantrekkingskracht kunnen verwateren. Om nog maar te zwijgen over de plaatselijke Kamer van Koophandel, die hem en elke locatie die ook maar een sprankje interesse toonde, flink tegenwerkte op grond van de goede zeden. Hij werd er gek van.

'Ik wil COD spelen,' zei Connor toen Missy de deur dichtdeed.

'Call of Duty? Ik dacht het niet, kerel. Daar ben je nog een beetje te jong voor.'

'Maar Nicky speelt het ook.'

Lekker voorbeeld. 'Dat kan me niet schelen. Nicky is mijn neefje niet; jij wel. Je hoeft niet zo snel groot te worden.'

'Maar wat als ik daar de kans niet voor krijg?' Hij bewoog zijn verlamde arm met zijn gezonde, een gezicht dat Gage keer op keer tot tranen toe bewoog. Tranen die hij wegslikte. 'I wil COD spelen voordat er weer iets gebeurt.'

Shit.

Shit. Shit.

Gages keel schoot dicht. Connor was geobsedeerd door het feit dat hij dood had kunnen zijn. Gage en Missy waren dat ook, maar bij Connor leek het tegenwoordig alles te bepalen. Wat als hij het niet had overleefd? Wat als er weer zoiets gebeurde, maar dan erger? Wat als hij niet door alle operaties heen kwam die nodig waren om de schade te herstellen?

Gage schraapte zijn keel. De psycholoog bij wie ze liepen had gezegd dat ze Connor zo normaal mogelijk moesten behandelen, dus hoewel zijn eerste instinct was om het joch zijn zin te geven, zou dat niet in zijn eigen belang zijn. Bovendien hoefde Connor die troep in dat videospel echt niet te zien.

'Hé, Con, zo moet je niet denken. Je krijgt de rest van je operaties en dan komt alles goed. Je hebt die COD-beelden niet nodig in je hoofd terwijl je aan het herstellen bent.'

Connor zuchtte. 'Jij wordt later echt een vervelende vader, oom Gage.'

Wauw, de steken in zijn hart bleven maar komen. Een vader. Hij kon er niet eens aan denken dat dat binnenkort zou gebeuren. Connor kwam op de eerste plaats, daarna zou hij zich pas zorgen maken over ergens gaan settelen en een gezin stichten.

Lara's gezicht verscheen voor zijn geestesoog. Helemaal knalroze van verlegenheid.

Hij vond het ergens wel een fijn idee dat ze niet met de eerste de beste het bed in dook. Totaal hypocriet, dat wist hij, maar ja, hij vond het prettig. Hij vroeg zich af of ze kinderen wilde.

Ho. Hij liep veel te ver op de zaken vooruit. En op haar. Ze kon hem nauwelijks aankijken, laat staan het feit dat ze praktisch voor hem was weggevlucht bij de beurs. Hij was nog langsgegaan nadat ze de stand van Beefcake, Inc. hadden afgebroken, maar ze was er al vandoor.

Ze had niet duidelijker kunnen maken dat ze hem niet wilde zien. Dat was de reden dat hij het aanbod van de cupcakes had afgeslagen toen ze het voor het eerst voorstelde; hij had een excuus gewild om haar weer te zien, maar ze had dat tenietgedaan door als eerste naar hem toe te komen.

'Je hebt een rare grijns op je gezicht, oom G. Wat is er?'

Dat kind was veel te scherpzinnig voor zijn eigen bestwil.

'Ik dacht er net aan waar ik je mee naartoe ga nemen als je klaar bent met al je operaties.'

'Waarheen?' Connor ging rechtop zitten met een glinstering in zijn ogen.

Gages hart smolt. God, wat hield hij van dit kind. 'Nou, ik dacht dat we zouden beginnen met een honkbalwedstrijd. Hotdogs, ijs, oliebollen, de hele mikmak. Daarna kunnen we naar het American football-stadion. En daarna, ik weet het niet, wil je gaan kajakken? Wildwaterraften? Bergbeklimmen?'

'Kunnen we terug naar het pretpark? Ik wil in een achtbaan.'

Gages keel schoot weer dicht. Connors ongeluk was gebeurd vlak voordat ze naar het park zouden gaan om precies dat te doen. Connor was gek op acht-banen. 'Absoluut. We kunnen keer op keer en nog eens in de achtbaan gaan. Zo vaak als je maar wilt.'

'Gaaf.' Connor leunde achterover en frunnikte aan de rand van zijn laken. 'En paardrijden? Kunnen we dat ook doen?'

'Ja, tuurlijk, als je dat wilt.' Gage had nog nooit op een paard gezeten, maar ach, wat maakte het ook uit. Hij zou het samen met Connor leren. En misschien kon hij er wel wat van in zijn cowboy-personage verwerken.

Lara had de hoed leuk gevonden. Ze had het hele pakketje wel kunnen waarderen—hij had gezien hoe ze naar hem keek toen hij naar haar tafel liep.

Godzijdank voor zijn uiterlijk. Hij had dat altijd als vanzelfsprekend beschouwd. Natuurlijk was het handig om vrouwen mee aan te trekken, maar hij had zich daar altijd gewoon in laten meevoeren. Maar nu hij *haar* interesse wilde wekken, was hij erg blij dat hij zichzelf zo goed in vorm hield.

'Dus waar denk je nu aan?' Connor tikte met zijn goede arm tegen zijn kin. 'Wat gaan we nog meer doen?'

Gage wist wel wat hij wilde doen... 'Wat je maar wilt, Con. Laten we eerst die operaties achter de rug hebben en dan doe ik alles wat je vraagt.'

'Zelfs COD spelen?'

'Weet je wat? Als jij die operaties doorkomt en echt hard je best doet bij de therapie, dan zal ik er met je moeder over praten.' En dat zou hij doen ook. Verdorie, de dood werkelijk in de ogen kijken was een heel stuk enger en trau-matischer dan het in een of ander videospelletje doen. Alles wat nodig was om het joch erdoorheen te slepen.

'Oké, dan kan ik nog wel even wachten denk ik. Wil je schaken?'

'Sinds wanneer schaak jij?'

'Sinds je me die iPod touch hebt gegeven. Ik heb een heleboel ouderwetse spelletjes geleerd.'

Gage lachte. Ouderwets. Schaken bestond al eeuwen. Het was het spel van koningen. Laat het maar aan een kind over om het tot iets ouderwets te degraderen.

Je moet wel houden van die frisse kijk op de zaken. Gage was zo gewend aan de stress en de angst rondom Connors toestand dat hij soms vergat adem te halen. Om te waarderen wat hij had en in het moment te leven.

Dat was wat hij had geprobeerd te doen met Lara. Afgelopen weekend en na dat vrijgezellenfeest. Tuurlijk, het was begonnen als een versierpoging, maar toen ze voor hem wegliep, veranderde er iets. Hij had iets voor haar gevoeld. Medeleven, geen irritatie. En toen hij haar uit die jurk had geholpen, ja, dat wekte zijn interesse *behoorlijk* op. Maar toen hij haar zijn T-shirt had aangetrokken, daalde er een vreemde rust over hem neer. Iets troostrijks. Een gedeeld moment, alleen voor hen tweeën, anders dan hij ooit met een vrouw had gedeeld.

Jammer dat ze er niet helemaal bij was geweest. Maar hij had haar zien slapen. De zachte trekjes rond haar mond, de manier waarop ze haar gevouwen handen onder haar wang had gestopt, het zachte gesnurk...

Hij had nog nooit een vrouw zien slapen. Had nog nooit de curve van iemands wang bestudeerd of het zachte rijzen en dalen van haar schouders. De manier waarop haar been naar haar borst was opgetrokken. Hoe lieftallig sexy haar ontblootte dij was...

'Oom Gage? Gaat het wel?'

'Ja. Tuurlijk. Hoezo?'

'Omdat je weer zo'n andere rare blik op je gezicht had.'

Lust, jongen.

Nee. Iets meer dan alleen lust. Hij had vaker lust gevoeld. Maar nog nooit had hij er iets anders bij gevoeld.

'Oké, Con, waar is het schaakbord? Ik zal je eens even laten zien hoe goed het met me gaat en je genadeloos inmaken.'

'Echt niet. Ik ben nu heel goed in strategie.'

Aangezien Gage Lara dit weekend weer zou zien—hij had de lijst met sponsors voor de benefietavond gezien—stond hij er op het gebied van strategie ook niet slecht voor.

Acht

Gage tilde maandagochtend de rest van de balken in de laadbak van zijn pick-
up en zette ze vast met sjorbanden voor de rit naar het tuinhuisje bij de vijf-
tiende hole. Eén ding aan werken op een golfbaan: hij moest elk stuk materiaal
van de opslagloodsen naar de bouwplaats slepen in plaats van het direct daar te
laten bezorgen. De eigenaren wilden dat het tuinhuisje zo snel mogelijk klaar
was zonder dat hun leden merkten dat er gebouwd werd. Bijgevolg moest hij
heel vroeg verschijnen en voor elf uur 's ochtends weer weg zijn, wanneer de
middagdrukte zou toestromen. Wat normaal gesproken hooguit een project
van een week was geweest, zat nu al diep in de tweede week en zou waarschijnlijk nog een derde week nodig hebben.

Normaal gesproken zou hij niet klagen, omdat het onderbroken schema
zijn uurtarief verhoogde, maar hij was niet in staat geweest om andere
projecten af te ronden. Tegen de tijd dat hij bij de keukenrenovatie van de
familie Whitman of de kelderverbouwing van de Torringtons aankwam, kon
hij nog maar een paar uurtjes werken. Gelukkig vonden de klanten het schema
oké, maar zijn facturering hing af van het voltooien van de klussen. Als Beef-
Cake, Inc. er niet was geweest, zou hij geen geld binnenkrijgen om de rekeningen te betalen. Waarvan er verschillende openstonden, waaronder een deel
van het restbedrag voor Connors fysiotherapie.

Tja, hij moest dat gesprek met Missy liever vroeger dan laat voeren.

Hij reed over de toegangsweg naar de achttiende hole en loste de materialen bij het tuinhuisje. Hij moest de dakspanten nog afmaken, dan het multiplex, de dakbedekking en het zinkwerk, voordat hij de laatste afwerking en het pad kon aanbrengen. Hooguit vijf dagen werk, maar met het feestje van Gina op vrijdag, zou het waarschijnlijk volgende week worden voordat hij klaar was.

Hij zette zijn zaagbokken neer en mat de volgende vier spanten af. Hij sloot de afkortzaag aan op de aggregaat en stond op het punt zijn iPod-oortjes in te doen toen een vroege golfer in zijn karretje kwam aanrijden.

Gage slikte zijn minachting in. Golfkarretjes waren prima voor opa's die moeite hadden om achttien holes te lopen, maar kerels van achter in de dertig zoals deze? Hij kon het wel gebruiken om dat buikje dat zich begon te vormen eraf te lopen.

'Bent u de man die hiervoor verantwoordelijk is?' vroeg de golfer, terwijl hij met een gehandschoende hand naar het tuinhuisje zwaaide.

'Technisch gezien is de directie dat, maar ja, ze hebben mij ingehuurd om het te bouwen.'

'U levert goed werk.'

Hm, dat was een verrassing. Deze kerel straalde aan alle kanten uit dat hij een *eikel* was, van het geel-met-witte argyle-vest, de beige broek, witte schoenen en zelfs een handschoen, tot aan de pinkring en de designertas voor de clubs die door de caddy werd gedragen terwijl *die* over de baan liep achter het karretje aan.

God behoede hem voor pompeuze, laatdunkende klootzakken.

'Ik dacht erover om er eentje bij mijn zwembad te laten bouwen. Zou u mij een offerte willen geven?'

God behoede hem voor pompeuze, laatdunkende klootzakken die hem *wel* wilden inhuren.

Gage haalde een visitekaartje uit zijn achterzak. 'Ja, hoor. Dat kan ik doen. Wanneer zou het klaar moeten zijn?'

De man haalde een gouden koker uit zijn borstzak onder het vest — natuurlijk deed hij dat — en overhandigde zijn kaartje aan Gage. 'Ik geef volgende maand een feestje. Ik wil het tegen die tijd klaar hebben. De negende, om precies te zijn. De gasten arriveren rond vier uur.'

Gage bekeek het adres. J.C. McCullough in Fox Run Hills. Chic. Wat poen betekende. Alsof hij dat niet al had geraden aan de uitstraling van de man alleen. 'Ik denk dat dat haalbaar is. Bent u later vandaag thuis, zodat ik de ruimte kan bekijken en een offerte kan opstellen?'

'Vandaag komt niet goed uit, maar morgen wel. Na zes uur.'

Gage liep zijn schema na. 'Maak er zeven uur van, dan zie ik u daar.'

'Uitstekend.' De man knikte en vertrok toen richting de hole, terwijl hij een hand uitstak naar de caddy voor zijn club.

Gage moest lachen toen hij zijn oortjes instak. Kerels als J.C. maakten hem altijd aan het lachen. Ze werkten zich zo hoog op op de bedrijfsladder met assistenten en caddy's en poetsvrouwen en chauffeurs, dat hij zich afvroeg of ze ook iemand hadden die hen het wc-papier aangaf.

Ach ja, wie was hij om kritiek te hebben? Het geld van die man was net zo groen als dat van ieder ander en zijn type wilde meestal topkwaliteit. Opscheprechten en zo, wat Gage prima vond. Met de kortingen die hij kreeg op premium materialen, werkte hij liever aan een luxe klus, omdat de winsten groter waren.

Nog een project om zijn eigen spaarpotje voor Connors operatie aan te vullen. Het draaide allemaal om Connor.

* * *

'Hé, we hebben er weer eentje.' Cara hing de telefoon op en danste rond alsof het kerstochtend was. Elke bestelling was een geschenk. 'Aanstaande vrijdag. De klant wil een strandboulevard-taart met een reuzenrad vol cupcakes. Onze constructie draait nog steeds, toch?'

Lara wipte het deksel van de emmer fondant. 'Ja, dat doet hij. Hoeveel mensen verwacht ze?'

'Ongeveer honderd. Ze heeft een feestelijke opening voor haar wellness-spa. Een strandfeest, ze laten zand aanrukken en wat dies meer zij. Ze zegt dat ze graag wil dat jij op locatie blijft tot de taart is geserveerd, omdat ze de borg voor de machine niet wil betalen.'

Dat reuzenrad was een flinke investering geweest, maar het zou het eerste apparaat zijn dat zichzelf terugverdiende. Mensen waren om de een of andere reden dol op draaiende cupcakes. 'Maar mijn tijd is ook wat waard, Car.'

'Dat weet ik. Daarom heb ik haar vijfenzeventig procent van de borg voor de apparatuur in rekening gebracht. Goedkoper voor haar en een kans voor jou om onze diensten aan haar gasten te verkopen terwijl je er ook nog voor betaald krijgt.'

Lara trok een paar latex handschoenen aan, zodat ze geen vlekken op haar vingers zou krijgen wanneer ze de kleurstof aan de fondant toevoegde. 'Ik kan geen klanten werven terwijl ik op haar evenement aan het werk ben.'

'Natuurlijk wel. En het is niet echt werven. Je bent er gewoon om vragen over onze diensten te beantwoorden als iemand daarnaar vraagt. Hetzelfde als brochures achterlaten, maar dan interactiever. Je hoeft alleen maar jezelf te zijn en ik garandeer je dat we er nieuwe klanten aan overhouden.'

Lara schudde haar hoofd. Het enige wat zij wilde doen was bakken en creë-ren. Mensen aan het lachen maken. Daarom was ze dit begonnen met Cara, die het verschil tussen fondant en botercrème niet wist, maar wel wist hoe ze de boel moest regelen en ervoor kon zorgen dat de rekeningen betaald werden.

Ze voegde de kleurstof toe aan de witte fondant. De housewarming-taart van mevrouw Keswick moest precies passen bij de luiken van haar nieuwe huis. Zozeer zelfs, dat mevrouw Keswick de aannemer er eentje had laten opsturen. Lara ging haar best doen om de kleur te evenaren. 'Hoe laat aanstaande vrijdag? Ik heb de verjaardag van Marcella Sloan aan het eind van de middag.'

'Dat doe ik wel. Het is alleen maar een bezorging.'

'Niet helemaal, Cara. Er moet ter plekke nog wat worden opgebouwd.'

'Leer het me dan. Als ik met cijfers kan jongleren, kan ik vast ook met decoraties jongleren.'

'Kom hier dan, dan geef ik je een lesje werken met fondant, want dat moet je gebruiken om de basis van de zonnebloemen te bedekken.' De zesjarige Marcella hield een theekransje in de tuin en haar moeder wilde dat de taart een tuin *was*. Een levensgrote, met maagdenpalm, madeliefjes en rozen, allemaal dingen die Lara voor de bezorging kon bevestigen, maar de zonnebloemen waren een heel ander verhaal. Ze had de pvc-houders in de bodem voor de bamboe 'stengels' al voorbereid, maar Cara moest ze ter plekke met fondant-'gras' bedekken.

'Geef me tien minuten,' zei haar nicht, terwijl ze een potlood achter haar oor vandaan haalde. 'Ik moet een lijst met ingrediënten naar de vrouw van het goede doel sturen zodat ze die kan ophangen voor mensen met allergieën, en ik heb een half dozijn van die visitekaartjes die je hebt meegebracht van de beurs waar ik nog even contact mee op wil nemen.'

Lara had geen extra herinneringen aan de beurs nodig, want ze had Gage het hele weekend niet uit haar hoofd kunnen krijgen. Ze was zelfs zo ver gegaan dat ze zijn website, www.BeefCakeIncorporated.wordpress.com, had bekeken. Ja, ze was niet trots op zichzelf, maar wat niet weet, wat niet deert.

En er stonden sowieso niet veel foto's van Gage op. De meeste video's en afbeeldingen waren van de andere jongens. Op de 'Over ons'-pagina stond een foto van hem en zijn partner, maar ze droegen pakken en zagen er heel zakelijk en professioneel uit. Een heel ander beeld dan dat van meneer B.N.A.

Lara veegde met haar onderarm over haar voorhoofd. Ze moest de airco hoger zetten. Het was een voortdurende strijd met Cara om de kosten laag te houden, terwijl ze probeerde te voorkomen dat de taarten en het glazuur zouden smelten.

En nu zijzelf. Ze moest gedachten aan Gage buiten de werkkamer houden.

'En, heb je de strippers nog gezien toen je daar zaterdag was?' Cara niette een stapel papieren aan elkaar en spietste ze op haar factuurbon. 'Ik hoorde dat ze de hit van de beurs waren.'

'Niemand ging uit de kleren.' Nou ja, op zaterdag niet...

Cara grinnikte naar haar. 'Je hebt dus wel opgelet? Je hebt zeker geen van hun telefoonnummers bemachtigd?'

Ze had *zijn* nummer wel degelijk... 'Waarvoor? Om ons te vermaken terwijl we werken?'

Cara grijnsde en wiebelde met haar wenkbrauwen. 'Hé, niet afkraken voor je het geprobeerd hebt.'

Ze *had* het geprobeerd — en was daarbij in slaap gevallen.

God, als Cara er ooit achter kwam, zou ze het nooit meer horen.

'Het was dezelfde ploeg die in de club was voor Jenny's vrijgezellenfeest, hoorde ik.'

'Dat verbaast me niet. Ik betwijfel of deze stad veel mannelijke stripper-groepen kan onderhouden, dus het is niet echt verrassend dat het dezelfden zijn.'

'Hmm.' Cara tikte tegen haar lip.

'Wat?'

'Dat waren wel erg veel woorden voor een paar knappe kerels. Je hebt toch niet toevallig bij hun kraampje rondgehangen?'

Lara veegde weer met haar onderarm over haar voorhoofd, maar deze keer niet om iets uit haar ogen te halen. Deze keer was het puur om Cara niet aan te hoeven kijken. Ze waren praktisch samen opgegroeid; Cara kon haar lezen als een open boek, en de blos op haar wangen was vast een overduidelijk teken.

'Zie je die stapel visitekaartjes?' vroeg ze, in de hoop de rollen om te draaien. 'Wanneer denk je dat ik tijd had om de deelnemers te begapen?'

'Jammer. Je moet er meer op uit. Kijk eens om je heen. Alleen omdat Jeff een lul was, betekent niet dat alle mannen dat zijn.'

'Zeg je dat tegen mij? De vrouw die mannen categoriseert op basis van de grootte van hun handen?'

'Hé, ik weet tenminste waar een man goed voor is. Jij lijkt het wel vergeten te zijn.'

O nee, dat was ze niet. Ze had het incident in Gages hotelkamer de afgelopen zestien dagen elke minuut in technicolor herbeleefd.

'Ik dacht dat we ons erop concentreerden om van dit bedrijf een succes te maken? Wie heeft er tijd om te daten?'

'Daten en seks hoeven niet hand in hand te gaan.'

'Weet je, Car, alleen omdat een man stript voor fooien, betekent niet dat hij voor iets anders in te huren is. Dat gaat ook niet hand in hand.'

Cara tikte weer tegen haar lip, en deze keer verscheen er een klein glimlachje.

'Wat?'

Cara's glimlach werd breder. 'Niets.'

Het was niet niets. Lara hoorde de raderen in Cara's hoofd draaien. 'Zeg het maar, Car.'

'Nou, je bent wel erg spraakzaam over een onderwerp waar we het al paragrafen geleden over hadden moeten ophouden.'

Lara snoof. 'Juist. Dan had je je afgevraagd waarom ik mijn mond hield en had je daar weer meer achter gezocht dan nodig is. Luister Car, die gasten waren sexy. Natuurlijk heb ik gekeken. Net zoals we allemaal gekeken hebben op Jenny's feestje. Dat is waarom die gasten daar *waren*. Om naar gekeken te worden. Het is hun werk. Net zoals dit —' Ze zwaaide met haar deegroller door de werkkamer '— ons werk is. Dus tenzij je een post 'entertainment op de werkvloer' in de onkostenlijst gaat opnemen, weet ik niet waarom we het hierover moeten blijven hebben.'

'Ik hoorde dat je Jenny's feestje vroeg hebt verlaten.'

Verdomme, Cara was altijd al in staat geweest om in een oogwenk van onderwerp te veranderen zonder zelf met haar ogen te knipperen.

'Dat zei ik je toch, ik was moe. Ik had die dag aan drie feesten gewerkt, plus de taart van Jenny. Ik was kapot.'

'Ja, maar Jenny zei dat ze naar je kamer had gebeld en dat je niet had opgenomen.'

Lara trok een gezicht. 'Sambuca. Het ideale slaapmiddel.'

'Jammer. Ik hoopte dat je de kerel met wie je had staan dansen had opgepikt en een stomende nacht vol wilde apen-seks had gehad.'

Lara kon een korte lach niet onderdrukken. 'Ja, ik ook, maar sorry, ik ben gewoon niet zo avontuurlijk.'

Niets aan die uitspraak was een leugen. Helaas. Ze *wilde* dat ze ook stomende wilde apen-seks had gehad, maar Gage had haar verzekerd dat dat niet was gebeurd.

Ze was geneigd hem te geloven. Ze had nog nooit wilde apen-seks gehad en wist vrij zeker dat ze de volgende ochtend wel wat spierpijn zou hebben gevoeld als dat wel zo was geweest.

Ze kon nog steeds niet geloven dat hij zo'n heer was geweest. Ze zou het hem niet kwalijk hebben genomen als hij haar gewoon in de gang of op een bankje ergens had achtergelaten. Hij had zo aardig kunnen zijn om de receptie te bellen zodat zij haar kamer konden vinden, of hij had haar terug kunnen brengen naar de club en haar bij haar vriendinnen kunnen achterlaten. Maar hij had haar meegenomen naar zijn kamer en haar met rust gelaten.

Al had hij haar *wel* uitgekleed...

Haar wangen begonnen weer te gloeien. En Cara keek iets te aandachtig.

'Je had het moeten doen, weet je. Eens iets nieuws proberen. Niet alle mannen zijn zoals Jeff.'

'Ik wil het niet over Jeff hebben.'

'Dat wil je nooit.'

'Met een goede reden.'

'Ja, maar als je hem je zo de mond laat snoeren, geef je hem macht. Je komt nooit over hem heen als je hem niet uitdrijft.'

Ze wilde hem wel uitdrijven, hoor. Brandende handpalmen, erwtensoep, een voodoopoppetje of twee... 'Ik ben over Jeff heen, Cara. Geloof me, hij neemt geen enkele ruimte meer in mijn hersenen in.'

'Blijf dat maar tegen jezelf zeggen, misschien ga je het ooit nog geloven. Maar ik heb je in de buurt van mannen gezien; je gunt geen van hen een blik waardig. Toen Jenny me vertelde dat je op haar feestje zowaar met een ontzettend lekkere kerel had staan dansen, viel ik bijna om.'

'Nou, bedankt voor het vertrouwen.'

'Oh schat, ik heb er alle vertrouwen in dat je ze kunt aantrekken. Ik weet alleen niet zo zeker of je zelf wel doorhebt dat zij zich tot jou aangetrokken voelen. We moeten echt iemand voor je vinden die je teruggeeft wat Jeff van je gestolen heeft. Iemand die je kan leren hoe je moet leven.'

Beelden van Gage — naakt, cowboy, flirten, slenteren — flitsten voor haar ogen. Hij zou haar zeker het een en ander kunnen leren.

Ze hield de uitgerolde fondant omhoog. 'Kunnen we deze discussie parkeren voor, oh ik weet niet, over een jaar of twee wanneer deze zaak op eigen benen staat? Ik heb vandaag drie bestellingen af te werken en nog achthonderd rozenblaadjes te maken. Plus jouw lesje over fondant.'

'Vooruit dan maar. Je zin. Zaken gaan voor.'

'Jíj bent degene die altijd roept dat zaken voorgaan, Cara.'

'Sinds wanneer luister je naar mij?' Cara wapperde met haar handen. 'Wanneer komt onze stagiaire eigenlijk? Die rozenblaadjes houden haar wel een tijdje zoet.'

Ze hadden een stage geregeld met de plaatselijke technische school om de arbeidskracht te krijgen die ze zich konden veroorloven — gratis — in ruil voor praktijkervaring. En hopelijk zouden ze tegen de tijd dat Jesse afstudeerde in staat zijn haar aan te nemen.

Lara keek op de klok. 'Over een half uurtje. Laat me dan nu deze taarten met fondant bekleden, zodat ik alles klaar heb staan voor ze hier is, en dan leer ik jou wat je moet weten.'

Cara wiebelde met haar wenkbrauwen. 'Maar wie gaat *jou* leren wat jij moet weten?'

Negen

Gage reed de oprit op van het protserige landhuis van J.C. McCullough. Een puntdak, een gevel van natuursteen, een professioneel aangelegde tuin met een gemillimeterd gazon dat zo door kon gaan voor een golfbaan en natuurlijk een garage voor vier auto's.

Slechts vier? Waar parkeerde die vent zijn golfkarretje?

Hij parkeerde de pick-up achter de levensbomen om hem aan het zicht vanaf de straat te onttrekken. De meeste kapitale villa's hadden zo'n scherm, speciaal voor de aannemers die ze inhuurden.

Hij pakte zijn iPad, klembord en rolmaat, zette de honkbalpet van Tomlinson Contracting op zijn hoofd en stapte uit de wagen. Hij bewaarde daar altijd een setje schone kleren voor klantbezoeken na een werkdag, dus het rode poloshirt en de kaki broek waren gepaste kledij. Bovendien had hij zijn werkschoenen verruild voor een schoon paar, die hij ook voor dit doel in de auto had liggen. Niets was zo fnuikend voor het binnenhalen van een klus als het meeslepen van bouwvuil door iemands huis na een dag op de bouwplaats.

Hij belde aan bij McCullough en was niet verrast toen de deur werd geopend door een oudere vrouw in een zwarte jurk met een wit schort.

'Dag, ik ben Gage Tomlinson. Ik heb een afspraak met de heer J.C. McCullough.'

'Jazeker, meneer McCullough zit op het terras. Hij laat weten dat het hek van het zwembad open is en dat u direct door kunt lopen.'

Gage beet op zijn lip. De personeelsingang. Hij begreep het al.

Ja, die kerel was inderdaad een enorme *eikel*; Gage had hem niet verkeerd ingeschat.

Maar goed, het geld van een eikel was net zoveel waard als dat van ieder ander.

Hij trof McCullough aan op een prachtig stenen terras, terwijl hij de krant las en genoot van een ribeye, met een glas met iets amberkleurigs ernaast. Wat zou Gage er niet voor over hebben om zich zo'n plek te kunnen veroorloven. Het zwembad leek wel een privéven, compleet met een kletterende waterval en een hottub die wonderen zou doen voor de fysiotherapie van Connor, en op het terras stond een ingebouwde buitenkeuken met een houtgestookte pizza-oven. Het bijgebouw, inclusief bar, was de perfecte plek voor een feestje. Het feest van McCullough op de negende zou ongetwijfeld fantastisch worden.

'Tomlinson.' McCullough legde zijn vork neer en vouwde zijn krant op. 'Bedankt voor uw komst. Zoals u kunt zien, is er maar één plek voor een prieel. Daarzo.' Hij wees naar de linkerkant van het zwembad. 'Ik wil graag plek voor zes tot acht personen, als dat mogelijk is.'

Met de juiste hoeveelheid geld was alles mogelijk.

Gage trok zijn rolmaat van zijn riem, in de hoop dat de beweging het geluid van zijn rammelende maag verbloemde. De lunch was lang geleden en die biefstuk rook heerlijk. 'Laat me eerst wat metingen verrichten, daarna praten we verder.'

McCullough knikte, sloeg de krant weer open en concentreerde zich weer op zijn diner.

Gage nam de maten op en projecteerde ze op de foto's die hij met zijn iPad maakte om McCullough een voorlopig idee te geven van wat hij voorstelde. Hij had gemerkt dat het geven van een aangepaste visualisatie hielp om aan de verwachtingen van de klant te voldoen.

Hij nam er de tijd voor, omdat hij de ruimtelijke verhoudingen kloppend wilde krijgen, maar ook omdat hij de man de kans wilde geven zijn eten op te eten; kwijlen boven het diner van een klant was immers ook een goede manier om een klus te verpesten.

Toen McCullough zijn vork neerleegde, liep Gage terug en nam plaats aan de tafel. Hij legde de tablet met zijn ontwerp voor McCullough neer. 'Wat dacht u hiervan? We gebruiken dezelfde steen als van het terras en trekken die door in de steunmuren en de daksteunen. Ik gebruik betonblokken voor de binnenkant en bekleed die vervolgens met de natuursteen. Ik neem aan dat u wilt dat het dak bij het bijgebouw past, nietwaar? Leisteen is een uitstekend materiaal voor dit soort objecten.'

'Natuurlijk. Ik wil het beste van het beste.'

Geen verrassing daar. Gage onderdrukte een glimlach. De man wilde dit overduidelijk om mee te pronken, of om niet onder te doen voor de buren — wat hem prima uitkwam. Hoe exclusiever het ontwerp, hoe groter de winst. 'Leisteen wordt het. Het is ook onderhoudsarm. Het is een grotere investering vooraf, maar op de lange termijn verdient die zich terug.'

McCullough nam een slok uit zijn glas. Het moest wel cognac zijn; een man als hij zou cognac drinken bij zijn maaltijd. Waarschijnlijk kwamen de port en de sigaren bij het dessert tevoorschijn. 'Geld is het probleem niet. Tijd en uitstraling wel. Dit is voor mijn verlovingsfeest en ik wil dat het perfect is voor mijn verloofde.'

Gage had het flauwe vermoeden dat de uitstraling en de geld-speelt-geen-rol-houding veel meer met de verloving te maken hadden dan met het prieel.

God, wat was hij cynisch. Waarom kon de man geen verloofde hebben die van hem hield om wie hij was en niet om zijn geld?

Waarschijnlijk omdat deze vent ongeveer net zo beminnelijk was als het smeedijzeren meubilair waar hij op zat.

'Oké, ik heb wat ik nodig heb. Ik maak een offerte en die mail ik u morgenmiddag toe. Schikt u dat?'

McCullough knikte en opende de krant weer. 'Ik zie de offerte tegemoet.'

De eikel gaf hem bij het afscheid niet eens een hand.

Tien

'Klaar om ze te verbluffen met je cupcakes, nichtje?' Cara sloot de reuzenrad-display aan op de stekkerdoos die tussen de kraampjes was vastgeplakt op de benefietmarkt midden op het voetbalveld van het buurtcentrum.

Lara moest de neiging onderdrukken om naar haar *cupcakes* te kijken. Ze hoorde nog steeds de plagende, lijzige stem van Gage toen hij haar zo had genoemd op de expo.

Ze moest ook de neiging onderdrukken om erom te glimlachen. Cara zou ernaar vragen, en tja, ze wilde het niet echt delen. Het was lang geleden dat flirten leuk was geweest, en met Gage was het dat absoluut.

'Lar? Ben je er nog bij, schat?' Cara pookte haar aan. 'Ik weet dat het feestje van de Simpsons gisteravond laat werd, maar we moeten er vandaag wel staan. Dit is onze grootste kans op publiciteit tot nu toe.'

'Ik ben er klaar voor. Maak je geen zorgen.' Ze richtte haar gedachten weer op het hier en nu, aangezien het met Gage wel klaar was. 'Geef me de cupcakes met de logo's van de sportteams eens aan? Ik verwacht dat die vandaag een grote hit zullen zijn.'

Aangezien het benefiet voor een jongetje van zes was, dacht ze dat sport een veilige gok was; vaak weigeren jongetjes namelijk 'meisjesachtige' cupcakes aan te raken.

Gage niet. Die zou zich vol overgave *op de cupcakes van een meisje storten—*

O, hemeltje. Kon ze nu eindelijk eens ophouden aan hem te denken? Hij was verleden tijd en afgezien van dat ene zwakke moment waarop ze hem online had opgezocht, had ze echt haar best gedaan om hem te vergeten.

Blijkbaar werkte dat niet echt voor haar.

Tegen de tijd dat zij en Cara klaar waren met het opbouwen van de rest van de kraam, stond er al een rij. Eten was altijd een trekpleister op dit soort evenementen. Lara had gezorgd voor het dubbele van de normale hoeveelheid. Cara had nieuwe brochures ontworpen om de lokale aandacht te trekken en deelde die uit aan de voorkant van de kraam. Lara verleidde hen vervolgens in het midden met proeverijtjes, en de lijst voor de nieuwsbrief lag aan het eind, helemaal alleen, te smeken om e-mailadressen—die bijna iedereen met plezier invulde.

'Ik moet even naar het toilet,' zei Cara tijdens een rustig moment. 'Denk je dat je het alleen redt?'

'Geen probleem. Ik ga alleen de tafel even bijvullen. Kun je een limonade voor me meenemen op de terugweg?'

'Tuurlijk. Tot zo.'

Lara bukte om een nieuwe doos cupcakes te openen. Ze had ontdekt dat mensen minder snel naar een kraam kwamen als de presentatie karig was, dus ze bracht altijd meer mee dan ze dacht nodig te hebben. Ze had zich slechts één keer misrekend.

'Hé daar, Cupcake.'

Maak daar maar twee keer van.

Lara keek op. Cowboy Gage stond bij haar tafel. Zonder hoed, chaps of laarzen, maar hij was het overduidelijk. Die aquamarijnblauwe ogen waren uniek. En dat gold ook voor zijn effect op haar.

Ze weerhield zichzelf ervan om met haar hand door haar krullen te gaan om te zien of ze er nog fatsoenlijk uitzagen. De luchtvochtigheid maakte dat toch zinloos, en er was geen enkele reden om de aandacht te vestigen op de onhandelbare bende terwijl hij er *bijzonder* goed uitzag in een marineblauwe short, een wit overhemd en een glimlach.

Heer, die glimlach. De man kon met de kracht daarvan een derdewereld-land verwarmen.

'Uh, hoi. Ben je... ik bedoel, doet je bedrijf mee aan dit benefiet?' Ze zou gedacht hebben dat strippers te gewaagd waren voor een buurtbijeenkomst, maar misschien rekenden de organisatoren op de aantrekkingskracht.

'Nee. BeefCake is niet bepaald gepast voor dit publiek.'

Waar. Het was meer het publiek voor vrijgezellenfeestjes met veel sambuca —waar zij nu tot haar verdriet een officieel lid van was.

'Ik ben hier omdat ik de oom van Connor ben.'

'Connor Nelson? Het jongetje voor wie het benefiet is?' Ze wist niet waarom ze verrast was; Gage had natuurlijk recht op een familie. Ze had hem alleen nooit zo gezien.

Misschien omdat ze op andere, minder gepaste manieren aan hem had gedacht.

'Ja, Connor is mijn neefje. Ik ga alle sponsors langs om hen persoonlijk te bedanken voor hun hulp aan hem en mijn zus. Ze hebben het echt nodig en waarderen enorm wat je doet. We waarderen het allemaal.'

Zijn stem was donkerder geworden op een manier die niets met flirten te maken had, en ze kreeg de neiging om hem te troosten. Ze reikte naar zijn hand. 'Ik ben blij dat we kunnen helpen. Ik hoop dat dit voor jullie allemaal goed uitpakt en dat het weer goed komt met Connor.'

Hij knypte in haar vingers. 'Dat *moet* wel.'

'Als ik iets kan doen, hoef je het maar te vragen.'

'Bedankt. Het is...' Hij keek weg. 'Het is zwaar geweest.'

Ze kon zich niet voorstellen waar ze doorheen gingen. De schrik van het ongeluk en de verwondingen waren al erg genoeg, maar daar kwam nog de stress van de oplopende medische rekeningen bij; het was geen wonder dat Gage gespannen was.

Het was ook geen wonder dat ze hem wilde troosten. Ondanks al zijn geplaag en geflirt was er iets heel oprechts aan Gage. Iets wat haar aantrok.

Nee, nee, nee. Ze ging die weg niet weer op. Ze had een bedrijf om te runnen. Een gebroken ego om te lijmen. Zelfvertrouwen om op te bouwen. Door en voor zichzelf; *niet* vanwege een man.

'Hé, wil je een cupcake?' Ze hield een van de 'meisjesachtige' omhoog. De exemplaren die ze gebakken had, welteverstaan. Niet die andere—

Ze bracht die gedachte direct tot zwijgen.

Maar haar vraag ontlokte hem wel een glimlach, precies zoals ze had gehoopt.

'Roze en strassteentjes? Is dat wat je van me denkt?' vroeg hij, waarbij zijn glimlach een heel eigen soort ravage aanrichtte.

'Dat is eigenlijk heel kleine suikergoed, maar het heeft je wel aan het lachen gemaakt, nietwaar?'

En *dat* zorgde voor een lachje. 'Geef maar hier. Ik weet zeker dat hij geweldig smaakt, hoe je hem ook versierd hebt.' Hij pelde het felroze folie eraf en nam een hap.

Ze had echt niet moeten kijken hoe hij dat deed.

Hij sloot zijn ogen terwijl hij met zijn tong even snel over zijn lippen gleed en kreunde. Allemaal dingen die ze was misgelopen op die ene dronken avond.

'Wauw, Lara. Je cupcakes zijn spectaculair.'

Ze ging die aflevering van Seinfeld niet noemen. Echt niet.

Maar ze dacht er wel aan.

'Blij, uh, dat je hem lekker vindt.' Ze begon de tafel weer bij te vullen. En het reuzenrad. En wat ze maar kon vinden, ze legde ook meer brochures neer. Alles om maar niet te hoeven kijken hoe hij de felroze botercrème van zijn lippen likte.

Daar slaagde ze ook niet echt in. Vooral niet toen hij zijn vingers aflikte.

Waar bleef haar nichtje met die verdomde limonade? Lara moest dringend afkoelen.

Gage maakte een propje van het papiertje en wierp het—twee punten, natuurlijk—in de vuilnisbak achter haar. 'Hé, bedankt. Voor de cupcake en voor je deelname.'

'Graag gedaan. Zoals ik al zei, ik hoop dat het helpt.'

'Dat zal het zeker doen.'

'Mooi.'

'Ja.'

Oké, nu werd het ongemakkelijk. Vooral omdat er een heel klein beetje botercrème in zijn mondhoek zat en ze echt, heel erg graag degene wilde zijn die het eraf likte.

'Cupcakes!' De geding overstemde gelukkig het ongemakkelijke moment. Dat gold ook voor de honderdtal zomerkamp-kinderen die massaal op haar kraam afstormden.

'Ik wil de Eagles!'

'Lakers!'

'Nee, geef mij de Cowboys maar!'

Lara zou een zekere cowboy ook niet erg vinden...

Ze zette Gage uit haar hoofd en richtte zich op de hongerige tieners die elk team vroegen dat ze gemaakt had, wat geen probleem zou zijn als ze nog wist welk logo bij welk team hoorde. Hoewel ze van sport hield, werd haar kennis hier flink op de proef gesteld.

Gelukkig sprong Gage bij om te helpen en greep hij links en rechts cupcakes om aan de vraag te voldoen. 'Wie wil de Marlins?' Hij hield de cupcake omhoog als een veilingmeester.

Zes kinderen staken hun hand op.

'Ik wil de Dolphins!' schreeuwde een ander.

'Wat is een marlijn?' vroeg weer een ander.

'Dat is een honkbalteam, sukkel. En de Dolphins spelen American football.'

Een meisje schudde haar hoofd. 'Echt niet. Een marlijn is een grote vis. Mijn vader heeft er eens een gevangen.'

'En dolfijnen zijn zoogdieren,' zei een ander meisje, dat helemaal behangen was met roze en glitters. 'Die zijn slimmer dan de meeste mensen.'

Lara had de perfecte cupcake voor *haar*. Ze overhandigde haar de tweelingbroer van de cupcake die ze aan Gage had gegeven.

Hij trok zijn wenkbrauwen naar haar op en glimlachte.

'Alles is slimmer dan jij,' grinnikte een van de jongens, en zijn vriendjes lachten met hem mee toen het gezicht van het meisje betrok.

Lara wilde net iets gaan zeggen toen een slungelige jongen zich door de menigte drong en de pester confronteerde. 'Hé, Miller, kijk uit.'

'Wat ga je eraan doen dan, Greeley?' Miller sloeg zijn armen over elkaar met een grijns waar Lara de kriebels van kreeg.

'Dit.'

Ze had niet gedacht dat Greeley het in zich had, maar hij gaf Miller een stomp op zijn arm.

Dat was een heel slechte beslissing. Miller en zijn trawanten bliezen zich op met een pre-puberale woede die misschien tekortschoot aan testosteron, maar niet veel.

Het stond op het punt lelijk te worden toen Gage riep: 'Hé, stop daar eens even, jongens!' en de kraam uit rende om tussen de twee kinderen in te gaan staan. 'Hé, rustig aan. Dit hoort een leuke, ontspannen dag te zijn. Vechten is niet toegestaan.'

'Hij begon,' zei Miller opstandig.

Gage keek hem strak aan. 'Laten we daar niet over beginnen. Jullie waren allebei even schuldig. Laten we het in plaats daarvan hebben over waar deze dag om draait.'

'Een of ander kind is aangereden door een auto.' Miller wuifde het weg alsof het niets voorstelde.

Lara zag de pijn in de ogen van Gage schieten, maar hij hield het binnen.

Haar hart ging naar hem uit. Vandaag was voor hem persoonlijk op een heel diep niveau.

'Dat kind is een jongetje van zes genaamd Connor. Weten jullie nog hoe het was om zes te zijn?'

De o-zo-wijze tienjarigen knikten plechtig. Lara moest haar glimlach verbergen. Gage was echt goed met ze.

'Aaaaah, hij is nog maar een baby,' zei het roze-met-glittermeisje, dat nu dweperig naar haar ridder in glanzende scheenbeschermers staarde.

Hoe erg was het dat Lara jaloers was op een tienjarige met haar eerste verliefdheid?

'Dat klopt; Connor *is* iemands baby,' zei het voorwerp van *haar* verliefdheid, terwijl hij op zijn hurken ging zitten om op hun niveau te zijn. 'Zijn moeder houdt heel veel van hem. Net zoals jullie ouders van jullie houden. En ze is heel verdrietig dat hij gewond is geraakt toen iemand hem aanreed met zijn auto. Hij kan niet lopen en kan door zijn verwondingen nog maar één arm gebruiken. Daarom hebben we deze familiedag georganiseerd met de hulp van al deze zorgzame mensen in de kraampjes, om geld in te zamelen voor Connors medische rekeningen. Zodat hij zich kan concentreren op beter worden in plaats van zich zorgen te hoeven maken of hij wel de juiste zorg krijgt. Hoe zouden jullie het vinden om de hele tijd in een rolstoel te zitten en niet te kunnen bewegen tenzij iemand je helpt?'

Miller and his sycophants knikten ernstig. 'Dat zou echt zwaar ruk zijn.'

Kortom, ja, dat zou het. Lara moest haar tranen wegslikken terwijl ze naar Gage luisterde. Hij sprak tegen hen op hun niveau zonder de emotie die hij voelde in zijn stem te laten doorklinken.

'Het is ook ruk voor Connor. Hij kan niets alleen, en hij kan niet naar buiten om met zijn vriendjes te spelen. Zelfs een van deze cupcakes eten zou moeilijk voor hem zijn, omdat hij hem niet zelf uit het papiertje krijgt. Dus wat dachten jullie ervan als we aardig tegen elkaar doen, dan krijgt iedereen een cupcake zonder dat er bloed vloeit, oké?'

De vechtersbazen schuifelden wat met hun voeten. 'Ja, oké dan,' mompelde Miller.

''ké,' zei Greeley—wiens hand op de een of andere manier in die van het glittermeisje was beland.

Lara's lippen vertrokken. Ach, jonge liefde.

Gage stond op en keek haar even aan.

Nee. Daar ging ze niet aan toegeven.

'Mooi. Dat is dan geregeld.' Gage sloeg een arm om de schouders van de jongens. 'Laten we nu iedereen een cupcake geven.'

Daarna gedroegen de kinderen zich voorbeeldig; ze vormden een nette rij en wachtten elk op hun beurt. De opgejaagde begeleiders bedankten Gage toen ze als laatsten in de rij aansloten.

'Dat was geweldig,' zei Lara toen de menigte was opgelost.

'Ja, ze wilden die cupcakes echt graag hebben. Je bent er bijna doorheen.'

'Dat niet.' Lara pakte een van de dozen die ze hadden leeggemaakt en vouwde hem in elkaar om haar handen wat te doen te geven, zodat ze niet naar *zijn* hand zouden dwalen, zoals die van Greeley hadden gedaan. 'Ik bedoelde jou. Hoe je met hen omging. Je bent echt goed met kinderen.'

Hij haalde zijn schouders op. 'Komt door het omgaan met volwassenen, vermoed ik. Je wilt niet weten hoeveel vrouwen ik van die kerels moet afplukken. En dan heb je nog de jaloerse vriendjes of echtgenoten. Soms kan het er heftig aan toe gaan. Bij deze kinderen hoefde ik me tenminste geen zorgen te maken dat het fysiek werd.'

'Nou, je kunt echt goed met mensen overweg.' Met haar incluis. Ze voelde hoe haar voornemen om afstand te houden wat hem betrof, wegsmolt. Hoe charmant hij ook was in zijn flirtende cowboy-modus, op dit moment was hij nog gevaarlijker voor haar evenwicht. Dit was de echte Gage en hij was een krachtige mix van sexy en teder.

'Ik ben gewend om om te gaan met een zesjarige die aan een rolstoel gekluisterd is en doodsbang is dat hij er nooit meer uit komt. Geloof me, de emoties die deze kinderen lieten vallen kan ik een stuk makkelijker aan dan die van Connor.'

En daar ging weer een barst in haar pantser.

Gage veegde zijn handen af aan een papieren handdoekje en scoorde weer twee punten. 'Ik denk dat ik maar eens ga. Er zijn nog een hoop andere mensen die ik moet bedanken.'

'Bedankt dat *jij* even hielp.'

Hij gaf een kneepje in haar arm. 'Met alle plezier.'

Dat van haar ook. 'Uh, ja, nou, bedankt dat je even langskwam. Het was leuk om je weer te zien.'

Hij gaf haar een schattige scheve glimlach, compleet met die kuil in zijn wang. 'Insgelijks,' zei hij voordat hij de stand verliet en een deel van haar vastberadenheid met zich meenam.

Maar terwijl ze hem nakeek, wilde ze wel kreunen. *Bedankt dat je even langskwam? Het was leuk om je weer te zien?* Vergeet vandaag; dit was de man met wie ze in *bed* had gelegen. Degene die haar jurk had uitgetrokken en haar in zijn T-shirt had gehesen. Die heer genoeg was geweest om geen misbruik van haar te maken (maar die dat de volgende ochtend waarschijnlijk wel van plan was geweest), en zij *bedankte hem dat hij even langskwam?*

Geen wonder dat ze sinds de scheiding niet meer dan twee dates met wie dan ook had gehad als ze een man zo behandelde. Ze verdiende niet beter.

* * *

Het kostte Gage alles wat hij in zich had om weg te lopen.

Je cupcakes zijn spectaculair.

Mijn God. Hij was volledig uit zijn doen. Hij zou nooit zoiets afgezaagds tegen een vrouw zeggen als hij helder kon nadenken, maar dat kon hij blijkbaar niet. Zijn emoties gingen vandaag alle kanten op, en dan was het niet het juiste moment om in de buurt te zijn van een vrouw die hetzelfde effect op hem had.

Hij had de zin uit die sitcom herkend en wist dat zij dat ook had gedaan, en het had zijn brein op een zijpad gebracht waar hij niets te zoeken had terwijl zijn neefje in een rolstoel zat en geconfronteerd werd met de mogelijkheid dat hij nooit meer de oude zou worden.

Godzijdank waren die kinderen langsgekomen; hij had de afleiding nodig gehad. Lara had er prachtig uitgezien, zelfs met haar koksmuts op, iets wat bijna niemand staat. Maar haar haar was een weelde van krullen waar hij zijn vingers in had willen begraven, en de blos op haar wangen door de hitte had haar ogen doen fonkelen, en de glimlach die ze voor hem had toen ze hem zag...

Hij wilde graag geloven dat er meer was dan alleen een 'leuk om je weer te zien'-dingetje.

En toch had hij haar met niets meer dan dat achtergelaten. Waar was zijn charme gebleven? Had hij nog onhandiger kunnen zijn?

Hij was nooit onhandig bij vrouwen. Maar hij begon te beseffen dat Lara niet zomaar een vrouw was.

Hij streek met zijn hand over zijn mond. Shit. Glazuur. Hij bakte er werkelijk niets van in de categorie 'indruk maken op Lara'. Ze was bij hem flauwgevallen, kon niet wachten om uit zijn stand weg te komen, was de expo ontvlucht voordat hij haar weer kon zien, en nu liep hij rond met roze glazuur op zijn gezicht bovenop dat 'leuk om je weer te zien'-gedoe. Hij kon maar beter zijn verlies nemen en verdergaan.

Behalve dat hij haar, dankzij zijn ridder-op-het-witte-paardcomplex, volgend weekend zou zien bij Gina's optreden.

Zijn telefoon ging over. 'Hé Miss, ik kom eraan.' Connor was gearriveerd. Het was belangrijk dat iedereen hem zag, maar hij en Missy moesten oppassen dat ze het niet overdregen. Hoe onrustig de kleine ook werd van het stilzitten, zoiets als dit zou zijn energie wegzuigen.

Hell, kijk eens wat het met Gage deed.

* * *

Lara keek Gage na terwijl hij wegliep en voor een keer waren haar gedachten niet bij de prachtige achterkant die verborgen ging in zijn broek.

Nou ja, niet veel.

Hij had verdriet. Het was zo in strijd met de man die ze kende. Niet dat ze hem kende. Niet echt. Hij was knap, kon dansen, had een interessant bedrijf en kon flirten als Casanova, maar ze kende hem niet echt.

Nu wel. Of nou ja, ze wist nu iets meer over hem dan voorheen. En wat ze nu wist, beviel haar. Erg goed zelfs.

Ze boog zich weer onder de toonbank, zowel om meer cupcakes te pakken om de vitrine bij te vullen als om hem uit het oog te verliezen. Ze mocht hem niet *willen* mogen. Iets tussen hen zou niet praktisch zijn. Ze had te veel te doen, te veel uren te steken in Cavallo's Cups & Cakes om zelfs maar te overwegen haar geen-relatie-regel overboord te gooien. Ze was niet zoals Cara die zo makkelijk aan one-night-stands kon doen. Het was een van de weinige verschillen tussen hen, maar Lara sliep niet zomaar met iedereen — de nacht met Gage niet meegerekend. En dat was een door alcohol ingegeven poging geweest om zich goed over zichzelf te voelen. Logisch gezien wist ze dat Jeff degene was met het probleem, maar emotioneel? Emotioneel was ze op zoek geweest naar bevestiging.

En kennelijk ook op zoek naar Gage, afgaande op de flarden herinnering die op ongelegen momenten bleven opduiken.

'Ik geloof het niet.'

Dit was zo'n ongelegen moment. Jeff.

'Je hebt dit dus echt doorgezet. Waar dacht je aan, Lara?'

Ze stond op en was deze keer niet van plan haar krullen glad te strijken. Haar ex-man had altijd een hekel gehad aan haar haar als het wild en los zat.

'Hallo, Jeff.' Het kostte haar alles om beleefd te blijven, maar ze wilde hem niet de voldoening gunnen dat ze een huilend wrak zou worden waar hij bij stond. Dat had ze al eens gedaan, nooit weer. Klootzak.

'Ik kan niet geloven dat je tot dit bent gedaald. Je had de scheiding niet moeten doorzetten, Lara.'

'Je hebt me bedrogen. Ik had geen keus.'

'We hebben altijd een keuze, Lara.'

'En jij maakte de verkeerde toen je iets met haar begon.'

'Ze betekende niets.'

'Dat maakt het feit dat je ons huwelijk daarvoor hebt verpest alleen maar meelijwekkender.'

Het was hetzelfde oude argument en het had elk van een dozijn of meer vrouwen kunnen zijn. Ze hadden een knappe, rijke advocaat gezien en het kon ze niet schelen dat hij getrouwd was.

Jeff kon het ook niet schelen.

Maar Lara wel. 'Is er iets wat je nodig hebt of kwam je alleen maar langs om me te bespotten?'

Jeff streek met zijn hand over zijn buik. Het was een maniertje van hem, een poging om ouderwetse charme en verfijning uit te stralen, maar ze doorzag het. Jeff was trots op zijn buikspieren.

Ze waren niets vergeleken met die van Gage.

Geweldig. Niet wat of aan wie ze moest denken terwijl ze met haar ex-man te maken had.

'Eigenlijk kwam ik om je in te huren.'

'Echt niet.' Cara verscheen vanuit het niets en plakte zich zowat aan Lara's zijde vast. 'Op die dag zitten we vol.'

Jeff trok een wenkbrauw op naar Cara. Ze hadden elkaar nooit gemogen. 'Je weet niet eens om welke dag het gaat.'

'Maakt niet uit. Voor jou zitten we vol.'

Lara vond het prachtig dat haar nicht haar probeerde te beschermen, maar de realiteit was dat ze opdrachten nodig hadden, en Jeffs geld aannemen voor iets wat ze toch al wilde doen, was iets waar ze eigenlijk wel om moest glimlachen. 'Wanneer is het, Jeff, en wat had je in gedachten?'

'Lara—'

Ze kneep in Cara's hand. 'Laten we hem aanhoren.'

Het evenement was precies wat ze van Jeff verwachtte. Al zijn advocatenvriendjes over de vloer voor een chique buffet op het achterterras. Hij noemde zijn patio serieus een terras. Het was niet het huis waar ze met hem had gewoond — zijn partnerschap had hem een nieuw adres opgeleverd. Maar ze had het gegoogeld. Ze had het aangelegde *terras* en het zwembad gezien. Een groot mausoleum voor één man — want natuurlijk was de scharrel van die maand er nooit ingetrokken. Lara had van een paar gezamenlijke kennissen gehoord dat hij weer verder was gegaan. Meerdere keren. Als er één troost was in het feit dat hij was vreemdgegaan, dan was het wel dat hij om die vrouw net zomin gaf als hij om haar had gegeven.

'We maken een offerte en sturen die deze week naar je toe, Jeff. Dank je wel voor de opdracht.'

'Zorg er maar voor dat het iets bijzonders is, Lara. Net als dat feest waarvoor we de catering lieten doen toen de Garretts trouwden. Ik kan het niet hebben dat mijn eigen verlovingsfeest wordt overschaduwd door een uit het verleden.'

'Verloving?' Shit. Dat had hij expres gedaan, om haar te overrompelen.

Het had gewerkt, verdomme, maar ze zou hem die voldoening niet geven. Ze zou *niet* huilen. Het zou haar *niet* raken.

En waarom zou het ook? De arme vrouw met wie hij ging trouwen was degene die medelijden verdiende. En een waarschuwing. In die volgorde.

'Ja. Ik ga weer trouwen. Je dacht toch niet dat ik achterover zou leunen en zou wachten tot jij weer bij zinnen kwam?'

Cara gromde. Ze *gromde* daadwerkelijk. 'Luister eens, jij opgeblazen kwal—'

Lara greep de arm van haar nicht. 'Car, het is goed.' Ze keek Jeff aan. 'Ik denk dat felicitaties op hun plaats zijn. Ken ik haar?'

'Nauwelijks. Je begeeft je niet meer in dezelfde kringen.'

Ze sloeg de belediging op. Jeff was een meester in sneren. 'Nou, gefeliciteerd in elk geval. Wil je dat ik met haar overleg wat haar wensen zijn voordat ik je de offerte geef?'

'Ja hoor. Alsof ik jou de kans wil geven om haar tegen mij op te stoken.'

'We zouden *jou* moeten vergiftigen,' mompelde Cara.

Jeff wierp haar een boze blik toe.

Lara schudde haar hoofd. 'Hou op, jullie twee. Jeff, weet je zeker dat je niet wilt dat ik met haar spreek om haar inbreng te horen? Het is ook háár verlovingsfeest.'

'Zij vindt alles goed wat ik uitkies.'

Natuurlijk dacht hij dat. Omdat Lara dat ook altijd was geweest. Er was niets veranderd voor Jeff, behalve de naam.

'Prima. Zoals ik al zei, je hebt de offerte halverwege de week.'

'Goed. En ik verwacht dat *jij* ter plaatse bent. Niet je nicht.' Hij spuwde het laatste woord uit voordat hij vertrok, zonder Cara zelfs maar aan te kijken. Godzijdank, want *zij* zag eruit alsof ze hem elk moment naar de keel kon vliegen.

'*Wat* was dat?' Cara viel tegen haar uit zodra Jeff buiten gehoorsafstand was. 'Ben je gek geworden? Wat denk je wel niet, voor hem gaan werken? Die vent is uitschot. Heb je dat niet met veel pijn en moeite moeten leren?'

'Natuurlijk wel, Cara. Maar dit is een geweldige kans.'

'Om weer gekwetst te worden.'

'Dat niet. Denk er eens over na. Wij hebben opdrachten nodig; Jeff heeft er een. En hij wil dat *ik* het doe. Hij denkt dat hij me beledigt door me voor hem te laten werken, maar hij snapt het niet. We kunnen hem het dubbele vragen en hij zal het zonder morren betalen. Dus wie wordt er nu door wie gebruikt?'

Het duurde een paar seconden, maar toen begon het Cara te dagen. 'Sapperdeflap, jij doortrapt klein ding. Ik wist niet dat je dat in je had.'

'Jeff ook niet. Dat is juist wat het zo mooi maakt. En nog mooier zou zijn als we meer opdrachten kregen van zijn zogenaamde vrienden. Dat zal hem de stuipen op het lijf jagen. Hij heeft hier niet echt over nagedacht. Hij denkt dat hij me vernedert door mij voor hem te laten werken, maar hij gaat het niet leuk vinden als andere mensen mij daar zien, niet als ik vroeger zijn achternaam droeg. Hij zal de schaamte niet kunnen verdragen.'

'En jij?'

'Het punt is dat ik op goede voet stond met veel van zijn collega's, en er is niets schandelijks aan werken op zijn feest. Ik red me wel. Ik red me zelfs meer dan prima. Ik lach straks in mijn vuistje terwijl ik het geld naar de bank breng.'

'Ik neem de rib-eye, een gepofte aardappel met alles erop en eraan, een portie uienringen en een bakje koolsalade.' Lara sloeg de menukaart dicht en overhandigde die aan de serveerster.

Cara's mond viel open. 'Je gaat dat toch niet serieus allemaal opeten?'

'Zeker wel. Ik ben uitgehongerd.' Na het benefietfeest had ze het hele weekend doorgewerkt om zich voor te bereiden op de leveringen van deze week, en ze had de lunch overgeslagen om de laatste hand te leggen aan de jubileumtaart voor de familie McBride. Die hadden ze afgezet voordat ze zichzelf trakteerden op de dagschotel bij Donegan's.

'Voor mij een maaltijdsalade.'

'Ah, kom op, Cara. Was jij niet degene die zei dat ik eens wat meer moest genieten? Avontuurlijk moest zijn?'

Cara gaf haar een tikje op haar hand met de menukaart voordat ze die aan de serveerster teruggaf. 'Ik betwijfel of er iets op de kaart van Donegan's als avontuurlijk kan worden beschouwd.'

'Nou, ik weet het niet hoor, die Rocky Mountain-oesters zijn niet voor bangeriken.'

'En ook niet voor mij, dus haal het maar uit je hoofd. Maar misschien moeten we een wijntje nemen of zo.' Cara friemelde met het rietje in haar frisdrank. 'Vandaag was een goede dag, Lara. We hebben weer twee bestellingen binnen en een toezegging van het seniorencomplex voor hun open dag. Het begint te lopen. Onze naam wordt bekend.'

Lara haalde diep adem en leunde achterover in de nis. Dat was precies het nieuws dat ze nodig had. Dat ze Jeff afgelopen weekend had gezien, had alle ellende waar ze doorheen was gegaan weer naar boven gehaald. Ze had het nog geprobeerd te voorkomen, maar zaterdagavond was ze toch geëindigd met een mierzoete vrouwenfilm voor de televisie, terwijl ze probeerde te begrijpen hoe ze A) haar huwelijk niet had kunnen laten slagen, B) in de eerste plaats zo dom was geweest om met hem te trouwen, C) alles wat ze had opgegeven, had opgegeven voor iemand die het niet had gewaardeerd, en D) nog steeds genoodzaakt was zijn partneralimentatie te verzilveren.

Ze had opnieuw over zijn jobaanbod nagedacht. Veel. Het had haar het hele weekend beziggehouden. Maar ze was niet van plan haar eigen ruiten in te gooien uit nijd. Het verlovingsfeest was een betaalde klus en de bakkerij was nog te nieuw om kieskeurig te zijn over klanten, maar ooit hoopte ze op de kans om hem te weigeren. Wie weet? Misschien leverde het via zijn gasten wel genoeg klandizie op om dat te kunnen doen.

Ach ja, dromen mag altijd.

'Hé, Joe, hoe is het?'

En daar had je de man over wie ze had gedroomd. Gage Tomlinson was binnen.

Ze had het al geweten voordat hij iets had gezegd. Het was alsof de lucht veranderde. Verschoof. Haar zintuigen werden scherper.

Ze stikte bijna in een lachbui. Ja hoor, en er fladderden vast kleine elfjes om haar hoofd die overal elfenstof en liefdesdrank rondstrooiden. God, ze had het zwaar te pakken.

'Nou, halloooo.' Cara *moest* hem natuurlijk weer direct in het vizier hebben. 'Zie je *dat*, Lara?'

Cara zou verbaasd zijn als ze wist hoeveel ze precies van *dat* al *had* gezien. 'Eh, ja. Niet verkeerd.'

'Schatje, dat is meer dan niet verkeerd. Dat is eersteklas materiaal.'

Nee, hij was een eersteklas *lekkerding*, maar dat ging Lara niet vertellen.

Lara wreef met haar pols tegen haar koele glas frisdrank. 'Dus, wat gaan we doen voor het seniorencomplex? Taart of cupcakes? Thema?'

'Serieus? Wil je het over werk hebben terwijl daar een bloedmooie vent in zijn eentje zit?'

Lara pakte haar drankje op. 'Sinds wanneer ben jij op mannenjacht? Weet Nick dit? En trouwens, dit is geen kroeg om op te scharrelen; het is een restaurant. Wie zegt dat hij niet met iemand heeft afgesproken?'

O god, die gedachte was nog niet eens bij haar opgekomen. Dat had wel gemoeten. Gage was, zoals Cara het zo ongezouten verwoordde, een eersteklas stuk. Het was onmogelijk dat hij lang vrijgezel zou blijven. Hij had waarschijnlijk een dozijn vrouwen in de rij staan, één voor elke avond van de week en twee in het weekend.

Van wie zij er één was geweest.

Ze nam een flinke slok van haar frisdrank. En stikte prompt in een stukje ijs.

Cara sprong op om haar op haar rug te slaan. 'Gaat het?'

Dat verdomde ijsje zat vast. En het hielp niet echt dat de helft van het restaurant naar haar keek.

En natuurlijk hoorde *hij* bij die helft.

Gage was uit zijn stoel en trok Lara sneller uit de hare dan zij zich kon realiseren dat ze in de problemen zat.

Hij sloeg zijn armen om haar heen, zette zijn vuist op haar middenrif en gaf een krachtige ruk omhoog.

Het ijsblokje vloog uit haar mond.

Hij draaide haar om in zijn armen en ze kreeg een heel intieme blik op de meest sexy ogen die ze in tijden had gezien.

'Gaat het weer, Lara?'

'Nu wel.' God, hij zag er goed uit. Een zweem van een stoppelsbaardje, zijn haar in de war, en die lippen van hem op kusafstand. Hij droeg een poloshirt en een kaki broek, en op de een of andere manier was die look net zo sexy bij hem als de cowboyoutfit of wat hij tijdens het benefiet droeg.

En het naakt zijn.

Daar moest ze vooral niet aan denken. Niet terwijl Cara hen als een havik in de gaten hield.

Eigenlijk moest ze er helemaal niet aan denken. Niet vanwege Cara, en niet vanwege Gage. Maar gewoon, punt uit.

Cara schraapte haar keel en stak haar hand uit. 'Hoi, ik ben Cara Cavallo. Bedankt dat je haar leven hebt gered.'

Het kostte Gage drie hartslagen voordat hij naar Cara keek. Lara telde ze.

'Gage Tomlinson.' Hij knikte naar Cara, maar liet Lara niet los. 'Ik ben blij dat ik kon helpen.'

Dat was Lara ook.

'Wil je bij ons aan tafel komen zitten?' vroeg Cara.

Lara kon haar wel vermoorden. Ze had al geen slok kunnen drinken toen hij aan de andere kant van de zaak aan de bar zat; het was uitgesloten dat ze zou kunnen eten met hem aan hun tafel.

'Dat zou gezellig zijn. Bedankt.' Gage maakte één arm los van haar middel, maar hield de andere stevig om haar heen. 'Vind je het goed, Lara?'

Ze knikte. Wat moest ze anders, nee zeggen? Cara zou het haar nooit vergeven.

Al zou Cara, te oordelen naar de blik die ze haar wierp, wel een verklaring willen over hoe Gage haar naam kende.

Wat zou leiden tot de vraag hoe Gage haar kende.

En ze hoopte maar dat dat niet zou leiden tot hoe *goed* Gage haar kende. In de bijbelse zin, dan.

Nou ja, technisch gezien kende ze hem niet in de bijbelse zin. Ze had de pracht en praal van Gage gezien, maar alleen van een afstandje. Een kleine afstand, dat wel, maar genoeg om bijbelse kennis te voorkomen.

Geweldig, ze was weer in zichzelf aan het bazelen. Alweer.

Ze schoof de bank op en schoof nog een stukje verder toen Gage naast haar kwam zitten.

Cara gleed aan haar kant van de tafel op haar plek, met een veelzeggende blik van: jij gaat me *alles* vertellen.

Lara glimlachte. Min of meer.

'Dus, Gage.' Cara maakte er een heel spektakel van om haar servet open te vouwen en op haar schoot te leggen. 'Waar kennen jullie elkaar van?'

Gage hield zijn ogen op Lara gericht. 'We hebben elkaar ontmoet op de trouwbeurs.'

Lara wilde hem wel kussen. Hij was echt een heer.

Nou ja, ze wilde hem om meer redenen kussen dan dat, maar dit was een begin.

'De beurs?' Cara tikte met haar vork op de tafel. 'Ga je trouwen?'

Een mondhoek van Gage trok omhoog in een glimlach. 'Nog niet, nee. Ik was een van de standhouders.'

'Echt waar? Wat verkocht je?'

Lara rolde met haar ogen. *Daar gaan we...*

De grijns van Gage werd nu een kamerbrede glimlach. 'Diensten voor vrijgezellenfeesten.'

Dat was een manier om het te zeggen.

Cara begreep het meteen. 'Ben je een van de strippers?'

Dat zorgde er eindelijk voor dat Gage zijn aandacht op Cara richtte. 'De officiële term is exotisch danser. Wat de mannen wel of niet uittrekken, bepalen ze zelf. En nee, ik dans niet zelf.'

O jawel, dat deed hij wel. Hij had haar zelfs een privévoorstelling aangeboden.

Lara voelde de hitte door haar botten trekken — hoewel het feit dat Gage strak tegen haar zij aan zat daar ook iets mee te maken kon hebben.

Ze bedwong haar vrolijke hormonen voordat Cara nog geïnteresseerder raakte dan ze al was.

'Ik wed dat die plek een goudmijn voor je was als je net zoveel aanmeldingen hebt gekregen als wij. Lara zei dat het er krioelde van de vrouwen,' zei Cara, gelukkig weer in haar zakelijke modus. Cara was gepassioneerd in alles wat ze deed, of het nu het runnen van de zaak was, een serieuze relatie met een man — of er een verrot schelden. Als ze gefocust was op de zakelijke kant van het evenement, zou ze misschien vergeten Lara later te verhoren. Helaas, nadat ze haar het hele weekend Jeff verbaal in stukken had horen hakken, rekende Lara daar niet op.

'Het ging goed,' zei Gage, terwijl hij zijn vingers op tafel in elkaar vlocht.

Sterke handen. Bekwame handen. Die overal op haar lichaam hadden kunnen zitten als ze dat laatste glaasje Zambuca niet had genomen.

'Ik ben blij dat we erbij waren. De organisatoren deden in het begin nogal moeilijk, maar uiteindelijk was het de moeite waard.'

'Moeilijk?'

'Ja. Mensen horen wat we doen en denken meteen het ergste. Ik moest zelfs een clausule tekenen waarin stond dat we ter plekke geen privédiensten tegen betaling zouden verrichten.'

Cara legde haar vork neer. 'Dat meen je niet.'

'Precies mijn gedachte. Over objectivering gesproken. Maar ik snap het wel. Vaak hoor je wat onze jongens doen en dan denken mensen meteen aan een escortservice en alle ballast die daarbij hoort. De meesten beseffen niet dat het gewoon een baan is, net als ober of vakkenvuller. De meeste van mijn jongens zijn studenten die dansen zien als een manier om hun studie te betalen. Dat heb ik ook gedaan en ik ben er met bijna geen schuld uitgekomen, heb mijn integriteit behouden en geld verdiend met iets wat leuk is. Daar zou niemand een probleem mee moeten hebben.'

Cara stak haar handen in de lucht. 'Hé, mij niet aanvallen. Ik ben een groot voorstander van vrij ondernemerschap.'

En naakte dansende mannen. Daar was Cara absoluut een voorstander van.

De serveerster kwam terug met een menukaart. 'Kan ik ook iets te eten voor je brengen, Gage? Hun maaltijden zijn bijna klaar.'

'Ik heb al aan de bar besteld, maar als de dames het goedvinden, mag je het hierheen brengen.'

'Prima wat mij betreft,' zei Cara.

Lara knikte alleen maar. Ze vertrouwde zichzelf nog steeds niet genoeg om te praten. Hoe moest ze in godsnaam eten terwijl hij tegen haar aan geplakt zat? Haar hormonen stonden op scherp en ze betwijfelde of ze een vork fatsoenlijk zou kunnen vasthouden.

'Hé, Gage!' riep Joe, de barman, door de zaak. 'Telefoon.'

Gage haalde zijn mobiel uit zijn zak. 'Verdomme. Batterij is leeg. Verontschuldigen jullie mij even?'

'Natuurlijk,' zei de spraakzame Cara.

De zwijgzame Lara knikte alleen maar. Alweer.

Daarna haalde ze diep en trillend adem toen hij uit de nis gleed.

Cara friemelde met haar vork. 'Weet je, bijna stikken is niet een manier waarop ik ooit had gedacht een lekker ding aan de haak te slaan, maar ik moet zeggen, het idee bevalt me wel.'

Lara rolde met haar ogen. 'Ja hoor. Ik riskeerde mijn leven in de hoop dat hij toevallig wist hoe hij de Heimlich-greep moest toepassen. Word wakker, Cara.'

'Schat, ze worden niet veel echter dan Gage. Heb je die spieren gezien?'

Ja. Dat had ze. Vooral zijn bilspieren.

'Dus waarom voelde je niet de behoefte om even te melden dat je de eigenaar van de vleesfabriek had ontmoet toen ik je naar hen vroeg?'

'Ik ontmoet heel veel mensen op die beurzen. Vertel ik je over stuk voor stuk?'

'Ziet een van hen er zo uit als hij?'

'Nou, nee, maar—'

'Precies mijn punt. Waarom heb je het dan niet verteld?'

Lara schoof haar handen onder haar dijen. 'Het is niet zo'n groot ding, Cara. We hebben elkaar ontmoet, wat gekletst, visitekaartjes uitgewisseld. Het is zakelijk.'

'Ik heb zijn kaartje niet gezien in de stapel die je me gaf.'

'Hij is geen potentiële klant.'

'Lara, iedereen is een potentiële klant. En sommigen zijn gewoon potentieel.'

'Daarom dus. Dat is precies waarom ik het je niet verteld heb. Ik wist dat je zo zou reageren.'

'Kun je me dat kwalijk nemen? Ik bedoel, hij is prachtig!'

'Jeff was dat ook.'

'Andere klasse, Lar. Totaal andere klasse.'

En zo ver buiten de hare dat deze hele discussie belachelijk was.

Gelukkig kwam Gage net op dat moment terug aan tafel.

'Alles goed?' vroeg Cara.

Hij knikte. 'Ja, een kleine familiecrisis afgewend. Niets bijzonders.'

'Heb je een gezin?' Cara leunde naar voren.

'Heeft niet iedereen dat?'

Dit zou het perfecte moment zijn om Cara in te lichten over het neefje van Gage, maar Cara, die nooit een kans onbenut liet, zat wat decolleté te showen als wraak omdat ze hem geheim had gehouden. En aangezien Gage lang genoeg was om een perfect direct uitzicht te hebben op Cara's decolleté, zou het werken, ware het niet dat hij naar *háár* keek, dus neem haar niet kwalijk dat ze op dit moment even niets met Cara wilde delen. Vooral Gage niet.

'Gaat het, Lara? Je ziet eruit alsof je een paar glazen Zambuca op hebt.'

Ze keek hem boos aan. Niet eerlijk.

Ze zette haar liefste glimlach op en kruiste haar armen onder haar borsten.

Dat trok zijn aandacht.

'Welnee, Gage, ik voel me kiplekker.'

'Wil je dat ik dat beoordeel?' fluisterde hij.

Eh, ja, graag.

Cara tikte op de tafel om zijn aandacht weer op haar te vestigen, een actie waar Lara intens dankbaar voor was. 'Ik bedoelde een gezin als in een vrouw en kinderen en zo?'

Gage draaide snel zijn hoofd om. 'Een vrouw? Kinderen? Nee. Ik niet. Nu nog niet.'

Interessant antwoord. Dus hij had ze nog niet, maar wilde ze misschien later wel? Lara sloeg dat op voor toekomstig gebruik.

De serveerster verscheen op dat moment, goddank, met hun eten. Cara's simpele salade zag er behoorlijk sneu uit naast de twee steaks, gepofte aardappelen met bijgerechten en twee porties koolsalade.

'Hé, je hebt mijn favoriete maaltijd besteld,' zei Gage, terwijl hij een van haar uienringen pikte.

Ze pakte er een van hem terug. 'Nee, jij hebt *mijn* lievelingseten besteld.'

'Nou, ik word bijna misselijk van jullie en al dat eten. Misschien moet ik mijn eigen tafeltje maar opzoeken.'

Cara wist gelukkig wanneer ze verloren had. De "voorgevel" ging uit de etalage en haar ogen, die als een soort zoeklichten fungeerden, begonnen door de kamer te dwalen in plaats van over het shirt van Gage. Ze stond op om 'een drankje aan de bar te halen', codetaal voor: kijk-maar-of-je-dit-voor-elkaar-krijgt-nichtlief.

Lara zou daar niet zo overdreven blij mee moeten zijn, maar ze was het wel.

'Dus alles is goed met je familie?' vroeg ze nadat Cara vertrokken was.

'Ja. Connor wilde dat ik tegen zijn moeder zei dat hij haar hulp niet nodig had bij, eh, wat persoonlijke behoeften.'

'Kan hij dat zelf dan?'

Gage haalde zijn schouders op. 'Het is niet aan mij om aan hem te twijfelen. Hij is oud genoeg om gesteld te zijn op zijn privacy en, ja, ik begrijp het wel. Mijn zus heeft de neiging om nogal bovenop hem te zitten.'

'Kun je het haar kwalijk nemen?'

'Absoluut niet. Ik doe het zelf ook. Het is… zwaar geweest.'

Dat had hij al eerder gezegd en Lara had het gevoel dat er veel meer achter zat wat hij niet uitsprak.

Gage schraapte zijn keel en trommelde met zijn vingers op de tafel. 'Hij moet nog twee operaties ondergaan en veel fysiotherapie, maar we hopen op een volledig herstel.'

'Ik hoop dat de benefietavond veel geld voor hem heeft opgeleverd.'

De glimlach die Gage liet zien was niet bepaald vol vrolijkheid en licht, en Lara's hart ging naar hem uit. Ze legde haar hand op zijn arm.

Hij trok hem niet weg. 'De eindstand is nog niet bekend, maar meer nog dan het geld was het de enorme steun van iedereen die telde. Als zoiets gebeurt, heb je de neiging om je in jezelf te keren en alles buiten te sluiten. Maar dat kan niet. We hebben hulp nodig, ook al is het maar voor de maaltijden of een paar uurtjes dat er iemand bij hem zit zodat wij even adem kunnen halen. Dat was het verrassende van zaterdag. Ik had het niet verwacht, maar mijn zus heeft nu een lijst met mensen die ze kan bellen als ze een pauze nodig heeft en ik er niet kan zijn. Het is pittig met twee banen.'

'Twee?'

Hij bedekte haar hand met de zijne. 'BeefCake is alleen voor de avonduren, maar het slokt net zo veel tijd op, zo niet meer, dan mijn dagbaan. Maar mijn zus heeft meer geld nodig voor de zorg voor Connor dan we nu allebei binnenkrijgen.'

En precies op dat moment werd Lara een klein beetje verliefd op hem. En ze nam het zichzelf niet eens kwalijk, want als iemand *niet* verliefd zou worden op zo'n onbaatzuchtige man, dan moest er wel iets mis met diegene zijn. En wat Jeff haar ook wilde doen geloven, er was absoluut niets mis met haar.

Maar zelfs een klein beetje verliefd op hem worden was een enorm probleem.

'Dus ga je dat echt allemaal opeten?' Gage zwaaide met zijn vork boven haar bord.

'Ik zou het niet besteld hebben als ik het niet van plan was.'

'Het lijkt me nogal veel voor zo'n tenger ding als jij.'

Hij *moest* haar wel redenen blijven geven om verliefd op hem te worden, hè?

'Geloof me, ik krijg het wel weg.'

'Wil je daar een weddenschapje om afsluiten?'

'Serieus? Wil je erom wedden dat ik dit niet allemaal opkrijg?'

'Yep.'

'Top, staat.' Ze zette haar vork in de aardappel, klaar om te beginnen. 'Waar wedden we om?'

'Een lapdance.'

Ze spuugde de hap aardappel bijna uit. 'Een wat?'

Hij veegde de klodder weg. 'Je hoorde me goed. Degene die als eerste klaar is, wint een lapdance van de ander.'

'Ik bespeur een thema bij jou.'

'Jou ontgaat ook niets, hè?'

Nee, maar hij kon haar wel helemaal van haar stuk brengen.

'Dus, doe je mee of trek je je terug?' Hij schoof een stuk biefstuk in zijn mond, en ja, ze zag de tongbewegingen die volgden, en ja, ze kreeg het er warm van.

Wat zou een lapdance wel niet teweegbrengen als alleen al toekijken hoe hij at haar zenuwen in pudding veranderde?

Wees avontuurlijk. Cara's woorden klonken spottend in haar hoofd.

Net zoals Cara zelf vanaf de bar deed. De wenkbrauwen van die vrouw gingen met een rotgang op en neer. God mocht weten wat ze zou doen als ze dit gesprek echt kon horen.

Prima. Wilde hij de sexy uitdaging aangaan met die lapdance-weddenschap? Dat spelletje konden ze met z'n tweeën spelen.

Ze pakte een uienring en brak hem doormidden. Toen klemde ze het ene uiteinde tussen haar tanden. 'Ik doe mee.' En ze werkte die uienring met haar lippen naar binnen, stukje voor smakelijk stukje.

Gage slikte.

Twee keer.

Ze keek omlaag naar haar aardappel en roerde er heel nonchalant wat roomkaas doorheen, om vervolgens een vorkje vol op te likken, likje voor klein likje.

Gage verschoof van positie op zijn stoel.

'Heb je geen honger?' vroeg ze hem, terwijl ze snel met haar tong over haar lippen ging.

'Eh, jawel. Dat heb ik.'

Er flakkerde overduidelijk honger in zijn ogen op, en ze durfde er een lapdance om te verwedden dat die niet voor het eten was.

Lieve help, wat was er in haar gevaren? Lara verslikte zich bijna in haar volgende hap aardappel. Wie was deze vrouw die haar lichaam had overgenomen en haar libido in de hoogste versnelling had gezet?

Dit was zij niet. Totaal niet. Wellustige gedachten oproepen midden in Donegan's met behulp van een gepofte aardappel? Dat leek even weinig op haar als het aannemen van een uitdaging voor een lapdance.

En toch had ze het gedaan.

Ze slikte de aardappel door. Ze was de uitdaging aangegaan omdat ze hier over een paar jaar niet op terug wilde kijken met de spijt dat ze de uitnodiging van een ontzettend knappe man niet had aangenomen. Het betekende niets, het zou nergens toe leiden, maar op dit moment was het leuk.

Ja, en dat was waarschijnlijk ook haar laatste heldere gedachte op Jenny's vrijgezellenfeest geweest, en kijk eens hoe dat was afgelopen.

'Ga je nu al langzamer?' Hij tikte tegen haar elleboog.

'Echt niet.' Ze schepte nog een flinke vork aardappel naar binnen.

'Met alles erop en eraan ook nog.'

'Natuurlijk. Er is geen andere manier om een gepofte aardappel te eten.' Ze doopte de tanden van haar vork in de boter en likte ze daarna af. Eén voor één.

Gage greep naar zijn bier en nam een paar flinke slokken.

Lara sneed een stukje biefstuk af en sloot er liefdevol haar lippen omheen. Oh, en oeps — ze moest net dat kleine druppeltje sap opvangen dat met haar tong uit haar mondhoek sijpelde.

Gage greep opnieuw naar zijn bier.

Ze knikte naar het glas. 'Ik denk dat je ook wat moet eten.'

Zijn bier bevroor halverwege zijn mond. Dat gold ook voor haar vork. Ze had het niet zo bedoeld... Ze wilde niet dat hij dacht...

Ze schoof een overvolle vork aardappel naar binnen. Daarna nog een. En ach, waarom ook niet een derde?

Ze spoelde het weg met een halve beker frisdrank.

Serieus, wanneer ging de vloer eens open om haar te verzwelgen?

* * *

Gage had gezworen dat zijn hart stilstond.

Lara was met hem aan het *flirten*. Verdorie, ze deed veel meer dan flirten — *iets eten?*

Nee. Absoluut niet. Ze bedoelde niet wat hij wilde dat ze bedoelde. Dat kon niet. Die vrouw kon haar gezicht niet in de plooi houden als hij alleen maar naar haar *keek*. Dat *andere* doen...

Hij nam nog een slok bier, slikte die op zijn gemak door en zette zijn glas neer. Daarna pakte hij voorzichtig zijn mes en vork, sneed nog een stukje biefstuk af en stak het in zijn mond, zich concentrerend op hoe goed het smaakte.

Zij zou veel lekkerder smaken.

Hij propte een uienring naar binnen.

'Dus, eh, hoe lang ben je bezig geweest met al die cupcakes?' Het kon hem eigenlijk niets schelen, maar hij had iets nodig om zijn gedachten af te leiden van het beeld van haar in zijn shirt en die piepkleine roze string die ze in zijn bed droeg tijdens de eerste nacht dat ze elkaar ontmoetten.

Dat beeld stond met een brandijzer in zijn geheugen gegrift.

'Het bakken duurt niet zo heel lang. We hebben twee professionele ovens. Het versieren is het meeste werk. Aan die van de sportteams heb ik drie dagen achter elkaar gewerkt.'

'Ze waren een groot succes.'

'Greeley's ook.'

Ze lachten terwijl ze aan de jongens dachten.

'En wat is je andere baan?'

Gage sneed weer een stukje biefstuk af. 'Ik ben van huis uit aannemer. Renovatie, timmerwerk, dat soort dingen. Het is momenteel een beetje rustig in die branche, dus BeefCake, nou ja, alle kleine beetjes helpen.'

'Het helpt natuurlijk niet dat je de last op je hebt genomen om de medische rekeningen van je neefje te betalen.'

'Connor is geen last. Nooit.'

'Ik bedoelde niet—'

Hij blies een ademteug uit. 'Sorry. Ik ben nogal snel geraakt als het om hem gaat. Mijn zus is een alleenstaande moeder — zijn vader is een eikel — en ik ben alles wat ze heeft.'

'Zijn jullie maar met z'n tweeën?'

'Nee, we hebben nog een zus. Ze is eerstejaars studente, gelukkig met een beurs. Ze deed de lerarenopleiding, maar door het voorval met Connor... switcht ze naar geneeskunde.' Hij was zo verdomde trots op Jayna. Toen hun ouders drie jaar geleden bij het ongeluk om het leven kwamen, had ze haar verdriet omgezet in ambitie om de beste student te worden die ze kon zijn en had ze zich aangemeld voor elke universiteit en beurs die ze kon vinden. Nadat ze had gezien wat Missy niet van haar leven had gemaakt, had ze besloten dat ze niet in de voetsporen van haar grote zus zou treden.

'En hoe zit het met jou? Alleen jij en Cara? En waarom die rijmende namen? Zijn jullie een tweeling?' Het zou kunnen; ze leken genoeg op elkaar en waren ongeveer even oud. Maar waar Lara's ronde vormen en kleine gestalte hem volledig van zijn stuk brachten, deed Cara's overduidelijke seksualiteit hem niets.

'Nee, we zijn nichtjes. We schelen drie weken. Onze moeders vonden het leuk om dat met onze namen te doen. Ze waren beste vriendinnen en zijn getrouwd met twee broers. Eén grote, gelukkige familie die graag de winter doorbrengt op de golfbaan in Florida. Over een paar weken komen ze weer naar het noorden.'

'Geen broers of zussen?'

Ze schudde haar hoofd en schoof wat huzarensalade tussen haar lippen. 'Daarom zijn we zo hecht. We zijn niet alleen als zussen opgegroeid, maar we zijn ook de enigen die we ooit zullen hebben.'

Er bleef een reepje wortel op haar lip plakken.

Gage wilde het eraf zuigen.

'Ga je nu al langzamer?' Het kon hem niet schelen wie van hen de weddenschap won; het was hoe dan ook een overwinning. En eigenlijk had hij al lang kunnen winnen; deze hoeveelheid eten stelde voor hem niets voor. Maar hij genoot van het gesprek en van hoe vastberaden ze was om te winnen, en ach, verliezen zou hem niet aan het hart gaan.

'Langzamer? Ik?' Ze schepte nog meer aardappel naar binnen — verdorie, de boter maakte haar onderlip glanzend. 'Echt niet. Ik ga winnen.'

Goed zo. Hij zou met liefde zijn oude moves voor haar uit de kast trekken.

'Wat gebeurt er als het gelijkspel wordt?' Ze werkte de laatste restjes salade naar binnen.

'Dan geven we elkaar een lapdance.'

Ze liet haar vork vallen. 'Wat heb jij toch met lapdances?'

'Houd je er niet van?'

'Ik weet het niet; ik heb er nog nooit een gehad.'

Nu was het de beurt aan Gage om zijn vork te laten vallen. 'Dat meen je niet.'

'Echt. Het is niet bepaald iets wat op mijn bucketlist stond.'

'Heeft nog nooit een ex dat voor je gedaan?'

Daar was die bloedhete blos weer. 'Zeker niet. Mijn ex-man zou nog liever dood neervallen dan dat hij dat zou doen. En toch zegt *hij* dat ik degene ben die saai is.'

Ex-*man*? Verdomme. En *saai*? 'Die felroze string die je op het vrijgezellenfeest droeg, was allesbehalve saai.'

Ze kleurde precies dezelfde tint als die string. God, ze maakte het hem zo makkelijk.

'Ik droeg nooit strings toen ik nog bij hem was. Het was mijn statement van bevrijding na de scheiding. Het leek me wel wat voor een vrijgezellenfeest.'

'Hoe lang is de scheiding geleden?'

'Nog niet lang genoeg.'

Weer verdomme. Hij wilde niet de troostprijs zijn. Niet bij haar.

'Twee jaar.'

'Hoe lang waren jullie getrouwd?' Hij schatte haar op negenentwintig — hij schatte alle vrouwen van eind twintig, begin dertig standaard op negenentwintig. Meestal maakte hem dat tot een held. Dus dat zou haar scheiding op zevenentwintig zetten, een jaartje voor het huwelijk om op de klippen te lopen...

'Drie jaar. Ik was jong en dom. Hij was ouder en oppervlakkig. Ik zag het pas in toen hij in aanmerking kwam voor een partnerschap bij zijn advocaten-kantoor en besloot dat een partner een slanke blonde maîtresse moest hebben om het cliché compleet te maken.'

'Dat spijt me.' Dat haar ex-man een eikel was, niet dat ze gescheiden was.

'Mij niet. Ik ben over Jeff heen. Ik focus me er nu op om van de bakkerij een succes te maken.'

Waarschijnlijk om het die ex in zijn gezicht te wrijven, maar Gage begreep dat wel. Hij zou ook wel graag zijn vuist in het gezicht van die vent willen wrij-ven, hoewel hij hem eigenlijk dankbaar zou moeten zijn dat hij haar weer op de markt heeft gebracht zodat Gage haar kon vinden.

Ze at de gepofte aardappel op voordat hij zelfs maar een begin had gemaakt met die van hem. Hij schepte nog twee kleine hapjes in zijn mond en nam daarbij uitgebreid de tijd. Elke vrouw heeft recht op minstens één goede lapdance in haar leven.

Hij was van plan haar er minstens twee te geven.

'Hé, lui.' Cara liep terug naar de tafel. 'Nick is er, en nou ja, we hebben wat dingen uit te praten, dus ik ga er vandoor. Zou jij Lara naar huis kunnen bren-gen, Gage? Ik wil na onze, eh, discussie liever niet van Nick afhankelijk zijn.'

'Car—'

'Absoluut. Geen probleem.' Hij verlaagde zijn stem zodat alleen zij het kon horen. 'Perfecte timing voor het innen van de weddenschap.'

'Vind je het goed, Lara?' vroeg Cara.

Hij moest haar nageven dat ze om haar nichtje gaf, maar hij was absoluut niet van plan om Lara vanavond te laten gaan.

Lara keek hem aan, en eindelijk was er wat vuur in haar ogen te zien in plaats van verlegenheid. 'Weet je het zeker?'

'Ik zou het niet aangeboden hebben als dat niet zo was.'

Ze pakte haar laatste uienring. Hij bad dat ze niet weer dat kunstje deed waarbij ze hem tussen haar lippen naar binnen werkte. Hij had de eerste keer al moeite om overeind te blijven.

'Ja, het is goed, Cara.'

'Geweldig.' Cara zwaaide — met een grijns. 'Veel plezier jullie twee.'

Gage wilde teruggrinsen. Plezier was precies wat hij van plan was te gaan maken.

<h1 style="text-align:center">Twaalf</h1>

'Dus ik sta bij je in het krijt, geloof ik.' Gage opende het passagiersportier en stak een hand uit om haar in de cabine te helpen. Hij was blij dat hij geen geld had verspild aan treeplanken. Hij was lang genoeg om ze niet nodig te hebben, en hoewel Lara ze wel zou kunnen gebruiken, hield hij zijn handen liever om haar middel om haar naar binnen te tillen.

Maar toen ze op eigen kracht naar boven sprong en haar borsten net zo indrukwekkend meedeinden als die van haar nichtje in de pub, besloot hij dat hij haar liever zelf zag instappen.

'Nee, echt, Gage, je bent me niets verschuldigd. Het was gewoon leuk om die weddenschap aan te gaan.'

Hij liet haar hand niet los toen ze eenmaal in de cabine zat. 'Het inlossen zal veel leuker zijn. Geloof me maar.'

Haar ogen werden weer groot en ze likte behoedzaam over haar onderlip.

God, wat wilde hij dat graag doen.

Een klein rukje aan haar vingers zorgde ervoor dat ze naar hem toe boog, en verdomme, Gage kon zich niet beheersen.

Zomaar een hapje...

Haar lippen waren net zo zacht als hij had gefantaseerd, en ze smaakte naar boter en biefstuk en frisdrank. Zelfs de uienringen smaakten lekker in haar mond. En die korte, snelle inademing van haar... Het zorgde ervoor dat zijn bloed door zijn aderen kookte.

Toen raakte ze zijn tong aan met de hare en verloor hij zijn laatste restje zelfbeheersing.

Gage sloeg zijn armen om haar middel en trok haar over de bank terwijl hij zich tussen haar dijen positioneerde, en de kus werd vurig. Hij gleed met zijn tong in haar mond en drukte haar borsten tegen zijn borstkas, en als hij daar ter plekke in haar had kunnen kruipen zonder gearresteerd te worden voor schennis van de eerbaarheid, dan had hij het gedaan.

Het enige onfatsoenlijke aan deze kus was dat er een einde aan moest komen. Tongzoenen op een parkeerplaats was zo vijftien jaar geleden en Lara verdiende beter. Veel beter.

Hij trok zich terug — niet te ver, want hij liet haar nog steeds niet los — en rustte met zijn voorhoofd tegen het hare, terwijl hun zware ademhaling hetzelfde ritme volgde.

'Ik ga me daar niet voor verontschuldigen.' Dat kon hij niet, want hij had geen spijt.

'Goed.'

En ze wist hem te verrassen.

Hij trok zich terug, deze keer waren zijn ogen wijd opengesperd. 'Echt? Ik dacht dat je weer rood zou aanlopen en zou gaan stotteren.'

'Ik stotter niet.'

'Dan heb ik blijkbaar nog niet goed genoeg mijn best gedaan om je sprakeloos te maken.'

Ze trok aan zijn haar. 'Je hebt wel een erg hoge pet van jezelf op, of niet?'

Ze plaagde hem, maar toch... Ze zou hem zo een toontje lager kunnen laten zingen als hij dat toeliet. 'Ik zou zeggen een *goede* pet, niet een hoge. Ik weet dat ik effect op je heb; dat is geen opschepperij. Ik zie het aan je verwijde pupillen en de blos op je wangen, en aan de manier waarop je ademt.'

Ze volgde zijn blik toen hij naar haar borst keek. Haar borsten waren verdomd indrukwekkend. Precies de juiste maat voor zijn handen — als hij die er ooit op mocht leggen — en ze gingen heel indrukwekkend op en neer, wat voor een overeenkomstig indrukwekkende (althans, dat dacht hij graag) bult in zijn kaki broek zorgde.

Hij leunde tegen haar aan. 'Jij doet hetzelfde met mij. Wat zeg je ervan als we die weddenschap gaan afhandelen en kijken wat er daarna gebeurt?'

Ze wilde het; hij zag het aan haar ogen. Maar hij wist ook dat ze het niet zou doen. *Saai*, had haar ex haar genoemd. Er was veel meer voor nodig dan een kus op een parkeerplaats om dat *saaie* imago van haar weg te vagen.

Hij zou haar kunnen uitdagen of hij zou haar kunnen kussen totdat die specifieke smaak uit haar psyche was gesmolten, maar dat ging hij niet doen. Hij wilde dat zij het wilde. Dat ze hèm wilde. En niet omdat hij gedanst had of omdat ze dronken was, maar omdat ze zag wat ze leuk vond en ervoor ging.

Hij zou wachten.

'Kom op. Ik breng je naar huis.'

Hij voelde haar verbaasde blik de hele weg terwijl hij om de voorkant van zijn truck liep.

* * *

Lara had moeite om te verwerken wat er zojuist was gebeurd. Het ene moment was ze een kolkende zee van hormonen, en het volgende... niets. Nou ja, oké, haar hormonen maakten nog steeds salto's, maar hij was gestopt.

Gestopt.

Wat was dat voor onzin? Die kaki broek was niet bepaald een harnas; hij wilde haar. Ze had *gevoeld* hoezeer hij haar wilde. En nu liep hij weg? Bracht hij haar naar huis?

Jezus. Had Jeff gelijk? Stond *saai* echt met grote letters op haar voorhoofd geschreven? Gage was waarschijnlijk zo ongeveer het tegenovergestelde van *saai* dat ze hem had afgeschrikt.

Hij haalde zijn autosleutel uit zijn broekzak. 'Nou, waar gaan we heen?'

Ze haalde diep adem. 'Naar jouw huis.'

De sleutel viel uit zijn hand. 'Wat?'

'Jouw huis. Je staat tenslotte bij me in het krijt.' Zo. Hoe on-*saai* was dat?

'Weet je het zeker?'

Er was geen schijn van kans dat ze dit zeker wist, maar ze had de stap nu eenmaal gezet. 'Zou jij mij hebben laten betalen als jij had gewonnen?'

De vurige blik in zijn ogen was haar antwoord.

'Precies. Inlossen die schuld, anders vertel ik iedereen dat je je afspraakjes niet nakomt.'

Serieus, wie was deze vrouw die haar normale *saaie* zelf was binnengedrongen en haar in een hete chilipeper had veranderd?

Gage stak de sleutel in het contact, zette de versnelling in zijn achteruit en stoof de parkeerplaats af.

Lara zat onrustig heen en weer te schuiven op haar stoel, volledig toegevend aan haar zenuwen. Hij keek haar nauwelijks aan. Zijn ogen waren op de weg gericht, terwijl ze tien minuten geleden nog aan *haar* geplakt zaten.

Wat als hij teleurgesteld was? Ze was er tenslotte niet in geslaagd haar echtgenoot geïnteresseerd te houden. De man die zogenaamd had gezworen de rest van zijn leven de liefde met haar te bedrijven. Gage had vrouwen die zich bij bosjes voor zijn voeten wierpen. Ze had het met eigen ogen gezien. Waarom in hemelsnaam zou hij haar willen?

'Je denkt er te veel over na.'

Dat cowboy-accent van hem wond haar lang niet zo op als zijn echte stem. Omdat die van hem was. Echt. En doordrenkt met allerlei tinten en buigingen waar ze rillingen van kreeg, en de manier waarop zijn lippen de woorden vormden...

Hij pakte haar hand en strengelde hun vingers ineen.

Ja, hij had gelijk. Ze dacht er te veel over na. Het enige wat ze hoefde te doen was kijken naar waar hun huid elkaar raakte en beseffen dat daar geen denkwerk voor nodig was. Ze deden het voor elkaar. Wat dat later zou betekenen, wist ze niet. En op dit moment kon het haar ook niets schelen. Alles wat ze wilde onderzoeken was wat het voor hen zou betekenen op *dit* moment.

Hij sloeg een oudere woonwijk in. Twee bochten naar links later reed hij de oprit op van een twee-onder-een-kapwoning uit de jaren zeventig met nieuwe gevelbekleding, nieuwe ramen, een garage voor twee auto's en een plastic schommelset in de achtertuin.

'Is dit jouw huis?'

'Dat van mijn ouders. We hebben het geërfd toen ze stierven.'

Hij had haar meegenomen naar het huis van zijn ouders.

Natuurlijk woonden *zij* er niet meer, maar dit was geen een of ander vrijgezellenverblijf voor snelle afspraakjes. Dit was de plek waar hij was opgegroeid. Waar zijn familie had gewoond. De werkelijkheid.

Verdorie. Ze was echt overduidelijk *saai*. Ze kon dit huis, deze familieherinneringen, niet bezoedelen met een lapdance. Zeker niet haar eerste lapdance.

Hij had haar portier al open voordat ze die laatste gedachte had verwerkt.

Toen pakte hij haar armen vast met zijn sterke handen en de laatste gedachte verdween in een vlaag van dat gloeiend hete verlangen.

'Ik zei toch dat je er niet te veel over na moest denken.'

Het verlangen doofde uit. 'Ik kan het niet helpen. Dit... Is je jongenskamer nog zoals die was toen je hier woonde? Trofeeën en posters en honkbalhandschoenen?'

Hij keek weg. 'Zo is het niet. Ik bedoel, ja, mijn slaapkamer is nog steeds hetzelfde, maar ik slaap nu in de hoofdslaapkamer.'

De kamer van zijn ouders. Ze trok haar wenkbrauwen op.

'Ik heb hem verbouwd. Ik ben het hele huis aan het doen. Alles moderniseren. De manier waarop het was aan het uitwissen.'

Maar de herinneringen zou hij nooit kwijtraken en zij zou nooit vergeten dat hij hier waarschijnlijk zijn knie had geschaafd, of de zelfgebakken koekjes van zijn moeder had gegeten, of in de kelder had staan zoenen met zijn eerste vriendinnetje.

Ja, ze was echt *zo* saai.

De voordeur ging open en een jongetje in een rolstoel zat in de deuropening en zwaaide naar hen alsof het huis in brand stond. 'Gage! Je bent er!'

'Connor. Hey, maatje.' Gage haalde zijn handen van haar armen en tilde haar kin omhoog. 'Het lijkt erop dat ik die lapdance nog even van je tegoed houd.'

Ze wist niet of ze opgelucht of vol spijt moest uitademen.

Toen pakte hij haar hand en leidde haar de oprit op naar de voordeur, een aanpassing die hij duidelijk had gemaakt vanwege de verwondingen van zijn neefje.

Spijt. Absoluut spijt.

'Hé, Con. Dit is mijn vriendin, Lara.'

'Hoi, Lara.'

'Hoi, Connor.'

Gage woelde door Connors haar. 'Wat doe jij hier? Waar is je moeder?'

'Ze is in de slaapkamer aan het uitpakken.'

Gages hand stopte midden in de beweging. 'Aan het uitpakken?'

Een vrouw die genoeg op Gage leek om zijn zus te kunnen zijn, verscheen achter Connor. 'Ja, aan het uitpakken. Je had gelijk. Het is logischer voor ons om hier te wonen. Je hebt je toch niet bedacht?'

'Nee. Helemaal niet. Ik had alleen, dat wil zeggen, ik had het niet vanavond verwacht.'

'Dat zie ik.' De vrouw stak haar hand uit en ja, die glimlach was precies die van haar broer. 'Hoi, ik ben Missy. De zus van Gage.'

'Lara. Eh, Gage en ik...'

Hij kneep in haar hand. 'We hebben samen gegeten.'

De kneep in haar hand ontging zijn zus niet. 'O.'

Lara wist niet wie er harder bloosde, zij of Missy.

'Ik kwam alleen maar even, eh...' *Hierheen zodat je broer me in vuur en vlam kan zetten.*

'Connor en ik kunnen wel even weggaan. Naar de film. Of zoiets', zei Missy.

Gage beet op zijn lip en Lara zag dat hij zijn glimlach maar met moeite kon onderdrukken. 'Maak je geen zorgen, Missy. We kwamen alleen maar even langs zodat ik wat spullen op kon halen.'

Kwamen ze dat? Lara bleef maar met haar ogen knipperen. Ze zou hem dit laten afhandelen.

'Ik ga iets voor Lara repareren, dus ik kom alleen even mijn gereedschap halen.'

Al het gereedschap dat hij nodig had, had hij al bij zich.

Lara slikte en bad dat niemand het hoorde. Wat zat er in hemelsnaam in haar eten? Voor zover zij wist waren uienringen en huzarensalade *geen* afrodisiaca.

'O. Oké.' Missy draaide zich om naar binnen. 'Kom op, Connor. Je ziet Gage morgen wel weer.'

'Mag ik met je mee, Gage? Ik kan je gereedschap wel aangeven.'

De volwassenen keken overal, behalve naar elkaar.

Gage woelde weer door zijn haar. 'Niet deze keer, knul. Ik ben misschien pas terug als jij allang in bed ligt.'

'Aah, jemig. Het is zomer. Mag ik niet wat opblijven?'

'Je hebt je oom gehoord, jongeman. Vooruit.' Missy pakte de handvatten van de rolstoel en draaide Connor terug de woonkamer in. 'Veel plezier met z'n tweeën.'

Dat zouden ze wel hebben, als ze maar een plek konden vinden om alleen te zijn.

Dertien

Het huis van Lara was niet die plek.

Gage had allerlei leuke ideeën voor hen gepland: eerst zou hij beginnen met wat gewoon dansen, daarna zou hij overgaan op het schootgedeelte, en dan, tja, misschien zou er wel wat horizontaal gedanst worden.

Maar toen ze de parkeerplaats van haar appartementencomplex opreden en Cara's auto zagen staan — met een huilende Cara erin — kuste Gage het idee van *welke* soort dans dan ook gedag.

Hij kuste liever Lara.

Hij zette de truck in de parkeerstand en liet zijn onderarmen op het stuur rusten. 'Ik vermoed dat we het echt te goed hebben, hè?'

Lara trok een pijnlijk gezicht — dat redde tenminste zijn ego nog enigszins. 'Ik moet gaan kijken wat er mis is.'

'Je klinkt niet echt enthousiast.'

'Zou jij dat zijn? Ik heb de keuze tussen een knappe vent die me zijn eigen persoonlijke show geeft, of luisteren naar hoe Cara's hart breekt.'

'Dus je vindt me knap, hè?'

Ze sloeg tegen zijn arm. 'Je weet donders goed dat je dat bent. Dat is geen nieuws.'

Hij greep haar nek vast en trok haar naar zich toe voor een vluchtige kus. Hij zou haar wel laten zien hoe knap hij was — voor haar.

Er was niets vluchtigs aan.

Lara ademde scherp in en zijn tong ging met die ademteug mee, en Gage was verloren. Hij friemelde aan haar gordel en trok haar tegen zich aan. Godzijdank voor een doorlopende bank.

Hij sloeg zijn arm om haar benen en trok ze over zijn dij.

Ah, ja, daar. Hij had precies daar druk nodig.

Ze kreunde en verzette haar gewicht, en ja, nog beter.

Hij hield haar hoofd schuin en duwde zijn tong in haar mond in een beweging die de rest van zijn lichaam ook wilde maken.

Toen legde ze haar hand tegen zijn wang en Gage ontplofte bijna. Haar vingers deden zijn huid oplichten als vuurwerk op de vierde juli.

Hij trok zijn lippen van de hare en begroef ze in de holte van haar nek. God, ze rook even lekker als ze smaakte, hoewel deze keer zonder uienringen. Een zoete, fruitige geur die ervoor zorgde dat hij elke vierkante centimeter van haar wilde aflikken.

Hij sidderde toen zijn stijve tegen haar been schokte. Man, hij wilde haar. Maar niet op de voorbank van een truck op een parkeerplaats waar iedereen hen kon zien, met haar nichtje zes meter verderop, dat haar ogen uit haar kop huilde.

Hij klemde haar gezicht tussen zijn handen, die sensuele krullen ertussen gevangen, en kuste haar wang. Het puntje van haar neus. Die bovenlip waar hij in wilde bijten —

Hij knabbelde eraan.

Lara zuchtte. Een trillende zucht.

Hij glimlachte terwijl hij haar opnieuw kuste. Een laatste kus. Een zoete. Eentje die ervoor zou zorgen dat hij de rest van de avond niet hard en smachtend zou zijn —

Of juist wel, maar op een goede manier.

'Ik vond het geweldig vanavond,' fluisterde hij terwijl hun voorhoofden en neuzen elkaar raakten.

Haar ogen — donker van passie — knipperden naar hem en Gage moest al zijn zelfbeheersing aanwenden om haar niet achterover op de bank te leggen en af te maken waar ze aan begonnen waren.

'Vond je dat echt?'

Hij wilde haar ex-man vermoorden omdat hij die twijfel had gezaaid. Hij maakte het zijn persoonlijke missie om die twijfel weg te vagen en misschien de vloer aan te vegen met die ex, mocht hij ooit het twijfelachtige genoegen hebben die eikel te ontmoeten.

'Ja, dat vond ik. Maar er zijn hier nog wat onafgemaakte zaken, dat weet je.'

'Dat weet ik.' Ze maakte haar lippen nat.

Zijn goede voornemens om haar deze cabine uit te laten lopen zonder de liefde met haar te bedrijven, werden zwaar op de proef gesteld. 'Jij bent toch niet degene die erop terugkomt, hè?'

Nog een lik over haar lippen.

Zijn vingers krulden zich in haar haar.

'Nee. Ik kom er niet op terug.'

'Goed zo. Daar houd ik je aan.' Hij haalde diep adem — en prentte die zoete geur in zijn geheugen — voordat hij weer recht ging zitten. 'Je kunt maar beter naar binnen gaan. Ze heeft je nodig.'

Lara knikte. 'Dank je wel. Voor...'

Hij legde een vinger op haar lippen. En wilde die nooit meer weghalen. 'Je hoeft me nergens voor te danken.' Hij leunde opzij en opende haar portier. 'Nog niet.'

Lara wist niet hoe ze het voor elkaar had gekregen om uit de truck van Gage te stappen en naar de auto van Cara te lopen zonder te veranderen in een poeltje feromonen.

Cara's betraande gezicht keek verschrikt op, om vervolgens in een nieuwe huilbui uit te barsten.

Lara opende de deur. 'Kom op, Car. Laten we naar binnen gaan.'

'Waarom zijn mannen zulke klootzakken?' snikte Cara terwijl Lara de deur van haar appartement opende.

'Wil je dat ik de redenen alfabetisch opnoem of gewoon in willekeurige volgorde roep?' vroeg Lara terwijl ze haar sleutels op de tafel naast de deur gooide en naar de keuken liep voor de fles zinfandel die ze vorige week had gekocht, maar waarvoor ze sindsdien te uitgeput was geweest om hem te openen. 'Wat heeft Nick gedaan?'

'Niets. Dat is juist het probleem.' Cara liet zich op de bank vallen, het tweede dat Lara voor haar nieuwe 'vrijgezellenwoning' had gekocht toen de scheiding rond was. Een bed was het eerste geweest — eentje dat ze had opgemaakt met kanten, gebloemde lakens en veel te veel kussens. Geen monochroom 'volwassen' slaapkamerinterieur meer waar Jeff op had gestaan.

'Dus waarom huil je? Ik dacht dat jullie een vrijblijvende relatie hadden.' Ze schonk twee glazen wijn in en nam ze mee naar de woonkamer.

Cara snuifde. 'Dat dacht ik ook.'

Lara gaf haar een doos tissues. 'Wat is het probleem dan?'

'Hij wil dat ik bij hem intrek.'

'Dat meen je niet.' Lara plofte naast haar op de bank.

'Ik wou dat het niet zo was.' Cara rukte een prop tissues uit de doos. 'Waarom moest hij het nu weer verpesten?'

Lara streek over Cara's krullen. 'Weet je, de meeste vrouwen zouden hier niet overstuur van raken. De meesten zouden dolblij zijn.'

'Ik ben de meeste vrouwen niet.'

Dat was ze zeker niet. Cara was uniek. 'Dus wat ga je doen?'

'Ik ga zeker niet bij hem intrekken. Ik bedoel, kom op, Lar, zie je mij al de huiselijke godin uithangen? Ik, die liever twintig minuten rijdt voor afhaaleten dan dat ik water kook? Ik weet niet eens met welk uiteinde van een bezem ik moet vegen, en zelf kippensoep maken om iemand door een verkoudheid te slepen is in mijn ogen erger dan een controle van de belastingdienst. Hoe kan hij nu met zoiets willen samenwonen?'

Lara pakte nog een handvol tissues terwijl Cara zich in de hare begroef.

'Wat als je rustig aan begint? Doe eerst maar eens twee dagen. Achtenveertig uur. Je gaat na je werk naar hem toe, jullie eten samen, hangen wat rond, doen wat dan ook... De volgende ochtend sta je op, ga je naar je werk en daarna ga je weer naar hem toe. Tegen de tijd dat je de tweede dag aan het avondeten zit, weet je wel of je daar wilt blijven of terug naar je eigen plek wilt gaan.'

'Zie je? Dat is precies wat ik hem heb voorgesteld, maar hij is een alles-of-niets-type. Hij kan niet tevreden zijn met tussenoplossingen.'

'Car, geef die man een kans. De meeste mensen houden niet van tussenoplossingen. Hij geeft om je; hij wil je om zich heen hebben.'

'Ja, maar hoe zit het met wat ik wil?'

'Wat *wil* je dan? Je wilde nog lang en gelukkig met Dale —'

'Noem die eikel niet tegen me als je de dag van morgen wilt halen.'

'Is het mogelijk dat je nog niet over hem heen bent?'

'Serieus, Lara, je mag dan mijn nichtje zijn, maar ik schroom niet om je uit te schakelen als je op deze weg doorgaat. Dale en ik zijn verleden tijd. Klaar. Uit. Hij heeft de beste kans van zijn leven verspeeld en ik ben niet van plan me weer in de put te laten storten waar ik met veel te veel moeite uit ben geklauterd. En als je ook maar één minuut denkt dat ik een herhaling zelfs maar zou *overwegen*, dan ken je me —'

'Car —'

'— niet zo goed als je denkt —'

'Car —'

'— en ik ga die kant echt niet op.'

Lara klemde een hand over de mond van haar nicht. 'Hé. Even stil, wil je?' Ze haalde haar hand weg, slechts een klein stukje, volledig bereid hem weer terug te klappen als Cara er ook maar aan dacht haar mond weer open te doen.

'Mooi zo. Hou nu je mond en luister even naar me.' Lara stopte haar hand onder haar dij. 'Ik weet niet of je jezelf net hebt gehoord, maar alles wat je over Dale zei? Dat projecteer je op Nick.'

'Dat doe ik niet —'

Lara schoot haar hand weer naar voren. 'Ik meen het; hou op met praten.' Ze wachtte tot Cara haar gezicht in een frons trok voordat ze knikte.

Haar hand ging weer onder haar dij. 'Oké dan. Wat ik je hoorde zeggen in die schitterende tirade, is dat je nooit meer zo gekwetst wilt worden als Dale je heeft gekwetst. En door toe te geven aan wat Nick wil, door jezelf open te stellen voor een serieuzere relatie met hem, stel je jezelf open voor de mogelijkheid dat hij precies hetzelfde zou kunnen doen.'

'Dat is belachelijk, Lar. Nick is Dale niet.'

Lara sloeg haar armen over elkaar, leunde achterover en glimlachte.

'Oh, je denkt dat je heel wat bent, hè?' Cara stompte haar met een kussen in haar maag.

'Nou, als ik echt zo slim was, had ik die klap wel ontweken.' Lara verzette zich op haar plek zodat ze haar buik kon beschermen tegen meer verdwaalde kussenaanvallen. 'Maar serieus, Car, denk er eens over na. Nick heeft je altijd fantastisch behandeld, heeft je de ruimte gegeven en nu wil hij met je samenwonen. Waar zit het probleem?'

'Het probleem is...' Haar mond bewoog heen en weer in de klassieke pruillip van een kleuter die een driftbui heeft, een blik die Cara op tweejarige leeftijd had geperfectioneerd en die ze nooit was ontgroeid.

'Ja?'

'Wat als hij niet met me kan leven? Wat als het *niet* oké is dat ik de handdoeken in drieën vouw zodra ik ze heb gebruikt? Wat als hij er niet tegen kan dat de besteklade is ingedeeld op maat en gebruik? Wat als hij de wc-bril omhoog laat staan?'

Lara klemde het kussen onder haar armen en probeerde heel hard niet te lachen. Was dat maar het probleem van haar en Jeff geweest.

'Lieve schat, dat zijn kleinigheden. Ik weet het, ik weet het. Jij ziet dat niet zo, maar jij en Dale pasten op dat vlak bij elkaar en toch liep het mis. Misschien is dit de manier van het universum om je te vertellen dat je Nick een kans moet geven. Probeer eens iets anders. Stap uit je comfortzone.'

Of misschien was het de manier van het universum om dat tegen *háár* te zeggen, want Gage bevond zich *hééél* ver buiten haar comfortzone.

Cara besefte het op hetzelfde moment als zij. 'Oh, dus ik moet *avontuurlijk zijn*?'

Nu was het haar beurt om een klap met het kussen in haar maag te krijgen.

Wat uitmondde in een giechelpartij met kussengevechten, waardoor een wolk gebruikte tissues als sneeuw op het tapijt neerdaalde.

Toen het gegiebel bedaarde, zaten ze op de vloer voor de bank met de tissues platgedrukt onder hun billen.

'We zijn een mooi stel, hè?' zei Cara, terwijl ze tegen Lara's rug leunde.

'We zijn in elk geval bijzonder. Twee vrouwen die doodsbang zijn voor het enige wat de rest van de wereld lijkt te willen.'

'Liefde.'

'Ik wilde toewijding zeggen.'

'Is dat niet hetzelfde?'

'Niet in mijn wereld. En in de jouwe?'

Cara haalde haar schouders op. 'Klopt. Ik hield van Dale, maar dat had verdomme niets te maken met zijn toewijding.'

'Hetzelfde geldt voor Jeff.'

'Klootzakken.'

'Ja.'

'En Gage?'

'Oh, ik weet zeker dat hij er uiteindelijk ook een wordt, maar op dit moment is hij het niet.'

Cara ging rechtop zitten en wurmde zich in kleermakerszit. 'Waarom denk je dat hij er uiteindelijk een wordt? Hij lijkt me een aardige vent. Hij ziet je duidelijk wel zitten.'

Lara plukte een paar tissues van haar linkerdij en schoot ze naar de stapel kranten op de salontafel. 'Omdat mannen zoals hij dat altijd doen. Ik bedoel, ik ben best oké, maar kijk naar hem. Hij kan elke vrouw krijgen die hij wil en dan lig ik er zo uit. Al meegemaakt, geen behoefte aan een herhaling.'

'Ah.' Cara propte de tissues in de voorpagina van de sportsectie. 'Jeff die zijn lelijke kop weer opsteekt.'

'Jeff had geen lelijke kop. Dat was juist een deel van het probleem.'

'Ik had het niet over de kop op zijn schouders.'

Dat lokte een lachje uit bij Lara. 'Ik wou dat ik kon zeggen dat je gelijk had, maar dat was ook het probleem van Jeff niet.'

'Onzin. Dat kleine koppie van hem kreeg een waardeloos idee in zijn piep-kleine hersentjes en besloot dat jij niet goed genoeg was voor het collectieve *ding* dat Jeff McMonster was.'

Lara trok een wenkbrauw op. 'McMonster? Zeg me alsjeblieft dat je me nooit zo hebt genoemd toen ik nog zijn achternaam had.'

'Natuurlijk niet. En ik noemde hem alleen zo in mijn hoofd. Hoewel ik me geloof ik één keer heb versproken. Zijn moeder keek me heel raar aan op dat laatste verjaardagsfeestje dat je voor hem gaf.'

Het verjaardagsfeestje waar ze hem haar idee voor haar taartenbedrijf had willen laten zien. Ze had zich uit de naad gewerkt voor die taart, en verdomme, hij was goed geweest. Ze had er foto's van gemaakt en hij had niet ondergedaan voor de taarten die ze nu maakte. Maar Jeff was verbijsterd geweest dat zijn vrouw *een taart had gebakken* in plaats van er een te bestellen bij de chique bakkerij waar zijn kantoor zaken mee deed.

En zij had daar gestaan en zijn minachting over zich heen laten komen omdat *zij* geen scène had willen maken.

'Kun je je voorstellen wat McMonster zou zeggen als hij je met Gage zou zien? Vooral als hij Gage aan het werk zou zien.'

'BeefCake is niet het enige wat Gage doet, hoor.'

Cara snoof, terwijl het gegiebel weer opkwam. 'Sorry, Lar, maar dat klinkt gewoon zo fout.'

'Je weet wat ik bedoel.'

'Dat weet ik, maar je moet toegeven dat het grappig is. Ik bedoel, hadden ze niet een, tja, subtielere naam kunnen bedenken?'

'Je moet toegeven dat het de aandacht trekt.'

'De mannen ook.'

'Daarom is het de perfecte naam. Ik bedoel, ze maken er geen doekjes om wat ze doen. Dan kun je er maar beter voor gaan.'

'Woorden die je misschien zelf ter harte moet nemen, Lar. Die man wil je.'

'Ik zou hetzelfde tegen jou kunnen zeggen, Car.'

Het gegiebel droogde op als gemorste melk door een rol keukenpapier.

Gage was behoorlijk krachtig gebouwd...

Cara ging met een hand door haar krullen en Lara hield zich in om niet te zeggen dat ze eruitzag als Medusa. Dat was vroeger op de middelbare school hun geheime angst geweest. Met een goede reden.

'Oké, ik doe het als jij het doet.'

'Gage heeft me niet gevraagd om bij hem in te trekken.' En over dat lapdance-gebeuren repte ze met geen woord. Te veel informatie, zelfs onder nichtjes.

'Dat niet.' Cara had de "Boze Blik" van hun Italiaanse grootmoeder van vaderskant tot in de puntjes geperfectioneerd. 'Geef hem een kans. Geef jullie een kans om op dat punt te komen. En ik zal kijken of ik Nick kan overtuigen van dat achtenveertig-uur-plan. Misschien tweeënzeventig uur als hij geluk heeft.'

Vooruitgang. Cara boekte absoluut vooruitgang.

Maar had *zij* ook de moed om dat te doen?

Vijftien

Het Universum had besloten niet mee te werken.

Tussen Gage's normale baan en haar plotselinge toestroom van bestellingen door, om nog maar te zwijgen van zijn buitenschoolse activiteiten voor BeefCake, Inc., was er simpelweg geen tijd om af te maken waar ze aan begonnen waren. Tegen donderdagavond — om zeven over elf — begon Lara te denken dat het Universum haar iets probeerde te vertellen.

'Ik haat fondant', mompelde Cara, terwijl ze haar auto probeerde te openen met de sleutel ondersteboven.

Lara draaide hem voor haar om. 'Fondant betaalt je hypotheek.'

'Hé, ik heb een idee. Laten we een heleboel briefjes van vijftig en honderd van dat spul maken. Denk je dat de bankbedienden ze zouden verzilveren?'

Lara legde haar hand op Cara's hoofd en duwde haar de bestuurdersstoel in als een agent met een verdachte. 'Ik weet niet zeker of jij wel naar huis moet rijden.'

Cara zakte tegen de rugleuning. 'Dat doe ik ook niet. Ik ga naar Nick.'

'Is het je gelukt? Heb je hem overtuigd?'

Cara knikte. 'Ik vertelde hem dat relaties draaien om compromissen. Ik was bereid als hij dat ook was.' Ze opende één oog. 'Bovendien is het dichterbij dan mijn eigen plek op dit moment.'

Gelukkige Cara. Het huis van Gage lag nog een extra half uur voorbij dat van haar, en om elf uur 's avonds was dat te ver rijden. Bovendien logeerden zijn zus en neefje daar.

Ja, wat was er eigenlijk mis met het Universum?

'Rij voorzichtig. App me als je er bent.'

'Jij ook, Lar.' Cara trok de deur dicht, startte de auto en draaide haar raampje naar beneden. 'Hou van je.'

Lara liet zich bijna op haar bestuurdersstoel vallen. 'Ik ook van jou.'

God, ze was moe. Ze geloofde niet dat ze ooit zo doodop was geweest. Ze zouden echt moeten investeren in die rubberen matten voor bij de werktafels waar ze de winst nog niet aan had willen uitgeven, want de Crocs die ze droeg boden onvoldoende steun tijdens dagen van vijftien uur. Haar rug maakte haar kapot.

Ze zette de airco aan, draaide haar ramen omhoog en zette de zender met musicalnummers hard aan; ze had iets nodig om wakker te blijven, maar het feit dat ze *niet* kon zingen hoefde anderen niet wakker te houden.

Ze ving een glimp van zichzelf op in de achteruitkijkspiegel. O, god, haar krullen waren door de luchtvochtigheid samengekrompen tot kurkentrekkers, met groene 'highlights' van botercrème van toen Cara de mixer te hoog had gezet en het glazuur alle kanten op was gevlogen (ezelsbruggetje: morgen boven op de kastjes kijken voordat er muizen met een suikerverslaving opduiken). Ze zag eruit als Medusa. Maar goed dat ze Gage vanavond niet zag; hij zou gillend de andere kant op rennen.

Hoewel, aangezien hij haar sambuca-coma had getolereerd, zou hij dat misschien niet doen.

Hoe was hij die avond in hemelsnaam in haar geïnteresseerd geraakt?

Ze had er nooit aan gedacht om Jeff te vragen wat hem in het begin in haar had aangetrokken. Ze had hem ontmoet in een restaurant dat ze aan het recenseren was. Ze zat aan de bar en proefde de kaart met al het zelfvertrouwen van een pas afgestudeerde die haar droombaan had bemachtigd, en hij nam de kruk naast haar. Van het een kwam het ander en hij vroeg haar nummer. Hij was negen jaar ouder, prachtig op een blonde hockeyclub-achtige manier, met een rechtenstudie op zak en precies de juiste hoeveelheid charme om haar vlinders in de buik te bezorgen.

Ze was er later achter gekomen — te laat — dat haar leeftijd haar grootste aantrekkingskracht voor hem was geweest. Iemand die hij kon kneden tot zijn perfecte ideaal van de vrouw van een partner. Zelfs vóór de nacht dat ze hem betrapte terwijl hij vreemdging met die blondine, had ze al gedacht dat hij bij iemand als die bimbo hoorde. Hij was vóór haar met een paar modeltypes uitgegaan, maar hij zei dat de Barbie-en-Ken-opmerkingen hem in de loop der jaren de keel uit waren gaan hangen. Hij wilde iets — iemand — die anders was, en een kleine, donkere, wulpse Italiaanse was absoluut anders. Het feit dat ze aan zijn lippen hing, droeg waarschijnlijk alleen maar bij aan de aantrekkingskracht.

Voor een tijdje althans. In ieder geval had ze *gedacht* dat ze een paar goede jaren hadden gehad. Maar toen betrapte ze hem, en tja...

Hij had in de eerste plaats gewoon voor de *trophy wife* moeten gaan. Blauw bloed in plaats van pastasaus. Dat soort types zou nooit een andere carrière willen dan zijn perfecte gastvrouw zijn.

Ze vroeg zich af wat zijn verloofde voor de kost deed. Of niet deed. En of ze Barbie heette.

Lara reed de parkeerplaats van haar appartementencomplex op terwijl de laatste noot van de hit uit *Evita* wegstierf. Ze was geen grote fan van de Madonna-versie, maar ze kende tenminste alle tekst. De naam van Jeffs verloofde deed er niet toe. Die verloofde ook niet.

Jeff ook niet.

Maar Gage daarentegen... Wat zag hij als hij naar haar keek? Viel hij op pastasaus? Hij was dol op biefstuk met aardappelen, dus dat hadden ze gemeen. Maar was dat voldoende basis voor een relatie?

En wie zei dat hij er überhaupt een wilde? Een paar goede nachten, ja, daar was hij absoluut voor in, maar voor de lange termijn?

Lara liep de treden van het pad naar haar appartement op. Ze was dertig jaar; ze moest nadenken over de lange termijn. Mannen hoefden zich daar niet zo druk om te maken, maar haar eitjes werden er ook niet jonger op, en als de pijn in haar onderrug een indicatie was, zou ze over een paar jaar niet meer in staat zijn om achter peuters aan te rennen.

Ze kon die jaren niet verspillen aan een man die alleen maar uit was op een leuke tijd. Geweldige seks, geen verplichtingen, afspreken wanneer het uitkwam... al die pluk-de-dag-dingen waren prima geweest in haar twintiger jaren — behalve dat ze die verpest had door getrouwd te zijn met meneer Ken — maar dit ging om de rest van haar leven. Ze moest daarop gefocust blijven en niet op het feit dat Gage was als een lolly en zij alleen maar wilde likken.

Ze liep de twee treden van haar veranda op en opende de hordeur —

En zag de bloemen.

Geen rozen. Natuurlijk niet. Rozen zouden te gewoon zijn. Te cliché. Te *trophy wife*.

Dit waren lelies. Tijgerlelies, daglelies, calla-lelies, vermengd met irissen en chrysanten, in een palet dat varieerde van rood naar oranje en elke denkbare tint roze — met strengen strass-steentjes erdoorheen geweven.

Zag deze en moest aan je denken.
Maar jij bent mooier.
~ G

Oké, misschien viel er toch iets te zeggen voor het leven in het moment.

Zestien

'Vergeet niet om de zonnebloemen tot het laatste moment in de koelbox te laten staan, Cara, zodat ze niet verwelken. Deze hitte wordt een ramp voor al het glazuur.' Lara duwde verschillende opgerolde theedoeken onder de doos met zonnebloemen op de achterbank van Cara's auto. Ze had de stelen moeten inkorten tot een meter twintig in plaats van anderhalve meter, en moest op het laatste moment een manier bedenken om de bloemen zelf te bevestigen, omdat ze de bestelwagen nodig had voor de levering bij het strandfeest en de achterbank van Cara aanzienlijk korter was dan ze voor het transport had gepland. 'En zet nog een bestelwagen op ons verlanglijstje.'

'Vóór of na die tweede keukenmachine?'

'Wat dacht je van tegelijkertijd?'

Cara gleed in de bestuurdersstoel en stootte daarbij haar koksmuts af. 'Ik denk dat we onszelf de das omdoen als we dat tegelijk doen, Lara. Serieus, ik ben kapot. Ik weet niet hoe je het volhoudt.'

Pure vastberadenheid, geïnspireerd door Jeffs maandelijkse alimentatie-cheques.

'Je weet nog hoe je de stelen moet verbinden—'

'Ja, ja, dat weet ik nog. Verdorie, ik heb er vannacht over gedroomd, je hebt me zo bang gemaakt dat ik het fout ga doen. Het is geen hogere wiskunde, Lar.

Als ik het accountantsexamen kan halen, kan ik vast wel een paar bouten in wat bamboe draaien.'

'Maar draai ze niet te strak aan, anders barst het en valt het om. En als ze omvallen—'

'Dan heeft dat een domino-effect op de rest van de tuin. Ja, ik weet het. Ik snap het. Ik denk dat ik daarom de halve nacht wakker heb gelegen.'

'Misschien had dat ook wel wat met Nick te maken.'

Cara trok de deur dicht. 'Dat was de eerste helft van de nacht. De rest heb jij opgeëist. Laat me nu gaan, anders kom ik nooit op tijd. Veel plezier bij het strandfeest.'

Lara deed een stap achteruit zodat Cara kon wegrijden en veegde met haar onderarm over haar voorhoofd. Het voelde alsof ze zelf naar het strand ging. Maar dan zonder het lekkere zeebriesje. Het was pas begin juni en Moeder Natuur had nu al besloten alle registers open te trekken, waardoor de hitte aanvoelde als hartje augustus.

Vooral toen ze met de bestelwagen bij het feest aankwam en Gage daar zag staan in een korte broek, een mouwloos shirt en slippers, zijn haar blond geworden door de lange dagen in de zon. De man zag er smakelijker uit dan een van haar cupcakes.

'Hé, Cupcake.'

Vergeet de fondant; *zij* was degene die smolt. 'Wat doe jij hier?'

'Hier, laat me je even helpen.' Hij tilde het reuzenrad uit de achterbak. 'Twee van mijn jongens moeten hier optreden. Gina is de nicht van Bryan.'

'Zijn nicht?' Ze schoof de kar naar buiten, klapte de poten uit, zette hem op de rem en begon de grote plaatcake erop te schuiven. 'Jij hebt er toevallig niets mee te maken dat wij deze klus hebben gekregen, wel?'

Hij haalde zijn schouders op. 'Gina had een dessert nodig, jij hebt desserts. Het leek de perfecte oplossing.'

Hij bleef maar inhakken op haar pantser, nietwaar?

'Dank je.' Ze perste de woorden langs de brok in haar keel — en de strakke teugels waarmee ze haar emoties in bedwang hield. Niet elke knappe man was zoals Jeff. Gage bewees dat.

'Graag gedaan. Waar wil je dit hebben?' Gage hield het reuzenrad omhoog en zijn biceps spanden zich aan.

En Gage was *beslist* niet zoals Jeff.

Ze veegde een zweetdruppel van haar voorhoofd. Het was echt heet hier in de zon. 'Gina zei dat ze twee tafels voor me klaar zou hebben staan.'

'Ah, ja. Die staan naast de aanbouw van de massagesalon. Volg mij maar.'

Met alle plezier. Zijn nylon short hing verleidelijk losjes om zijn kont, en af en toe vormde de stof zich heel gunstig om zijn billen.

Yep, echt héél heet hier in de zon.

Terwijl zij het rad opstelde en de laatste hand legde aan de plaatcake, haalde hij de rest van de bestelwagen voor haar leeg.

'Dit ziet er geweldig uit, Lara.' Hij liep achter de tafel om en gaf haar de doos met brochures, waarbij hij vooroverboog voor een snelle kus. 'Jij ziet er ook geweldig uit.'

Ongemakkelijk greep ze naar haar koksmuts. 'De hitte heeft je hersenen vast laten smelten. Niemand ziet er geweldig uit met een koksmuts op.'

'Jij wel.' Hij kuste haar nog een keer — te kort en zonder dat er noemenswaardig veel tong aan te pas kwam. Om precies te zijn, *geen* tong.

Ze zuchtte en herinnerde zichzelf eraan dat dat maar goed was ook. De bakster hoorde niet over haar eigen cupcakes te kwijlen. Over Gage? Absoluut. Over cupcakes? Niet echt.

Ze wapperde naar haar wangen. 'Tjonge, het is wel echt warm vanavond.'

'Nu wel, ja.' Hij gaf haar die schuine glimlach die gegarandeerd haar bloed nog sneller deed koken dan de zon, en streek met een knokkel over haar arm. 'Ik heb je gemist.'

Ze rilde, wat belachelijk was in deze hitte. 'Ik jou ook. Bedankt voor de bloemen.'

'Daar heb je me al voor bedankt.'

'Een appje telt niet. Ik wilde je persoonlijk bedanken.'

'Daar houd ik je aan, laten we zeggen, na dit feestje?'

Ze zou hier pas na elf uur klaar zijn, en dan moest de bestelwagen nog terug, het keukengerei, de dienbladen en het reuzenrad moesten schoongemaakt worden, en alles moest weer klaarstaan voor morgen. 'Oké.'

Dit keer streek hij met zijn knokkel over het puntje van haar neus. 'Geweldig. Dan is dat een afspraakje.'

Ze rilde opnieuw.

'Gage!' Een vrouw kwam naar de tafel toe gerend. Een heel mooie vrouw.

'Geen — hoe is het? Heb je Lara al ontmoet?'

Lara ontspande een beetje. Gina. De nicht van Bryan. Als Gage haar had gewild, had hij jaren de tijd gehad om een poging te wagen.

'Aangenaam kennismaken.' Gina's begroeting was op z'n zachtst gezegd halfslachtig. Nou ja, Lara was mevrouw Applebaum gewend, dus dit stelde niets voor. De klant had altijd gelijk. 'Gage, we hebben een probleem.'

'Wat is er?'

Gina wierp een blik op Lara. 'Het is eh... Misschien kunnen we dit beter even onder vier ogen bespreken.'

Lara herhaalde haar mantra *de klant heeft altijd gelijk* en wuifde hen weg. 'Ga gerust.' Voor het aansnijden van de taart ben ik beschikbaar wanneer u wilt.'

'Geweldig. Bedankt.' Gina trok hem mee, en Lara kon niet echt klagen. Gage zag er van de achterkant net zo goed uit als... van de voorkant.

Ja. Het was vandaag echt *verdomd* heet buiten.

* * *

'Wat is er aan de hand, Gien?' Gage haastte zich om haar bij te houden.

'Tanner is, eh, niet in staat om op te treden.'

Hij trok een wenkbrauw op. 'En?'

'Hij is niet in staat om het podium op te gaan.'

'Wat bedoel je met "hij kan niet optreden"?' Gage liep al richting het huis. Shit. Dit kon hij niet gebruiken. Vanavond was de officiële opening van de nieuwe dagspa die hij voor Gina had gebouwd, en haar vriendinnen en klanten behoorden precies tot de doelgroep van BeefCake. Hij had gehoopt er wat opdrachten uit te slepen, maar dat kon hij wel vergeten als dit optreden in het water viel.

Hij stapte de keuken binnen, maar bleef in de gang staan. 'Waar is hij?'

Gina wees naar boven. 'In de badkamer. Het is geen fraai gezicht.'

Hij had Tanner talloze keren in zijn kostuum gezien. Als Gina zei dat het geen fraai gezicht was, moest er iets ergs aan de hand zijn.

'Shit.' Hij nam de traptreden twee tegelijk.

Tanner lag opgekruld op de badkamervloer; Carlo stond er hulpeloos bij te kijken.

'Wat is er gebeurd?' Gage knielde bij hem neer.

'Ik weet het niet. Ik voelde me de laatste tijd al niet zo lekker en toen ik me klaarmaakte, kreeg ik ineens een vlijmscherpe pijn.' Hij greep naar zijn buik. 'Ik zweet als een otter. Ik hoop niet dat het mijn blindedarm is.'

Dat hoopte Gage ook. Het zou hun best verdienende man uitschakelen, en verdomme, Tanner was *geen* goede patiënt. 'Gina, bel een ambulance.'

'Die is al onderweg. Ik ga ze opwachten.' Ze rende de kamer uit.

'Ontspan maar, Tan. We brengen je naar het ziekenhuis en kijken wat er aan de hand is.'

'Sorry dat ik je in de steek laat, man.'

'Hé, maak je niet druk. Zorg maar dat je beter wordt.'

De voordeur ging open en hij hoorde de ambulancebroeders de trap op komen. Gage verliet de badkamer om hen de ruimte te geven.

'Ik kan dit wel alleen aan, baas,,' zei Carlo. 'Ik dans wel twee keer zo lang. Dan krijgen ze waar voor hun geld.'

Gage schudde zijn hoofd. Dat krijg je nu, hè? Normaal gesproken zou Bryan hier zijn. Het was per slot van rekening de nicht van Bryan. Hij had degene moeten zijn die toezicht hield, maar Gage wilde in de buurt van Lara zijn, dus hadden ze geruild. Nu Bry de beveiliging deed op dat vijftigste verjaardagsfeest (die vrouwen van middelbare leeftijd hadden de neiging om een stuk handtastelijker te zijn dan hij ooit had verwacht), was het aan Gage om dit op te lossen.

Er was maar één manier waarop hij dat kon doen.

'Geef me het kostuum, Carlo. Ik heb nog een reservebroekje in mijn truck liggen.' Hij was ze bij zich gaan dragen nadat hij de eerste keer had moeten invallen. Dansen was één ding, maar je kruis delen met een andere kerel was weer iets heel anders. Hij had die eerste keer een condoom en een sok gedragen en had daarna altijd zijn eigen noodsetje in de truck liggen. Het had zijn hachje — en zijn zaakje — al vaker gered.

Terwijl Tanner in de ambulance werd geladen, rende hij naar de truck en wierp een blik op Lara's tafel. Ze had het druk met een groep gasten. Hopelijk hielden ze haar gedurende het hele optreden bezig. Als hij had geweten dat hij zelf moest dansen, had hij Gina niet gevraagd om haar in te huren. Privé-lapdances waren één ding, maar in het openbaar? Dit ging te persoonlijk worden.

Tien minuten later had hij Tanners kostuum aan en stond hij backstage peentjes te zweten.

Hij schudde zijn armen los en draaide zijn nek. Dit was belachelijk. Hij had nooit plankenkoorts. Hij had deze dans tientallen keren gedaan. Had honderden optredens achter de rug. Misschien wel duizenden. Hij moest gewoon doen wat hij altijd deed. Eén vrouw in het publiek uitkiezen en voor haar dansen.

Lara stond in het publiek.

Dat werd een probleem toen zijn jongeheer dat ook besefte.

Shit.

De muziek begon en hij gaf Carlo een klap op zijn arm. 'Succes.'

'Jij ook.'

Hij had liever succes gehad met zijn *ander* lichaamsdeel, want dat begon veel te veel interesse te tonen in het feit dat Lara zou meekijken. Toen hij die weddenschap om een lapdance voorstelde, was het met de gedachte dat ze met zijn tweeën zouden zijn. Een verhoging in zijn broek zou dan geen probleem zijn geweest — het zou zelfs de oplossing zijn geweest als van het een het ander was gekomen, maar nu? Hij zou een omaatje moeten uitkiezen om op te focussen.

Zelfs die gedachte deed hem niet slinken. Geweldig.

Zijn teken kwam en Gage haalde diep adem, focuste op het aanspannen van zijn borstspieren en draaide met zijn heupen het podium op.

* * *

Lara keek op toen de muziek begon. Het terras was afgezet met de zwartfluwelen panelen van BeefCake, Inc., opgehangen aan PVC-frames, met hun logo-banner over de voorkant. De uitvergrote foto's van de mannen waren er niet, maar ja, wat was daar het nut van als het publiek de werkelijkheid voorgeschoteld kreeg?

De twee dansers kwamen tevoorschijn en—

Een van hen was Gage.

Hemeltje lief.

Hij droeg een zwart gilet, een vlinderdasje en een strakke zwarte broek die niets aan haar verbeelding overliet.

En toen begon hij met zijn heupen te draaien — wat *echt* niets meer aan haar verbeelding overliet.

Wauw, die man kon *bewegen*. Wat een zonde dat ze die moves had gemist door in zijn bed buiten westen te raken.

Hij maakte een paar bekkenstoten en zijn sixpack — nee, *eightpack* — trok samen in verrukkelijke hitsigheid. Zijn partner deed het ook, maar ja, *die* deed niet met haar wat Gage met haar deed.

Het publiek was er dol op. Het gejoel begon en vrouwen drongen naar voren naar het podium.

Hun vriendjes dromden naar *haar* tafel. Ze begreep heel goed waarom.

Gage tilde zijn armen op en legde ze in zijn nek, terwijl zijn borstspieren dansten op de maat van de zware beat die door haar aderen dreunde naar één plek in het bijzonder. Hij spande zijn biceps ritmisch aan, eerst de ene, dan de andere, toen draaide hij zich om en — heilige moeder — schudde in een razendsnel tempo met zijn kont.

Die nylon shorts die hij eerder droeg, moesten verbrand worden, want die deden absoluut niets voor zijn pluspunten vergeleken met deze broek. Het zwarte leer vormde zich naar de strakste billen die ze in lange tijd had gezien — nou ja, sinds de ochtend na hun ontmoeting in zijn hotelkamer.

'Eh, juffrouw?' Een kerel knipte met zijn vingers voor haar gezicht. 'Heb je redvelvetcupcakes? Dat zijn de favorieten van mijn vriendin.'

Lara schudde haar hoofd en rukte haar blik los van Gage. Zaken gingen voor.

'Eh, ja. Die heb ik. Ze staan... Even kijken...' Verdorie, ze was helemaal van haar stuk gebracht. *Zaken, Lara.*

Juist. Concentreer je op je werk. En niet op de inhoud van Gages broek.

Het was werkelijk bloedheet vanavond.

Ze gaf de man de cupcake.

'Bedankt. Eens kijken of dit werkt,' mompelde hij voordat hij de horde dansende vrouwen in liep.

'En hoe zit het met chocolade?' vroeg een andere man. 'Met chocoladeglazuur? En vanbinnen? Hoe meer chocolade, hoe beter.'

Lara overhandigde hem haar Devil's Delight Special, waar alle drie de soorten in zaten.

Een andere man wilde aardbeienkwark, een ander cheesecake. ze namen de cupcakes allemaal mee terug de deinende menigte in, waarschijnlijk in de hoop de aandacht van hun vriendinnen weer op iets anders te vestigen.

Veel succes daarmee. Haar cupcakes waren goed, maar niets kon tippen aan de pure perfectie van het mannenlichaam dat met zijn bekken stootte op de zwoele, sexy beat van de muziek daar op dat podium. Deze show was een feest voor alle zintuigen en suiker was niet de smaak waar die vrouwen naar snakten. Gage en Bryan wisten donders goed waar ze mee bezig waren toen ze hun bedrijfsplan opstelden en — *pfoe!* — ze wisten ook donders goed hoe ze een publiek moesten bespelen.

De vrouwen stonden praktisch te gillen. Iemand gooide zelfs een beha op het podium. Gages partner raapte hem op en knipoogde naar een vrouw op de eerste rij.

Totaal irrationeel kwam er een vlaag van jaloezie in Lara naar boven die haar dreigde te verstikken.

Eigenlijk wilde Lara die vrouw wel wurgen. Ze had Gage niet lastiggevallen, maar wat als hij aan die kant van het podium had gestaan? Hij moest wel gewend zijn aan dat soort dingen. Kijk maar hoe zijzelf zich op hem had gestort op het vrijgezellenfeest terwijl hij zijn kleren nog niet eens half uit had. God mag weten wat ze had gedaan als hij dat wel had gehad.

Wat zag Gage in hemelsnaam in haar? De man was de vleesgeworden fysieke perfectie — nog meer dan Jeff ooit was geweest, en *hij* had haar nota bene verlaten.

Cara's woorden echoden in haar hoofd. *Gage wil jou. Wees avontuurlijk.*

Makkelijk gezegd; Gage was een enorm risico voor haar broze ego.

Gelukkig had ze een gestage stroom jaloerse, cupcake-zoekende vriendjes om haar gedachten van hem af te houden, maar af en toe gluurde ze even omhoog en... ja, daar was die tinteling weer, diep in haar onderbuik.

Het gilet ging uit. Hij zwaaide het als een lasso boven zijn hoofd toen ze opkeek, en haar mond werd zo droog als gort.

Oké, geen handige woordkeuze, want haar blik schoot direct naar zijn kruis, en o ja, er bleef *niets* meer te raden over. Zelfs vanaf deze afstand kon ze zien dat de man in die afdeling geen enkel probleem had.

Toen rukte hij zijn broek uit.

Heilige moeder van— Ze greep naar het flesje water dat ze onder de tafel bewaarde en spoot wat over haar shirt.

Het deed niets om haar af te koelen.

Hij droeg een strak zwart broekje om die wiegende heupen, met naar haar smaak veel te veel bump-and-grind-bewegingen – nou ja, dat was niet waar. Ze vond het wel wat; ze wilde alleen niet dat andere vrouwen het ook wat vonden.

En toen kwamen de dollarbiljetten tevoorschijn. Natuurlijk droeg Gage binnen dertig seconden de waarde van een klein kapitaal aan zijn lijf.

Ze was jaloers. Ze had er eigenlijk geen recht op, maar *hij* had *haar* gekust toen ze aankwam. Toegegeven, het was niet zo intens als die kus van een paar dagen geleden, maar ze hadden plannen voor straks. Die vrouwen moesten hun vingers en hun dollars bij zich houden.

In een ideale wereld zou dat gebeuren, maar dit was Gages werk. Hij speelde in op de fantasieën van die vrouwen. Hij liet hen hun vieze vingertjes in zijn broek steken. Misschien gingen sommigen nog wel verder, wie wist het? Ging hij vaak in op hun aanbiedingen? Bij haar had hij dat immers ook gedaan.

Lara ging op een kruk zitten. God, zo had ze er nog niet over nagedacht. Ze was er die avond geweest, meer dan bereid, en hij had er gebruik van gemaakt.

Nou ja, hij had geen misbruik van haar gemaakt, alleen van haar aanbod. Hij was er eigenlijk heel galant onder gebleven, maar toch. Het kon niet de eerste keer zijn geweest dat hij een vrouw had opgepikt en mee naar zijn kamer had genomen — zou hij willen dat het de laatste keer was?

Lara hield *niet* van delen.

Ze depte haar nek met een theedoek. Ze deed belachelijk. Cara zou haar een klap geven als ze haar kon horen. *Wees avontuurlijk. Hij wil jou.*

Maar voor hoe lang?

Dat was de vraag. Ze kon het niet aan om weer gedumpt te worden. Het deed te veel pijn. Het was te vernederend. Ondraaglijk. Liefde was het gewoon niet waard — en wie zei dat er überhaupt sprake was van liefde? Misschien was dit gewoon goeie ouwe lust. Dat Gage, om wat voor reden dan ook, iets interessants in haar vond, maar na een paar keer tussen de lakens zou het voorbij zijn.

Waar was ze dan?

Hij en zijn partner verdienden goud geld daarboven op dat podium. Hij kon echt dansen. En ze zeggen toch dat de manier waarop een man danst direct verband houdt met de manier waarop hij—

'Niet slecht, hè?' Gina kwam naar de tafel lopen.

Lara sprong overeind. 'Eh, ja. Je hebt een geweldige opkomst voor dit evenement. Nogmaals bedankt dat je voor Cavallo's Cups & Cakes hebt gekozen.'

'Ik had het over Gage.' Gina knikte naar het podium waar Gage het publiek inmiddels uitdaagde door met de dollars langs de tailleband van zijn broekje te strijken.

Als hij die uitdeed, zou ze hier ter plekke veranderen in een hoopje blubber.

'Eh, ja, leuk. Hij en Bryan hebben een goed bedrijfsmodel.'

Ze wilde haar gezicht het liefst in de plaatcake begraven toen Gina grinnikte.

'Dat is de eerste keer dat ik het zo geformuleerd hoor, maar vooruit.' Gina pakte een Tasty Temptations cupcake. 'Gage vertelde me dat dit een nieuw bedrijf voor je is.'

Zaken. Godzijdank. Dat was het perfecte onderwerp om haar gedachten af te leiden van Gages buikspieren — en kont en dijen en armen. 'Het is niet nieuw. Mijn nichtje en ik zijn nu zeven maanden bezig. We hebben veel tevreden klanten en de bestellingen stromen elke dag binnen.' Ze overhandigde Gina een van de brochures, terwijl ze probeerde niet over haar schouder naar Gages golvende buikspieren te staren, maar oh, wat was dat moeilijk. 'Hier staan wat getuigenissen in en ik kan je telefoonnummers geven als je direct met hen wilt spreken.'

Gina nam de brochure aan. 'Ontspan maar. Ik heb je ingehuurd op aanraden van Gage en als je goed genoeg voor hem bent, ben je goed genoeg voor mij.' Gina nam een hap van de cupcake. 'Zorg er alleen voor dat je echt *goed* bent voor hem.'

Ze had het over cupcakes, toch?

Lara dacht na over haar antwoord toen er plotseling een enorme commotie ontstond bij het optreden toen een vrouw op het podium *dook*. Zoals in: echt *dook*. Gelanceerd vanuit een geïmproviseerde springplank van de gevouwen handen van haar vriendinnen — en ze hadden haar recht op Gage gemikt.

'Oh hemel. Meen je dat *echt*?' Gina liet de cupcake op de tafel vallen en zette het op een lopen.

Lara kon alleen maar staren terwijl Gage wankelde onder de klap, maar er op de een of andere manier in slaagde overeind te blijven met de vrouw als een klit om hem heen. Ze was hem aan het *kussen*.

Oh, God. Lara sloot haar ogen. Ze kon het niet aanzien. Natuurlijk had hij er niet om gevraagd, maar jeez, dat hoefde hij ook niet als vrouwen zich letterlijk tegen hem aan wierpen.

Ze kon dit niet nog een keer doormaken.

De muziek werd uitgezet te midden van het juichende publiek. Geweldig. De arme Gage werd belaagd en de mensen moedigden die klimop aan. Lara opende haar ogen en zag Gina en een paar mannen uit het publiek proberen de vrouw van hem af te pellen, een scène die zo verdomd veel leek op het moment dat ze die blondine om Jeff heen geslagen zag bij de barbecue van de Schmitts. Jeff had zich losgemaakt en haar verteld dat het niet zijn schuld was — dat zij hem had besprongen — maar de schade was al aangericht. Zijn ego was gestreeld — waarschijnlijk niet het enige — en hij was om zich heen gaan kijken. Hij was dingen aan haar gaan aanmerken. Bekritiseren, kleineren, demoraliseren.

Eindelijk wisten ze de bloedzuiger van Gage los te krijgen, en jawel hoor. Hij keek over de menigte heen, over de hele lengte van de achtertuin, en zijn blik zocht haar als een hittezoekende raket.

De verontschuldiging die ze daarin zag, kwam net zo hard bij haar binnen.

Ze moest een aardige, onopvallende man vinden. Vergeet die knappe en sexy types maar; alle vrouwen wilden dat. Ze moest iemand vinden die ze kon vertrouwen; iemand die zich met haar wilde settelen voor de rest van zijn leven en tevreden zou zijn zonder ergens anders te kijken. De passie was misschien niet wat ze bij Gage voelde, maar ze zou tenminste op een "voor altijd" kunnen rekenen.

Zeventien

Gage nam de snelste — en koudste — douche die de mensheid kende na het optreden, schoot in zijn hemdje en korte broek, en ging op zoek naar Lara.

Hij had de blik op haar gezicht gezien toen die vrouw hem had overvallen. Als hij niet zo hard zijn best had gedaan om niet naar Lara te kijken, had hij wel gezien wat er vlak voor zijn neus gebeurde voordat het zo uit de hand was gelopen. Maar dat had hij niet gedaan, en de blik op Lara's gezicht verontrustte hem mateloos.

Leslie had wel bewezen hoe groot een probleem jaloezie kon worden. Niet dat het dat had hoeven zijn. Als hij met iemand was, was hij met haar en haar alleen. Maar er was een zeer zelfverzekerde vrouw voor nodig om zijn bijbaan te accepteren. Dat wist hij. Totdat hij vanaf het podium de aangeslagen blik op Lara's gezicht zag, had hij gehoopt dat zij die vrouw zou zijn.

Dat zou ze godverdomme moeten zijn, ongeacht wat die klootzak van een ex-man haar had aangedaan of gezegd. Ze was prachtig, ze was lief, ze was leuk, en ze was succesvol in wat ze deed — en bovendien was ze ongelooflijk sexy. Hoe kon ze nou niet zelfverzekerd zijn?

Dat was wat hij wilde uitzoeken. Tot de bodem uitzoeken. Haar ervan overtuigen dat wat er vanavond was gebeurd niets betekende. Het had geen invloed op wat er tussen hen aan het ontstaan was.

Maar jezus — het idee dat er iets tussen hen ontstond, beangstigde hem bijna evenzeer als het vooruitzicht om die blik weer op haar gezicht te zien.

Hij werd opgehouden door een paar vrijgezelle vrouwen en deed zijn best om zich los te maken zonder onbeleefd te zijn. Het hoorde bij zijn werk en hij kon het zich niet veroorloven om onprofessioneel te zijn met al deze potentiële klandizie om hem heen. Maar hij moest naar Lara.

'Gage!' Gina greep zijn arm. 'Het spijt me echt van net. Ik weet niet wat Megan en haar vriendinnen bezielde. Natuurlijk, ze zijn luidruchtig, maar om dat nou te doen...' Gina schudde haar hoofd.

'Het is niet anders, Geen. Ik kan niet zeggen dat het nog nooit eerder is gebeurd.' En het zou waarschijnlijk nog wel vaker gebeuren. Was het maar niet zo dat hij het geld van deze klussen zo hard nodig had.

'Lara lijkt me aardig.' Gina gaf hem een biertje en liep met hem mee naar de tafel met cupcakes. 'Niet je gebruikelijke type, dat wel.'

Hij nam een flinke, koele slok. 'Ik wist niet dat ik een type had.'

'Beeldschoon, blond en krengig. Je laatste vijf vriendinnen behandelden me alsof ik de hulp was.'

'Je overdrijft.'

'Als jij het zegt.'

'Maar Lara is prachtig.'

Gina hield haar hoofd schuin. 'Geen sekbom, dat niet.'

'Weet je, Geen, op een gegeven moment wordt een man volwassen. Begint hij na te denken met de hersens in zijn kop in plaats van met die in zijn broek.' Hij nam nog een slok, niet willend nadenken over *dat* deel.

'Ik weet zeker dat ze dolblij zal zijn als ze hoort dat ze de logische keuze is en niet degene op wie je je onmiddellijk wilt storten.'

Hij verslikte zich in zijn bier. 'Wat is er met jou aan de hand vanavond? Normaal gesproken bemoei je je niet zo met mijn liefdesleven.'

Ze zuchtte. 'Je hebt gelijk. Het spijt me. Het is gewoon dat je me verraste met haar. Ik had nooit verwacht dat je op iemand als haar zou vallen.'

'Wat bedoel je met "iemand als haar"?'

'Lief. Nuchter. Echt.'

'Oh.' Hij keek haar aan. 'Waren die anderen echt zo erg?'

'Niet zozeer erg, maar niemand van wie ik dacht dat je erbij zou blijven. Haar? Ja, bij haar zie ik je wel blijven.' Ze liet de hals van haar flesje tegen het zijne *tikken*. 'Ik moet de taart gaan aansnijden. Succes, Gage.'

Hij keek haar na terwijl ze naar de andere tafel liep. *Bij haar blijven*. Gina liep een beetje op de zaken vooruit. Hij kon niet aan de lange termijn denken. Niet nu Connor en Missy en Jayna hem nodig hadden. Er waren te veel dingen te doen en er was nooit genoeg tijd. Kijk maar naar hoe hij en Lara de hele week geen contact hadden kunnen leggen. Een paar sms'jes — zelfs geen telefoontje — vormden geen basis voor een relatie.

Bovendien waren ze allebei te druk met het opbouwen van hun bedrijf. Zij kwam net uit een slecht huwelijk, en hij... tja, hij wist niet wanneer hij klaar zou zijn voor "voor altijd". Op dit moment was van dag tot dag leven al een uitdaging. En na het echec van vanavond stond hem er weer een te wachten.

'Mooi optreden,' zei een vrouw die achter hem in de rij ging staan voor de cupcakes.

'Bedankt.'

'Doe je ook privéfeestjes?'

Gage gaf haar die lome glimlach waar vrouwen voor smolten, terwijl hij de tijd nam om de situatie in te schatten. Hij was al honderden keren gepolst. In het verleden was hij er weleens op ingegaan, maar tegenwoordig was hij niet langer geïnteresseerd.

'Groepen van vier zijn het kleinste wat we doen en daarvoor geldt een minimum van twee dansers.' Hij en Bry hadden die richtlijn meteen in het begin opgesteld, omdat ze allebei te veel ontmoetingen hadden gehad die in hun hoogtijdagen de verkeerde kant op hadden kunnen gaan.

Hij zag de dollartekens door het brein van de vrouw flitsen. Zag hoe ze een mentale weegschaal tevoorschijn haalde en dat bedrag afwoog tegen de kans dat ze als gelukkige uit die deal zou komen. Hij zou haar dolgraag vertellen dat dat percentage nul was — niemand sliep met betalende klanten in de tijd van de baas, en dat was ook de reden dat hij die eerste avond had moeten wachten tot de show voorbij was voordat hij met Lara vertrok.

'Heb je een kaartje?'

Hij haalde er een uit zijn broekzak. 'Zeker. Bel ons morgen maar even. Dan zetten we je op de planning en kan ik een paar van die jongens optrommelen.'

'Oh, maar jij zou het kunnen doen. Ik bedoel...' Haar blos was puur voor de vorm. 'Je deed het daarstraks zo goed.'

Ja, precies wat hij dacht. Er zou geen feestje komen. Of als het er wel kwam, zou ze proberen er een feestje van één — eh, drie — van te maken.

'Vanavond was een speciale gelegenheid. Ik dans niet meer zelf. Ik ben de eigenaar van het bedrijf.'

Haar wenkbrauwen gingen omhoog en ze kwam wat dichterbij staan. 'Is er geen enkele manier waarop ik je op andere gedachten kan brengen?'

Hij liet zijn glimlach varen. Het was niet nodig om haar aan het lijntje te houden. Ze zou hem inhuren of niet, maar hij verkocht zijn ziel niet voor een paar honderd dollar. Het was al erg genoeg dat hij zijn lichaam verkocht.

'Nee, helaas niet. Zoals ik al zei, vanavond was een speciale gelegenheid.'

'Dat was het zeker.' Ze likte haar lippen.

God, behoed hem voor vrouwen op jacht.

Hij stapte uit de rij. Hij had eigenlijk toch geen zin in een cupcake, althans niet als hij in plaats daarvan de *bakster* van de cupcakes wilde.

Als ze tenminste nog tegen hem sprak.

Hij glipte achter haar tafel en keek hoe ze zich tussen de gasten begaf. Ze was hartelijk, met precies de juiste dosis professionaliteit, zodat je wist dat elk van haar cupcakes haar persoonlijke stempel van goedkeuring droeg. Nadat hij ze geproefd had, kon hij getuigen van haar vakmanschap.

Nadat hij *haar* geproefd had, kon hij getuigen van het feit dat zij hem volledig in haar macht had.

'Als jullie een smaak willen die we hier niet hebben,' zei ze tegen twee vrouwen met brochures in hun handen, 'dan kijk ik heel graag of ik die voor jullie kan maken.'

Hij zou maar geen opmerking maken over haar smaak. Dat wilde hij liever voor zichzelf houden.

Lara overhandigde de laatste cupcake met zeeschildpadthema aan een van de gasten. Gage wist dat ze er nog meer onder de tafel had staan in de verrijdbare koelbox die hij eerder had helpen uitladen, dus hij trok zijn korte broek wat op, hurkte naast haar neer, pakte een doos en gaf die aan haar aan.

'Bedankt,' zei ze met die aarzelende glimlach die hem recht in zijn maag raakte.

Ze moesten praten.

'Wat kan ik nog meer voor je doen?' Hij meende het in elke zin van het woord.

Ze slikte, een nauwelijks zichtbare beweging, maar wel een veelzeggende. Ja, hij moest haar absoluut even alleen spreken om de lucht te klaren.

'Zijn er nog zeepaardjes? Ik heb er niet veel gemaakt, omdat meestal kinderen voor de zuurstoksmaak kiezen en niet volwassenen. Maar iedereen lijkt trek te hebben gekregen in iets zoets.'

Hij had ook wel trek in iets zoets. En haar naam was Lara Cavallo.

Hij zocht door de dozen, maar de zeepaardjes waren nergens te bekennen. 'Het lijkt erop dat ze op zijn.'

Lara liet zich niet uit het veld slaan; ze raadde de gast in plaats daarvan een van de cupcakes met een wulkenschelp aan. Ze zei dat suikerspin net zo zoet en heerlijk was als zuurstok.

Het enige waar hij aan kon denken was aan iets likken. Bij voorkeur haar benen. Hij zat er vlak naast en het was voor hem onmogelijk om ze niet op te merken. Glad en gebruind en bloot... Hij wilde er gewoon even in bijten.

Hij verzette zijn korte broek een beetje. Hij had nooit gedacht dat cupcakes opwindend konden zijn, maar bij Lara waren ze dat absoluut.

Op dat moment liep ze naar het andere uiteinde van de tafel, dus wierp Gage zich erop om zich hier nuttig te maken, waar hij niet in de verleiding zou komen—

Laat maar. Hij zou in haar nabijheid *altijd* in de verleiding komen.

Wat was het aan haar dat hem zo raakte? Gina had gelijk; hij was nog nooit met iemand als Lara geweest. Vergeet haar uiterlijk — niet dat hij dat kon — maar het was dat *echte* waar hij zich op concentreerde. Ze was die avond in de club zo sexy geweest. Haar donkere, zwoele uitstraling had zijn aandacht getrokken in een zee van neppe blondines met te veel siliconen en spray-tans, de vreemde perceptie van de maatschappij van een zogenaamd ideaal.

Toen had ze een beetje te veel gedronken en had hij de kans gekregen om de echte Lara te leren kennen. *In vino veritas* was nog nooit zo waar geweest. Ze was schattig. Zo trots op haar bakkerij, zo in voor een feestje en dansen en bij hem zijn. Ze had zelfs willen zoenen op de dansvloer. Hij was toen degene geweest met de zelfbeheersing, omdat hij dat moment privé wilde houden, zowel vanwege het geplaag van de jongens als omdat hij er echt van had willen genieten. Van haar had willen genieten.

Dat wilde hij nog steeds.

Gina kwam aanlopen terwijl Gage de laatste twee dozen cupcakes tevoorschijn haalde, deed haar praatje door de microfoon en sneed toen de taart aan. Het hele gezelschap stortte zich op de tafel, en Gage had geen schijn van kans om met Lara te praten, omdat ze het te druk hadden met het uitdelen van het dessert voor enige persoonlijke tijd.

Maar hij zou er tijd voor maken zodra dit klaar was.

Achttien

Gage hielp Lara met het afbreken van haar opstelling en pakte alles op de brancard voor de wandeling terug naar haar busje. Hij had aangeboden om hem voor haar te duwen, maar ze hield voet bij stuk dat ze het zelf wel kon, en omdat hij twee zussen had, had hij geleerd dat wanneer een vrouw zegt dat ze het wel aankan, ze het ook echt wel aankan, en dat hij haar dan maar beter met rust kon laten.

'Lara, over wat er vanavond tijdens de show is gebeurd—'

'O, ja. Dat. Hoe gaat het met je? Ben je oké? Wat bezielde haar om dat te doen? Ken je haar?'

Ze ratelde maar door en hij vond het aandoenlijk. Hij vond *haar* aandoenlijk. En verdomd sexy. Wanneer was de laatste keer dat hij een vrouw tegelijkertijd aandoenlijk *en* sexy had gevonden? Misschien had Gina toch gelijk over zijn voorkeur voor blonde stootjes.

'Met mij gaat het prima. Haar trots is waarschijnlijk meer gekwetst dan wat dan ook.'

'Gebeurt dat vaak? Dat vrouwen zich zo op je werpen?' Ze beet op haar onderlip terwijl ze oogcontact vermeed door de taartvormen voor zich op te tillen, waardoor haar gezichtsveld perfect werd geblokkeerd.

Wat zou Gage er niet voor over hebben om haar focus weer op hem te krijgen.

'Technisch gezien wierpen haar vriendinnen haar op mij.'

Ze liet de taartvormen zakken en keek hem vernietigend aan.

Oké, luchtig geklets was niet de juiste aanpak. 'Eh, nee, het gebeurt niet vaak, maar het *is* een risico van het vak. Je moet weten dat ik, ongeacht het beleid van ons bedrijf tegen verbroedering, mijn eigen normen heb, en de liefde bedrijven in het openbaar hoort daar niet bij.'

In de privésfeer daarentegen...

Ze reed de brancard tegen het busje aan en grabbelde in haar tas naar haar sleutels. 'Maar ik dacht dat je zei dat je niet meer danste.'

'Tanner is ziek geworden. Misschien is het zijn blindedarm. Ik moest invallen. Daarom gaat Bryan of ik naar elk optreden. Je weet maar nooit wat er gaat gebeuren, en zoals in dit geval was het maar goed dat we iemand anders beschikbaar hadden. De mensen hebben betaald voor een show; ze verdienen het om die ook te krijgen.'

'Die heb je ze zeker gegeven.'

Hij wist niet zeker of dat een compliment of een veroordeling was. 'Vond je het leuk? Ik bedoel, voordat Megan de controle verloor.'

'Ik zou dood moeten zijn om er niet van te genieten.' Lara trok de dubbele deuren open en draaide zich weer naar de brancard. 'Elke vrouw hier vanavond vond het prachtig. Dat moet je toch weten.'

'Jouw mening is de enige die telt.'

Ze hield even halt bij de brancard, precies een hartslag lang.

Twee.

'Lara?'

Ze haalde adem en greep toen naar de stapel platgemaakte dozen. 'Ik weet zeker dat je morgenochtend vroeg overspoeld zult worden met opdrachten.'

Dat was niet wat hij wilde horen.

'Ik bedoel, ik zag Maryellen Bledsoe na afloop met je praten. Dat zal wel een vrijgezellenfeest opleveren.'

'Gáát *zij* trouwen?' Dat wierp een heel ander licht op de vrouw die hem probeerde te versieren.

'Nee, haar dochter.' Lara klapte de brancard in en schoof hem achter in de bus, waarna ze zich omdraaide en haar handen afveegde. 'Bedankt voor je hulp met alles, Gage. Ik waardeer het.'

'Dus dit is het?'

'Ik weet niet wat je bedoelt.'

'Ik denk dat je dat wel weet.' Hij sloeg zijn armen over elkaar, zeer bewust van wat dat deed met zijn borstkas en zijn borstspieren, en het effect daarvan op vrouwen. Hij schuwde het niet om te gebruiken wat God hem gegeven had om haar aandacht te trekken. Een flauwe truc, misschien, maar hij was wanhopig. 'Ik heb Megan niet versierd. Zij en haar vriendinnen verloren een beetje de controle. Dat gebeurt, maar zand erover. Het is niet alsof ik op haar aanbod in ga.'

Ze trok haar koksmuts af. 'Dat is het 'm nu juist, Gage. Het is niet niets. Elke vrouw hier wilde je.'

'Ja.'

'Ja? Is dat alles wat je te zeggen hebt? Je weet het gewoon?'

'Natuurlijk. Dat is de bedoeling. Dat is waar de hele show om draait. Een fantasie bieden. Dat is wat ik wilde bereiken.'

'Maar hun vriendjes waren er gewoon bij.'

'Denk je dat de mannen niet naar stripclubs gaan? Als er al iets veranderd is, dan hebben wij voor gelijkheid in de relaties gezorgd.'

'Hoe kan het gelijk zijn als ze naar iemand anders verlangen? Is het hele punt van een relatie niet om *bij* elkaar te zijn? Is dat niet de reden waarom mensen relaties aangaan, om bij die ene persoon te zijn? Dat kijken naar anderen begrijp ik niet. Waarom zou je überhaupt een relatie hebben als dat is wat je doet?'

Dus haar ex was ook vreemdgegaan. Een brandend verlangen om die kerel aan stukken te scheuren, ledemaat voor ledemaat, raasde door hem heen. Die lul verdiende het niet om te leven. Hij had haar zeker niet verdiend. Wat in hemelsnaam zou de man die *Lara* had, ertoe bewegen om voor iemand anders te gaan?

Maar godzijdank dat hij het had gedaan, want nu had Gage een kans bij haar.

En zomaar ineens verschoof zijn wereld.

Hij wílde echt een kans bij haar. Meer dan alleen een paar appjes of een gestolen nacht hier en daar, hij wilde *haar*. Om bij haar te zijn. Om te onderzoeken wat er tussen hen gebeurde. Ja, het zou lastig worden, maar het zou nog lastiger zijn om haar niet in zijn leven te hebben.

Hij reikte naar haar hand. Hij moest haar aanraken en hij wilde dat zij hem voelde. 'Lara, ik kan de relaties van anderen niet definiëren. Er is vraag naar BeefCake, Inc., en wij voldoen daaraan. Maar dat betekent niet dat dit is wie ik ben. dat het mij definieert of hoe ik mijn leven leid. Je weet waarom ik dit doe. Dat is voor mij de kern van de zaak. Connor en Missy. Ik werk me uit de naad om hen te helpen, zowel met mijn gewone baan als met dit. Het is de beste kans die we hebben. Maak niet de fout te denken dat dit is wie ik ben. Dat is het niet. Het is een fantasie—voor de klanten.

Ik ga het podium op, geef een show, geef ze wat ze willen, en dan vertrek ik. Terug naar mijn echte leven. Missy en Connor en mijn gewone werk. En jij.' Hij bracht haar hand naar zijn lippen en kuste die. 'Ik kwam terug naar jou. Ik stond bij jouw tafel, hielp je met opruimen, maakte met jou schoon en heb alles voor je ingepakt. Niet voor iemand anders.'

Hij zag dat ze hem wilde geloven. Hij wilde dat zij hem geloofde, en hoewel daden luider spreken dan woorden, zou dat in dit geval de zaak alleen maar vertroebelen, omdat ze vanavond al die overduidelijke seksualiteit had gezien en daar niet mee om had kunnen gaan.

Net als Leslie.

Hij slaakte een zucht en bad dat ze er niet mee zou stoppen voordat het zelfs maar begonnen was.

Of... wilde hij dat eigenlijk wel? Het zou zijn leven een stuk makkelijker maken.

Maar niet beter.

Het was die gedachte die hem voortstuwde. 'Ik zou heel graag ergens heen gaan om bij je te zijn. Hoe je dat ook wilt noemen, ik wil gewoon bij je zijn.'

Ze wilde het ook; hij zag het aan de trilling van haar hartslag in haar keel. Aan de manier waarop haar ogen naar de zijne schoten en die volkomen sexy manier waarop ze op haar lip beet.

Hij streek met zijn vingers langs haar slaap en omlaag over haar wang. 'Alsjeblieft, lieverd. Ik wil gewoon bij je zijn. Al is het maar om te praten. Ik vind het fijn om met je te praten. Ik vind het fijn om bij je te zijn. Ik heb je gemist deze week. Ik hoopte dat jij hetzelfde voelde.'

Dat was het probleem. Ze vóélde hetzelfde. En ze deed het in haar broek van angst. Ondanks Cara's advies om *avontuurlijk te zijn,* wist ze gewoon niet of ze het risico aandurfde. Kijk naar wat er vanavond was gebeurd: Gage zat niet fout, maar ze stond klaar om hem erom te kruisigen. Het enige waar ze aan had kunnen denken was wat hij in haar kon zien. wanneer de andere schoen zou vallen en hij zich op een van die vrouwen zou storten — of, hemeltje, misschien wel meer — en zij *alweer* met een gebroken hart zou achterblijven.

Maar toen liet Gage die heerlijke vingertoppen, die al rillingen over haar rug hadden gejaagd, van haar slaap langs haar wang naar zuidelijkere gebieden glijden, tollend door haar hart en haar buik, omlaag over haar kaaklijn, langs haar keel naar haar sleutelbeen. Het was slechts de lichtste aanraking, maar hij had haar volledige aandacht en ze hoopte... ze hoopte echt dat het dit keer, met hem, anders zou zijn. Dat ze kon vertrouwen op wat hij zei. In tegenstelling tot Jeff.

Jeff.

Ze deed het weer. Ze liet haar ex-man haar leven bepalen en de manier waarop ze de wereld zag.

Geen sprake van. Jeff had dat recht verspeeld toen hij voor een ander koos.

'Je wilt me, Lara. Je wilt bij me zijn.'

Nou, nogal wiedes.

'En ik wil bij jou zijn.'

Ze slikte. *Wees avontuurlijk.*

Ze had altijd Jeff gevolgd in zijn beslissingen. Wat hij ook wilde doen in elke situatie: Haar baan, hun huis, haar bakkerij, aan welke kant van het bed ze mocht slapen, welke kleding ze moest dragen... Ze had niet beseft hoe controlerend hij was geweest en hoezeer ze zich had laten controleren totdat alles uit elkaar viel.

Als ze echt bevrijd wilde zijn van Jeff, moest ze doen wat *zij* wilde doen.

En ze wilde Gage. Voor hoelang ze hem ook maar kon hebben, ongeacht wat er vanavond op dat podium was gebeurd, of dat er de hele tijd vrouwen op hem af waren gestapt. Als ze hem niet vertrouwde, als ze toegaf aan de paranoia, liet ze Jeff weer winnen.

Wees avontuurlijk.

Gage was niet verroerd. Hij stond ongeveer tien centimeter van haar vandaan, zijn vinger vlak boven haar hart en geen enkel ander deel van hem raakte haar aan, terwijl hij haar de beslissing liet nemen.

'Ja, Gage. Je hebt gelijk. Ik wil je wel. Laten we naar huis gaan.'

Negentien

In Gages voordeel: hij brak geen enkele wet terwijl hij hen terug naar haar huis bracht, maar ze had het niet erg gevonden als hij dat wel had gedaan. Het is één ding de sprong te wagen, maar iets heel anders om het vijfentwintig minuten lang te moeten heroverwegen terwijl ze hem in het busje volgde.

Maar uiteindelijk kwam het erop neer dat ze hem wilde. Zo simpel was het, want ook al had die Megan overal aan hem gehangen, *hij* hing niet overal aan *haar*. Het was heel belangrijk dat Lara zich dat herinnerde. In tegenstelling tot Jeff, die als een octopus om Plastic Barbie had gehangen op de avond dat ze de affaire ontdekte, was Gage niet de schuldige partij, en als ze ook maar een kans wilde hebben om verder te gaan dan Jeff, moest ze Gage laten zijn wie hij zei te zijn, zonder haar issues op hem te projecteren.

Hij opende het busdeurtje toen zij het contact uitzette en stak een hand uit om haar naar beneden te helpen—of misschien om haar tegen zich aan te trekken.

Ze ging gewillig mee.

'Ik heb niet eerder de kans gekregen dit fatsoenlijk te doen,' zei hij, voordat hij haar kuste.

Het was allesbehalve een keurige kus.

Het was heet en hongerig en alles wat ze nodig had. Die vrouwen konden fantaseren zoveel ze wilden, zij had het echte werk in haar armen en straks hopelijk in haar bed.

O God. De beelden die door haar hoofd flitsten terwijl zijn tong heerlijk zondige dingen met de hare deed en elke zenuw op volle kracht vooruit zette, dreven haar bijna over het randje.

'Binnen,' was alles wat ze eruit kreeg.

Maar dat was alles wat nodig was. Gage greep haar hand, drukte nog één harde kus op haar lippen en trok haar vervolgens zowat het pad naar de voordeur op. Ze klungelden even met haar sleutel, maar eindigden ermee dat ze samen de deur openduwden en bijna naar binnen vielen.

Gage smeet de deur achter hen dicht en trok haar tegen zich aan. 'Dus ik neem aan dat je niet wilt praten.'

Hij was zó verdomd sexy. Zijn aquamarijnkleurige ogen boorden zich in de hare, zijn harde lichaam drukte tegen haar aan zodat ze elke spier en lijn kon voelen, en ja, praten was beslist overschat.

Ze beet op haar lip en probeerde haar glimlach te bedwingen. 'Nou, als jij dat wilt doen—'

Hij kuste haar. Hard.

Dat had ze nodig. Hem had ze nodig. Dit had ze nodig. Ze sloeg haar armen om hem heen en kuste terug.

Hij kreunde en Lara's knieën werden boterzacht bij dat geluid.

Gelukkig tilde Gage haar op in die sterke, gebeeldhouwde armen van hem en droeg haar door de gang naar haar slaapkamer, zonder de kus ook maar één keer te verbreken.

Met haar voeten bungelend tussen zijn benen kon het Lara niets schelen. Alles waar ze zich op kon concentreren, was de hitte en de smaak en de pure sensualiteit van zijn kus. Zijn lippen waren geweldig, zijn tong nog meer, en de opgerolde spanning die ze in hem voelde, was bedwelmend.

Hij drukte op de lichtschakelaar bij haar slaapkamerdeur.

'Wat?' Ze trok zich terug toen hij haar op haar voeten zette; het licht was te fel.

'Ik wil je zien, Lara. Geen gestuntel in het donker. Ik wil alles zien wat je voelt. Ik wil zien hoe je het verliest in mijn armen. Ik wil je daarna zien glimlachen.'

Wat veel te snel zou gebeuren als hij dit soort dingen bleef zeggen. Ze legde haar hand op zijn mond. 'Voorzichtig. Niet haasten. Ik wil van elke seconde genieten.'

Hij nipte aan haar vingers. 'Geloof me, lieverd, dat zul je.'

Ze vertrouwde hem. Hoe verrassend dat ook was, gezien wat hij deed voor de kost en hoe vrouwen op hem doken, ze vertrouwde hem.

Dat zou haar zorgen moeten baren—enorm zelfs—maar zijn handen gleden overal, joegen vuur door haar aderen en over elke zenuwuiteinde terwijl ze onder de zoom van haar T-shirt gleden en haar buik streelden, en ze kón zich niet zorgen maken. Het enige wat ze kon, was voelen. En genieten.

'Zo zacht en glad,' fluisterde hij. 'Als satijn.'

Satijnen *lakens* misschien. Ze wenste dat ze die had.

Die kwamen morgen op haar boodschappenlijstje.

Zijn vingers gleden onder de tailleband van haar rok. 'Ik wil je voelen, Lara. Helemaal. Elk stukje van je aanraken, proeven en verleiden.'

'Dat doe je al.'

'Oh, lieverd, je hebt nog niets gezien.' En daarmee maakte hij de rits van haar rok los zodat die aan haar voeten viel, en trok hij haar shirt over haar hoofd, waardoor ze niets anders aanhad dan de twee snippertjes perzikkleurige zijde en kant die haar ondergoed vormden.

Dus goed, misschien had ze gehoopt dat dit vanavond zou gebeuren.

Gage hapte scherp naar adem. 'Mijn God, je bent prachtig.'

Nee, zij voelde zich onzeker. Hij was tenslotte de mooie van de twee. Met het perfecte lichaam. Dat hij voor iedereen had tentoongesteld.

Wees avontuurlijk.

Juist. Ze ging haar onzekerheden deze avond niet laten verpesten. Gage was hier bij haar, wilde haar, en ze zou een dwaas zijn om iets in de weg te laten staan.

Dus in plaats daarvan speelde ze de dans van vanavond af in haar hoofd, waarbij ze zich voorstelde dat zij daar met z'n tweeën waren geweest. Geen publiek, geen andere vrouwen, geen Gina, alleen Gage en zij, en hij had alleen voor haar gedanst. Dat elke kring van zijn heupen, elke knipoog en glimlach, elke hand die over zijn huid gleed en die kom-hierblik in zijn ogen... dat dat allemaal voor haar was geweest.

Ze greep de hals van zijn tanktop en scheurde.

Gages ogen vlamden op en, oh mijn God, ze kon niet geloven dat ze dat had gedaan. Ze had nog nooit het shirt van een man van zijn lijf gescheurd.

Hij trok die duivels sexy scheve glimlach en liet zijn handen van haar lichaam zakken. 'Ga je gang, Lara.'

Geen tijd om nu verlegen te zijn. Zeker niet als dit haar juist opwond.

Ze greep het laatste stukje stof dat het shirt onderaan nog bijeenhield en scheurde het verder open, duwde het vervolgens langs zijn armen omlaag en drukte haar lippen op zijn borst. Hij smaakte zo goed. Zeep en zweet en Gage en... opwinding. Oh ja, die geur herkende ze. Hij wilde haar.

Niet dat ze daaraan twijfelde. De bobbel onder zijn short kon dat niet verhullen.

Ze liet haar handpalm langs zijn lengte glijden.

'Lara.' Hij kreunde haar naam en zijn hoofd viel achterover, waardoor ze perfecte toegang kreeg tot die sterke, pezige keel en de hartslag die aan de basis ervan klopte.

Ze kuste hem daar. Liet haar tong erover glijden. Genoot ervan. Daarna beet ze speels naar beneden, proefde elke samentrekking van zijn borstspieren, tot ze zijn tepel vond. Die werd hard bij de eerste streek van haar tong, wat niet meer dan eerlijk was, aangezien die van haar snakten naar zijn handen en mond.

Al het opgekropte verlangen en de frustratie van de drie eenzame jaren sinds ze met een man was geweest, sinds ze door een man *gewenst* was, borrelden in haar op. Ze vocht ertegen; als ze het toeliet, zou het verpesten wat ze met hem kon hebben.

Dus dacht ze niet. Ze voelde. En oh God, wat voelde hij goed.

Ze liet haar handen over dat harde lichaam dwalen, geen greintje vet ergens. Ze wreef met haar handpalm langs de scherpe lijnen bij zijn heupen, en toen verder, om die perfecte achterkant te pakken die ze zich zo goed herinnerde.

'Jeetje, wat een haast.' gromde Gage tegen de curve van haar hals. 'Voorzichtig, Lara.'

Ze wílde niet voorzichtig zijn. Ze was voorzichtig geweest en dat had haar nergens gebracht.

Ze ramde haar handen onder de tailleband en duwde zijn shorts—de vent droeg geen onderbroek—langs zijn benen omlaag.

Deze keer was zij degene die achteroverleunde en keek. 'Mijn God, *je bent* prachtig.'

'Mannen zijn niet mooi.'

'Niet waar. Jij wel.' Ze liet een vinger over het midden van zijn borst glijden, over elk afgetekend 'pack' van die achtpack, naar dat dunne streepje haar onder zijn navel dat leidde...

Oh ja. Hij wilde haar zéker.

'Lara? Je weet het zeker, toch? We hóeven dit niet te doen.'

Oh ja, dat wel.

Ze liet haar vinger over zijn liefdesstreepje naar de basis van hem glijden.

En toen streek ze met die vinger langs zijn lengte, tot aan het uiterste puntje.

Hij schokte en Lara keek naar hem op. 'Ik wil je, Gage. Maak liefde met me.'

Daarna hadden ze geen woorden meer nodig. Ze sloegen de lakens van haar bed terug en raakten en streelden, tartten en plaagden elkaar, hijgend en glimlachend terwijl ze elkaars lichamen ontdekten. Gage hield ervan als hij onder zijn linkeroor werd gekust; zij hield van de binnenkant van haar elleboog. Gages voeten waren kietelig; Lara vond het heerlijk om zijn wreef te likken.

Gage vond het heerlijk om elk stukje van haar te likken.

En zij liet het toe. Opende zichzelf en haar lichaam voor hem, voor zijn verlangen en die duivels begaafde tong van hem terwijl hij al haar geheime plekjes ontdekte, en haar met een wraakgevoel uit haar driejarige winterslaap sleurde.

'Je bent zo mooi, Lara,' fluisterde hij tegen haar borst terwijl zijn tong en zijn tanden de genotsgolven door haar heen joegen. 'Dat móét je weten.'

Dat deed ze nu. Precies op dit moment, omdat hij haar zo liet voelen.

Dit had ze nodig. Hem had ze nodig. Hoe lang het ook zou duren.

Ze rolde boven op hem en plantte haar vuisten onder haar kin, haar lichaam gonzend terwijl ze hem besteeg. 'Ik wil je in me, Gage.'

Hij schokte onder haar. 'Oh baby, dáár wil ik zijn.'

God, en of hij dat wilde.

Ze greep zijn shorts toen hij zei dat de condooms in de zak zaten, ging toen boven op hem zitten als een zegevierende, kleine amazone en rolde het condoom over zijn lengte, en Gage dacht dat hij nog nooit iemand mooier had gezien. Ze was zo ongelooflijk sexy dat hij niet begreep hoe ze dat zelf niet kon weten. Hoe ze überhaupt jaloers kon zijn op een andere vrouw.

Hij greep haar heupen zodra het condoom op zijn plek zat, gaf druk zodat ze vooroverboog, tilde haar toen op en gleed in haar strakke, natte warmte. 'God, Lar, je voelt zo verdomd goed.'

'Je hebt gelijk. Ik voel heerlijk.' Ze zonk neer, nam hem tot op de hilt in zich op, haar prachtige borsten wiegend voor hem.

Het was meer verleiding dan een man geacht kon worden te verdragen, en hij was ook niet van plan dat te proberen.

Hij nam een strakke, harde tepel in zijn mond; het geluid van haar kreun joeg het verlangen door zijn aderen, deed zijn hardheid in haar zo krankzinnig snel zwellen dat hij dacht dat hij zou ontploffen. Hij móést aan iets—wat dan ook—denken om rustig te worden en te voorkomen dat hij hen omrolde en wild in haar stootte.

Wacht even. Waarom vocht hij tegen dat idee?

Hij had geen idee. Hij draaide haar op haar rug, schoof een hand om haar been en onder haar billen—die verrukkelijke ronding die perfect in zijn hand paste—en trok haar tegen zich aan zodat ze hem dieper in zich opnam.

Hij glimlachte toen ze kreunde. 'Zo?'

'Uh-huh.' Ze boog zich naar hem toe, haar hoofd boog achterover, en Gage zoog zich vast aan de polsslag in haar hals die in hetzelfde ritme bonsde als de zijne.

Hij bewoog zijn heupen, trok zich een beetje terug, maar zij zette haar nagels in zijn billen.

'Ga niet weg.'

'Schat, dat ben ik niet van plan.' Voor altijd.

Voor altijd?

Gage hield op met bewegen. Nee nee nee. *Voor altijd* stond hier niet ter discussie. Het lag niet op tafel. Dit was voor vannacht. Een paar weken misschien, maar het kon niet voor*altijd.*

Ze kronkelde onder hem. 'Gage... alsjeblieft...' hijgde ze, haar lippen gleden over zijn borst, haar tong plaagde zijn tepel, en haar handen—lieve hemel—haar handen gleden over zijn rug, zijn billen, elk deel van hem, smeekten hem weer in haar neer te dalen.

Hij ging. Hij kón niet anders.

Ze klemde haar benen om zijn middel. 'Meer, Gage.'

Hij wilde haar meer geven. Zóveel meer.

Hij trok zich terug. Schoof weer in haar toen ze kermde. Trok zich terug en herhaalde het opnieuw. En weer. En weer. Zo vaak, zo hard en snel, dat Gage, toen de verblindende golf van genot hem greep, niets meer overhad om ertegen te vechten.

Dus dat deed hij niet. Hij gaf zich eraan over en nam haar mee, terwijl het over hen heen denderde, neerstortte om weer weg te ebben en opnieuw op te bouwen als golven op het strand, keer op keer, de opbouw en de roes, terwijl hij zich in haar uitstortte.

Ze kreunde onder hem, haar hoofd in haar nek, haar ogen dichtgeknepen, en ze perste zijn naam eruit terwijl ze hem omklemde en elke snipper genot uit zijn lichaam melkte.

'Lara,' fluisterde hij tegen haar borst, de glanzende waas van zweet zoeter dan al haar cupcakes. 'Dat is het, liefje. Kom voor me.'

'Ik... Het is...'

Goed. Hij wilde haar sprakeloos. Hij bewoog weer in haar, glimlachte toen ze naar adem hapte...

Hij kuste haar hals. Haar wang. Haar lippen. Liet zijn tong over haar lippen glijden, hunkerend om naar binnen te gaan.

Ze liet hem toe, zoog hem die vochtige, warme hitte in, zoals haar omhulling dat met zijn harde lengte deed, en Gage voelde opnieuw een golf in hem opkomen.

Hij bewoog zijn heupen. Ja. Daar. Ze voelde zo goed, strak om hem heen. Hij móést bewegen. Opnieuw.

'Oh, Gage.' Haar adem kwam in een bevende fluistering, zette zijn toch al gespannen zenuwen in vuur en vlam.

Hij bewoog weer.

Haar benen klemden zich hard om zijn billen, haar enkels vergrendeld, en ze boog zich naar hem toe en barstte toen overal om hem heen uiteen.

Gage verloor de controle, stootte in haar. Wierp zich terug tegen haar gekruiste enkels, dook weer in haar, voortgestuwd door de allesoverheersende drang om elk deel van haar te claimen. Hij had dit nodig, wilde haar, móést haar hebben, elk beetje. Elk deel. Elke laatste respons.

Haar kreten echoden in de kamer, haar nagels schampten zijn rug open en haar hielen—lieve God, haar hielen ramden naar beneden op zijn billen, duwden hem zo ver in haar dat hij niet meer wist waar hij ophield en zij begon.

En toen deed het er niet meer toe terwijl hij kwam, één lang, heerlijk, adem- en zichtrovend moment buiten de tijd terwijl zij alles nam wat hij te geven had en nog meer, en Gage over de rand stortte in de zekerheid dat niets ooit zo was geweest en nooit meer zo zou zijn.

En dat hij nooit meer terug kon ...

* * *

Het duurde even voordat de rillingen bedaarden, en toen hij zijn ogen opende en haar prachtige ogen pal voor zich vond, waarin al die wazige, zinnelijke tevredenheid die hij voelde weerspiegeld stond, begonnen de rillingen opnieuw.

'Hé,' fluisterde hij.

'Hé, jij.'

'Alles goed met je?'

'Ik denk dat dat een mild begrip is voor wat ik voel, maar ja, het gaat goed met me.' Haar vingers trokken lome cirkels op zijn onderrug en haar glimlach was pure voldoening.

Hij gleed uit haar en rolde op zijn zij, haar met zich meenemend. 'Dat was meer dan oké, weet je. Ik ga voor fantastisch.'

'Klinkt goed.'

En zij paste bij hem. Dat zou hem bang moeten maken, maar dat deed het niet. Niet meer.

Gage legde zijn hand om haar wang en kantelde haar hoofd achterover. Kuste haar. Wreef met zijn mond over de hare, zacht en zoet, maar met de belofte van zoveel meer.

Hoeveel meer, dát was de vraag.

Hij nestelde haar hoofd onder zijn kin en sloeg zijn armen om haar heen, als een schild tegen die gedachten. De realiteit zou vroeg genoeg met de zon komen; vannacht wilde hij alleen maar van Lara genieten.

$$\mathcal{T}\text{wintig}$$

Lara zweefde de bakkerij binnen. Gisteravond — en vanochtend — waren... magisch geweest.

Hij had de liefde met haar bedreven — nee, ze hadden de liefde met elkáár bedreven. Daarna waren ze vanochtend wakker geworden en hadden ze het nog een keer gedaan. Hij had het ontbijt klaargemaakt terwijl zij douchte, aangezien ze hadden afgesproken dat samen douchen er alleen maar toe zou leiden dat ze te laat op hun werk zouden komen, iets wat geen van beiden zich kon veroorloven. Ze hadden samen gegeten en daarna had zij opgeruimd terwijl hij douchte, waarbij het huiselijke van het tafereel aan haar hart trok.

Met Gage naar bed gaan was geweldig geweest; met hem wakker worden nog beter — in die mate dat ze zich niet meer kon herinneren waarom ze had gedacht dat het geen goed idee zou zijn.

'Of je hebt vanochtend een pond botercrème ingeslikt, of een *ander* soort crème.'

Lara deinsde terug. Cara was altijd bot geweest, maar dit ging zelfs voor haar doen te ver.

'Heb je *iets* van slaap gekregen?'

Lara trok haar schort over haar hoofd. Met een beetje geluk zou het vast blijven zitten aan haar knot en hoefde ze de veelbetekenende glimlach van haar nicht nooit onder ogen te komen.

Cara hielp haar het schort naar beneden te trekken. 'Je weet dat ik het er uiteindelijk toch wel uit krijg, dus je kunt het net zo goed nu opbiechten.'

'Er valt niets op te biechten.'

'Uh-huh. Tuurlijk. Je hebt er nog nooit zo uitgezien, nou ja, nóóit.'

Lara trok een gezicht. Ze had zich bij Jeff *niet* zo gevoeld, en ze had er ook niet zo uitgezien. Zelfs in het begin niet. 'Het feest was een succes,' zei ze, 'en ik denk dat we er nog wel een paar klussen aan overhouden.'

'Echt niet. Je komt er niet vanaf met een zakelijk praatje. En bovendien heb ik al gehoord wat er is gebeurd. Dus, was Gage in bed net zo heet als hij blijkbaar op het podium is?'

'Jeetje, Car, kun je erover ophouden? Vraag ik jou ook om uit de school te klappen?'

'Dat hoef je niet te vragen. Ik vertel je toch alles al. Dus betekent dit dat er wat gekust is?'

Lara rolde met haar ogen en pakte een pak fondant. Ze moest ergens op slaan.

'Kom op, Lar. Ik begrijp niet waarom je er zo geheimzinnig over doet.'

'Omdat er echt niets te vertellen valt. Gage heeft gedanst, Megan verloor haar zelfbeheersing en iedereen was dol op de cupcakes.'

'Nou, van wat ik over zijn gedans heb gehoord, verbaast het me dat je vandaag nog kunt lopen. Dat moet je wel opgewonden hebben gemaakt.'

'Over opgewonden gesproken, wat is dat met die "seksuele dynamo"-persona die je plotseling hebt aangenomen?' Ze wilde de aandacht van zichzelf afleiden.

Helaas was Cara te irritant slim om daar in te trappen. Ze plofte met haar achterwerk op de werktafel. 'Je gaat niet van onderwerp veranderen. Vertel op.'

'Hij moest invallen toen een van die jongens ziek werd.'

'En is hij goed *ingevallen*?'

Lara gooide een brok fondant naar haar hoofd. 'Je bent irritant.'

'De pot verwijt de ketel. Vertel me de sappige details. Leg dan eens uit waarom zijn truck vanochtend voor je appartement stond.'

'Oh.' Lara sneed nog een homp fondant af met iets meer kracht dan nodig was. Ze had kunnen weten dat Cara op weg naar binnen even zou kijken. 'Dat.'

'Ja, dat. Dus, wat is er gebeurd?'

'Vrijwel wat je je erbij voorstelt.'

'En?'

'En wat? Het was geweldig.' *Hij* was geweldig.

'Dank u, Jezus.' Cara sloeg een kruisje. 'Het wordt tijd dat je weer eens aan de bak gaat.'

'Het is geen wedstrijdje, Car.'

'Ik hoop dat hij goed bedeeld is.'

Lara verwaardigde dat niet eens met een oogrol. Maar ja, dat was hij. Niet dat Cara dat iets aanging.

'Dus ga je hem nog een keer zien of was dit eenmalig?'

Lara voelde de schaamte in haar wangen kruipen. 'Ik maak een verjaardags-taart voor zijn neefje.' Tijdens het ontbijt had Gage haar uitgenodigd om het morgenavond met hen te vieren en ze had zich vrijwillig aangeboden.

'Degene wiens medische rekeningen hij betaalt?'

'Ja.'

Cara hield haar hoofd schuin en draaide aan een krul. 'Ziet er fantastisch uit, kan dansen, zorgt voor zijn zus en haar zoon... Weet je, Lar, die vent lijkt verdomd perfect. Waarom vlieg je hem niet aan?'

Ze was hem in feite ook aangevlogen, maar dat was niet wat Cara bedoelde. 'Ik neem mijn tijd, Cara. Jij weet net zo goed als ik dat het misschien niet verder komt dan de buitenkant.' Cara had haar vaker vastgehouden dan ze zich beiden wilden herinneren wanneer ze huilde om Jeff. De klootzak.

'Beoordeel niet iedereen naar de maatstaf van dat monster, nichtje. Je geeft hem te veel macht.'

Nee, zij nam juist de macht terug. Veel te lang had ze die aan Jeff gegeven. Nu was ze zelf verantwoordelijk en de geleerde lessen waren het onthouden waard. Nooit meer zou ze zich door iemand laten overheersen. Als dit met Gage ergens naartoe zou gaan, wilde ze de beslissingen samen met hem nemen, en niet alleen maar passief toekijken.

Hoewel het een waanzinnige ervaring was geweest... 'Zoals ik al zei, we doen het rustig aan.'

'Oké, wat jij wilt.' Cara gooide de fondant in de vuilnisbak. 'Ik moet aan de contracten beginnen. Mevrouw Applebaum heeft de datum veranderd naar een week eerder.'

'Oei, dat wordt krap.'

'Niet als we hulp dwingen.'

'We kunnen ons geen hulp veroorloven.'

'Eigenlijk wel.' Cara glimlachte. 'Ik heb mevrouw Applebaum verteld dat we met projecten moesten schuiven om haar tegemoet te komen en dat daar kosten aan verbonden waren.'

'Dat heb je niet gedaan.'

'Dat heb ik wel gedaan. En ze ging akkoord. Bied Jesse dus de baan aan. We krijgen onze eerste werknemer. Het kan vanaf hier alleen maar beter worden.'

Lara hoopte dat dat voor alle aspecten van haar leven gold.

* * *

Gage kon de dwaze grijns niet van zijn gezicht krijgen toen hij de volgende ochtend de afwerklatten naar het prieel droeg. Godzijdank werkte hij alleen. Hij zat niet te wachten op het geplaag van de jongens; Lara was daar te speciaal voor.

En dat was een groot probleem. Een probleem dat hij op een gegeven moment zou moeten aanpakken, maar dat moment was nu nog niet gekomen. Hij wilde gewoon genieten van de roes. Het was te lang geleden dat hij zich zo had gevoeld.

Eigenlijk wist hij niet of hij zich ooit wel eens zó had gevoeld.

Wat ook een groot probleem was.

Zijn telefoon ging over toen hij de latten op de schragen legde. 'Hé Missy, wat is er?'

'Dat zou ik jou wel eens willen vragen. Ik maakte me zorgen toen je gisteravond niet thuiskwam. Alles goed?'

Goed was zacht uitgedrukt. 'Sorry. Ja, het gaat prima.' Hij was het niet gewend om zich bij iemand te hoeven melden en hij had haar niet ge-sms't dat hij niet thuis zou komen.

'Was het Lára?'

Hij kneep in de brug van zijn neus, nog niet bereid om dit te delen. 'Ik heb haar uitgenodigd voor het eten morgenavond om Connors verjaardag te vieren.'

Ze snoof. 'En daar had je de hele nacht voor nodig?'

Hij ging zijn liefdesleven *niet* met zijn zusje bespreken. 'Heb je nog iets anders nodig, Miss? Ik moet het dak op.'

'Er zijn zat dingen die ik nodig heb, Gage, maar het belangrijkste ben jij. Doe voorzichtig, oké. Op het dak en daarbuiten.'

Ze mocht dan zijn zusje zijn, ze was inmiddels ook een moeder en zo klonk ze ook.

Hij schoof de telefoon in zijn achterzak en mat de eerste plank af. Nog een paar stukken afwerking en deze klus was geklaard. Dan kon hij de rekening sturen en zich concentreren op de andere opdrachten, waaronder het prieel voor McCullough.

Hij stond op het punt om te gaan zagen toen zijn telefoon opnieuw ging. Bryan. Jeetje. Eén nachtje weg en de hele wereld moest het weten.

'Hé, Bry.'

'Wanneer was je van plan me over Tanner te vertellen? Ik had gedacht dat met jou en Gina erbij, ik niet degene zou zijn die het twaalf uur later als laatste hoort.'

Verdomme. Die afspraak was hij dus ook vergeten. Hij had vanochtend op weg hiernaartoe wel even bij het ziekenhuis geïnformeerd. Tanner was opgenomen met een blindedarmontsteking. 'Ik heb het geregeld.'

'Ja, dat heb ik ook gehoord. Heel goed, van wat ik heb begrepen. Megan Livezy heeft hier het afgelopen uur al een paar keer gebeld om naar je te vragen. Ze zegt dat je haar excuses verschuldigd bent.'

'*Ik* haar? Hoe komt ze daar nu weer bij?'

'Blijkbaar heb je haar op een ongepaste manier aangeraakt toen je probeerde haar van je af te krijgen.'

'Mijn god.' Hij kneep opnieuw in de brug van zijn neus, dit keer vanwege hoofdpijn. 'Dat mens zat om me heen gewikkeld als een burrito en *ik* ben degene die haar ongepast heeft aangeraakt?'

'Ja, ik weet het. Ik heb het verhaal van een heleboel verschillende mensen gehoord. Nu probeer ik er beelden van te krijgen. We moeten bewijzen dat zij de aanstichter was om haar stil te houden. Dergelijke publiciteit kunnen we niet gebruiken.'

'Shit.' Niets zou hun zaak sneller kapotmaken dan geruchten over wat voor andere *diensten* ze nog meer aanboden...

'Precies.' Bry schraapte zijn keel. 'Trouwens, Missy heeft hierheen gebeld om naar je te vragen. Ze zei dat je niet was thuisgekomen.'

'Wat krijgen we nou? Moet iedereen alles van me weten? Ik had geen dienst. Mijn tijd is van mijzelf.' Hij legde de zaag neer, uit angst dat hij iets zou raken wat hij niet moest raken.

'Ik vraag het als je vriend, niet als je zakenpartner. Was het de cupcake-vrouw?'

'Maakt dat uit?'

'Ja, dat maakt uit, Gage. Je ziet haar zitten. En aangezien ik alles weet wat er in je leven speelt — hoe vaak heb je me je prioriteiten wel niet verteld — mag ik bezorgd zijn. Ik bedoel, begrijp me niet verkeerd, als je haar leuk vindt en een relatie hebt, geweldig. Maar zo niet, dan vraag ik me af waar je mee bezig bent, want ze zit in dezelfde branche. We kunnen geen kwaad bloed gebruiken.'

'Dat zal er ook niet zijn, Bry. Het is goed zo. Maak je geen zorgen.'

'Ik maak me zorgen om jou. Je hebt het momenteel erg druk. En met de klus van vanavond, nou ja, zoals ik al zei, je hebt veel op je bordje.'

Gage leunde tegen de schraag. 'Ga je nu de psycholoog uithangen?'

Bry snoof. 'Ja, dat ben ik. De zielenknijper. Nee, ik wil er alleen maar zeker van zijn dat je je koppie erbij houdt.'

'Dat doe ik ook. Maak je geen zorgen.'

'Helemaal goed dan.' Gage hoorde hem door wat papierwerk rommelen. Bry was nog niet helemaal gewend aan het papierloze tijdperk. 'Wil jij het Girls' Weekend Fling-feestje op vrijdag doen of zal ik het doen?'

De gedachte om vijf uur door te brengen met een groep van tien vrijgezelle vriendinnen van in de dertig leek hem niet langer aantrekkelijk. Vooral omdat hij vanavond weer een vrijgezellenfeest had. 'Ik sla deze keer over. Megans wurggreep was meer dan genoeg voor deze maand.'

'Begrijpelijk. Oké, nou laat me maar weten wat er uit de leads komt. Gina zei dat bijna iedereen een kaartje heeft ingevuld.'

En op minstens tweederde daarvan stonden persoonlijke berichtjes voor hem of Carlo.

Hij hing op en plande de acquisitiegesprekken in na het werk aan de kelder van de familie Torrington vanmiddag en vóór het prieel van McCullough. Er zaten nooit genoeg uren in een dag.

En nu had hij Lára aan de mix toegevoegd, hoewel hij er geen moeite mee zou hebben om tijd voor háár vrij te maken.

Hij belde haar op. Het was pas een uur geleden, maar hé, een man had het recht om de vrouw met wie hij de nacht had doorgebracht een uur na het ontbijt te bellen als hij dat wilde.

'Hé.' Haar stem klonk zacht en hees, net als de laatste keer dat ze zijn naam had uitgesproken toen ze in de vroege ochtenduren klaarkwam.

'Hé jij daar. Hoe is je ochtend?'

'Druk. Zoals gewoonlijk. Ik moet de bestelwagen nog uitruimen, de fondant werkt niet mee en Cara sluit de ene deal na de andere. We nemen onze eerste werknemer aan.'

'Hé, dat is geweldig. De zaken gaan goed.'

'Precies wat we nodig hebben.'

'Dat snap ik.' En dat meende hij. Het was fijn om haar stem te horen. Hij zou haar vanavond missen, maar ze hadden allebei evenementen en zouden te laat thuiskomen om nog af te spreken. 'Over dat etentje morgen: ik kan je ophalen op de terugweg van mijn werk, maar ik zal wel behoorlijk vies zijn. Ik hoop dat je het niet erg vindt als ik je even bij Missy achterlaat terwijl ik een douche neem.' Hij had erover gedacht haar te vragen om samen te douchen, maar met Connor in huis was dat niet het beste idee. Bovendien zouden ze dan nooit op het feestje aankomen.

'Waarom? Is Missy zo'n gevaarlijk persoon dat ik bang moet zijn om bij haar in de buurt te zijn? Ik bedoel, ik heb haar al ontmoet en na die dronken vader van de bruid op de beurs te hebben doorstaan, moet ik een zus wel aankunnen.'

Gage keek nors bij die herinnering. Die vent had op een ongepaste manier naar haar zitten loeren, laat staan aanraken. Hij mocht van geluk spreken dat hij haar niet had aangeraakt. 'Vergeleken bij die vent is Missy onschadelijk.'

'Volgens mij heb jíj die vent behoorlijk onschadelijk gemaakt.'

Hij hoorde de glimlach in haar stem en het bracht er een op de zijne. Hij was er niet te beroerd voor om de ridder op het witte paard te spelen als zij dat wilde. 'Wij staan tot uw dienst, mevrouw,' zei hij, terwijl hij zijn best deed op een cowboy-imitatie zonder de rijbroek, hoed of laarzen.

'Dat sta je zeker, Gage. Je hebt me absoluut een plezier gedaan.' En met die uitdagende woorden hing ze op.

En liet ze hem in spanning achter.

'Dat moet wel een van de gaafste verjaardagstaarten zijn die je ooit hebt gemaakt,' zei Cara de volgende middag, terwijl ze het schaakbord van Connor bekeek.

Gage had haar verteld over Connor's obsessie met schaken en zijn favoriete videogame, dus had ze haar vrije middag opgegeven om online ideeën op te doen voor schaakstukken die leken op de personages uit het spel. Ze had van het schaakbord de grote zaal van een kasteel gemaakt en het logo van het spel gebruikt voor het kleurenschema. Allerlei middeleeuwse wapens, harnassen en tronen sierden de randen, en de hofhouding bestond uit nog meer personages.

'Elke zevenjarige zal er weg van zijn.'

'Ik hoop het.'

'Oh, dat weet ik wel zeker. Het probleem zal pas ontstaan wanneer het tijd is om hem aan te snijden. Ik wed dat hij er liever mee wil spelen.'

Die gedachte was ook al bij haar opgekomen, maar na alle verjaardagsfeestjes die ze hadden verzorgd, moest ze het eerste kind dat taart kon weerstaan nog tegenkomen.

Lara sloot het deksel van de taartdoos en zette haar koksmuts af. 'Weet je zeker dat je het hier alleen af kunt terwijl ik naar huis ga om te douchen voor het eten? Ik zou ruim op tijd terug moeten zijn voordat Gage hier is.'

'Geen probleem. Het is papierwerk-zondag. Ik werk daar gewoon aan en neem de telefoon op als er toevallig iemand belt. Ik moet nog uitzoeken hoe ik de loonadministratie voor onze nieuwe werknemer opzet.' Jesse had de kans op een fulltime vakantiebaan met beide handen aangegrepen. 'Ga je maar lekker optutten voor die man.'

Dat was precies wat Lara van plan was.

Terug in haar appartement wierp ze nog een blik op het laatste sms'je van Gage, vlak voordat ze onder de douche stapte om de inspanningen van de dag van zich af te wassen.

Kan niet wachten om je te zien.

Zij kon ook niet wachten. Ze waren de afgelopen zesendertig uur fanatiek aan het sms'en geweest, met gisteravond nog een telefoongesprek van een uur.

Haar gezicht – en de rest van haar – werd warm bij *die* herinnering. Wie had gedacht dat telefoonseks zo opwindend kon zijn?

Ze wuifde zichzelf wat koelte toe. Ze had dat nog nooit eerder gedaan, maar het was als een natuurlijk vervolg gekomen toen ze allebei in hun eigen bed lagen en de nacht hen omhulde met hun wederzijdse verlangen.

Ze gebruikte haar voorraad luxe geurzepen en oliën die ze had gekocht nadat ze haar oude leven achter zich had gelaten — geuren die *zij* had uitgekozen — en nam extra lang de tijd om te voorkomen dat haar Medusa-krullen alle kanten op zouden springen als een bos staalwol, waarna ze liep te prakkiseren over wat ze aan moest trekken.

Ze stelde zich aan. Het zouden alleen zij, Gage, Missy, Connor en een paar van zijn vriendjes zijn. Pizza en chips met taart en ijs toe, geen uitstapje naar de countryclub.

En daar was ze eigenlijk wel dankbaar voor. Ze had nooit gehouden van de levensstijl die Jeff nastreefde. Het paste niet bij haar, maar ze had het voor hem gedaan.

En waar had het haar gebracht?

Terwijl ze naar zichzelf in de spiegel keek, in een zomerjurk en sandalen met lage hakken, moest Lara toegeven dat haar pogingen om in de wereld van

Jeff te passen haar precies hadden gebracht waar ze nu was: uitkijkend naar een etentje met een geweldige man en zijn familie.

Helemaal geen verkeerde plek om te zijn.

* * *

Gage reed vijftien minuten te vroeg de parkeerplaats van de bakkerij op. Mooi zo. Vijftien minuten extra met Lara.

Hij ging naar binnen. De ontvangstruimte was klein. Ze konden hier wel wat nieuwe verf gebruiken en misschien een lagere balie. Hij vond het altijd vervelend als de receptionist er niet overheen kon kijken om nieuwe gasten te begroeten. Niet dat dat op dit moment een probleem was, maar met het talent van Lara en de vastberadenheid van Cara zou dat er uiteindelijk wel van komen.

Hij liep de gang door. 'Hallo?'

'Hier achter!'

Hij volgde de stem. Het bleek de nicht van Lara te zijn, in een kantoortje rechts van de keuken. 'Hee, Cara. Is Lara er?'

Cara keek op, haar krullen sprongen alle kanten op alsof ze haar hand in een stopcontact had gestoken. 'Ze moet er zo zijn. Ze is naar huis om te douchen.'

Een beeld dat hij al de hele verdomde dag in zijn hoofd had...

'Wil je een rondleiding?' Cara smeet de stapel papieren die ze vasthield op het bureau.

'Geeft niet, je hebt het druk.'

Ze stak haar potlood boven op de papieren. 'Maakt niet uit. Ik word ziek van dit spul. Contracten zijn niet mijn sterkste kant, zeker niet wanneer ik moet uitzoeken hoe ik de loonadministratie moet doen voor de hulp die we hebben aangenomen, de inventaris moet doornemen voor de opdracht van een nieuwe klant, dat soort dingen.' Ze hield haar hoofd schuin en leek genoeg op Lara om knap te zijn, maar ze miste dat speciale iets dat hem interesseerde. 'Je bent niet echt geïnteresseerd om dit aan te horen, hè?'

'Jawel hoor. Alles waar Lara mee bezig is, interesseert me. Bovendien weet ik alles van voorraden en planning. Ik werk zelf momenteel aan drie bouwprojecten.'

'Naast BeefCake?'

Hij haalde zijn schouders op. 'De boog kan niet altijd gespannen staan.' Het was een sarcastisch grapje tussen hem en Bryan, want er zaten niet genoeg uren in een dag om naast alles wat ze hadden lopen ook nog aan ontspanning te denken. Misschien over vijf jaar.

Ze liep om haar bureau heen. 'Is BeefCake *ontspanning* voor jou? Vind je handtastelijke, geile, onbehouwen vrouwen leuk?'

Cara had het sarcasme blijkbaar niet begrepen. 'Ho even. Wacht eens. Je begrijpt verkeerd wat ik bedoelde.'

Ze zette haar handen in haar zij en liep op hem af, een klein bolletje woede. 'Nou, leg het me dan maar eens uit, aangezien je met mijn nichtje uitgaat. Ze heeft geen behoefte aan een of andere player die haar gebruikt. Ze heeft al genoeg ellende meegemaakt met die klootzak van een ex van haar. Ik dacht dat je een fatsoenlijke kerel was, met alles wat je voor je neefje doet. Ik bedoel, ik ben er helemaal voor dat Lara aan haar trekken komt, maar de manier waarop ze hier de afgelopen twee dagen loopt te dromen... je kunt maar beter wat meer inhoud hebben dan alleen goede seks.'

'Heeft ze dat gezegd?' En hij had nog wel gehoopt dat ze het fenomenaal had gevonden.

Cara rolde met haar ogen. 'Is *dat* waar je op let? Mannen. Ik zweer het, ik zal jullie wezens nooit begrijpen.'

'Misschien wel als je ophoudt ons wezens te noemen.'

'Wanneer jouw soort zich niet meer zo gedraagt, zal ik dat doen.'

Over een kort lontje gesproken... 'Je laat je niet tegenhouden door je postuur, hè?'

'Wat heeft mijn postuur er nu weer mee te maken?'

Blijkbaar niets, aangezien ze hem met zijn rug tegen de muur had gezet.

Hij hield zijn handen omhoog. 'Vrede? Geef me de kans om het uit te leggen?'

Ze kruiste haar armen en tikte met haar voet op de vloer. 'Twee minuten.'

Hij mocht eigenlijk niet glimlachen. Hij probeerde het te laten. 'Ik werk op dit moment aan drie verschillende bouwprojecten, ik probeer er meer binnen te slepen voor wanneer die klaar zijn, ik moet verkoopgesprekken voeren voor de leads van BeefCake, om nog maar te zwijgen over het helpen van mijn partner met de planning, het aannemen van personeel, training, kostuums en al het andere dat komt kijken bij het opzetten van een reizende show. Ik zoek een locatie voor een vaste plek en o ja, ik heb een gewond neefje dat therapie en een operatie nodig heeft, met een zus die er alles aan doet om de eindjes aan elkaar te knopen. Dus soms verval ik in sarcasme om met de stress om te gaan. Je hoorde toevallig net dat kleine zijstapje.'

Verrassend genoeg hield ze haar mond.

Ze leunde tegen de rand van het bureau — eigenlijk leunde ze ertegenaan omdat ze niet groot genoeg was om erop te zitten — en bestudeerde hem.

'Is het nu weer goed tussen ons?'

Ze tikte tegen haar lip. 'Ik denk het wel. Maar als je Lara pijn doet, krijg je met mij te maken."

Dat vooruitzicht beangstigde hem meer dan Megan die zich laatst in zijn armen wierp.

'Dat ben ik niet van plan, Cara. Ik geef om haar. Maar de realiteit is dat er maar een beperkt aantal uren in een dag zitten, dus ik moet blij zijn met de tijd die ik met haar kan doorbrengen.'

'Daarom heb je haar vanavond voor het eten uitgenodigd.'

'Een van de redenen. De andere is dat ik haar erbij wilde hebben. Ze is belangrijk voor me, en de verjaardag van Connor is belangrijk voor me. Als je mee wilt komen, ben je meer dan welkom.'

Ze tikte weer tegen haar lippen. 'Dat is een idee.'

Mist. Hij had niet gedacht dat ze op het aanbod in zou gaan.

Ze stond op. 'Dus, wil je die rondleiding nog?'

Gelukkig ging de achterdeur in de keuken open. 'Car, ik ben er weer!'

Lara was er.

'Tjonge. Je hoeft niet zo opgelucht te kijken,' mompelde Cara terwijl ze hem passeerde op weg naar buiten.

Gage glimlachte en schudde zijn hoofd. Hij kon het Cara niet kwalijk nemen; Missy zou hetzelfde doen als hij haar alleen liet met Lara —

Wat hij van plan was zodra hij thuiskwam. Misschien was het wel goed dat Cara meekwam. Zij kon een verhoor voorkomen waar echt niemand op zat te wachten.

Hij liep achter haar aan naar buiten.

'Gage! Je bent vroeg.'

Hij was erg blij dat hij dat was. Lara zag er prachtig uit. Haar jurk sloot op de juiste plaatsen aan en haar haar was een warboel van zachte golven die over haar schouders vielen, net als de vorige avond toen hij zijn vingers erdoorheen had gehaald terwijl hij de liefde met haar bedreef.

'Ik was eerder klaar dan ik dacht, dus ik ben meteen hierheen gekomen. Ik wilde je verrassen, maar de verrassing was voor mij.' Hij keek naar Cara. *Dat is sarcasme, schat.*

Cara keek hem vernietigend aan.

Lara keek van de een naar de ander. 'Is alles in orde?'

'Ja hoor. Zeker,' zei Cara. 'Ik ga gezellig mee eten.'

'Eh, wat?'

Gage haalde zijn schouders op. 'Hoe meer zielen, hoe meer vreugd, toch?'

'Dat zeg ik ook altijd,' zei Cara.

'Dat zeg je helemaal niet. Je haat menigtes.' Lara zette haar hand in haar zij. 'Wat is er aan de hand met jullie twee?'

'Niets, Lara. Heus.' Gage spreidde zijn armen. 'Mag ik een knuffel of verpest ik dan je outfit?' Twee zussen hadden hem ook geleerd hoe belangrijk het was om om die reden toestemming te vragen.

Lara liet zich in zijn armen zakken. 'De dag dat een man een vrouw niet meer kan omhelzen om die reden, is de dag dat de wereld mag vergaan.'

Een vrouw naar zijn hart —

Ho even.

'Gage?'

Hij was verstijfd en ze had het gevoeld. 'Ik, eh, wil je haar niet in de war brengen.'

Ze trok zich terug en keek hem aan. 'Jullie doen allebei vreselijk vreemd. Weet je zeker dat er niets aan de hand is?'

'Alles is prima.' Hij trok haar dicht tegen zich aan. Alles was *nu* prima.

'Ja, Lar, alles is goed,' zei Cara, voor één keer aan zijn kant. 'Zullen we nu de taart pakken en maken dat we hier wegkomen? Ik ben deze plek voor vandaag spuugzat. Ik heb in geen uren daglicht gezien.'

Gage bekeek de buitenkant van het gebouw terwijl hij de taart naar zijn truck droeg en op de bijrijdersstoel zette. Het kantoor van Cara had een buitenmuur. Het was van betonblokken, maar als er geen elektriciteitskabels liepen, kon hij er relatief goedkoop een raam voor haar in zetten. Hij had nog een extra raam dat hij had gered uit een huis waar de eigenaren voor openslaande deuren hadden gekozen. Dat kon hij gebruiken. En hij had nog een paar reststukken graniet die hij in een nieuwe balie kon verwerken, nu hij erover nadacht. Van wat afvalhout kon hij een sierlijst maken, en hij had nog genoeg verf over om de boel op te knappen. Een dagje, misschien twee, en hun ontvangstruimte zou er weer als nieuw uitzien. En dan had Cara wat zonlicht om haar humeur te verbeteren.

Hij schudde zijn hoofd terwijl hij naar de bestuurderskant liep. Moet je hem zien; alsof hij nog niet genoeg te doen had, ging hij nu ook nog vrijwilligerswerk doen in de bakkerij.

Lara opende de deur en ging in de auto van haar nicht zitten, waarbij haar jurk omhoog gleed en dat stuk dij onthulde waar hij de andere avond uitgebreid kennis mee had gemaakt.

Ja, daar zou hij wel tijd voor maken.

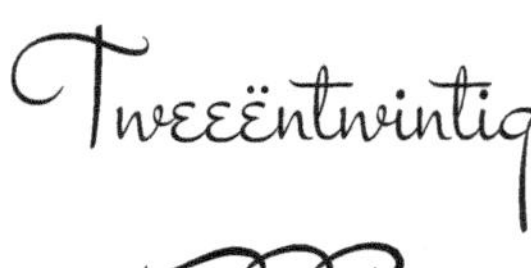

Tweeëntwintig

Het huis werd overspoeld door zevenjarigen, de meesten in volledige fantasy-uitrusting, met Connor verkleed als een koning, die over hen allen heerste vanaf zijn stoel. Hij had vooral oog voor een kleine blonde trol met kuiltjes en engelachtige blauwe ogen, die naar Connor keek alsof hij werkelijk een koning was. Gage glimlachte. Ach, het begon al vroeg met de Tomlinson-genen.

Het deed Gage goed om zijn neefje zo te zien genieten. De kinderen kwamen wel vaker langs, maar één-op-één werd na verloop van tijd saai, en aangezien Connor grotendeels aan huis gebonden was, was dit een welkome middag.

Missy wierp hem een dankbare glimlach toe toen ze de keuken binnenliepen.

'Godzijdank dat je er bent. Ze waren er allemaal veel te vroeg. Blijkbaar heeft Connor rondverteld dat hij een grootscheeps gevecht wilde voordat de pizza arriveerde, dus hier zijn ze dan. Ik vroeg me al af waarom hij me bleef lastigvallen over hoe laat we zouden bestellen. Is er een kans dat jij toezicht houdt terwijl ik hier alles klaarmaak?'

'Laat me even snel naar boven gaan om te douchen, daarna ben ik hele-maal van jou.'

'Cara en ik kunnen ze wel aan,' zei Lara. 'Ga jij maar lekker douchen, dan houden wij het fort wel even bezet.'

Aan de blik op Cara's gezicht te zien, gokte Gage dat zij niet zo'n fan van dat idee was. Maar hij kuste Lara op haar wang terwijl hij naar boven liep. 'Bedankt. Ik sta bij je in het krijt.'

'En bij mij,' bromde Cara. 'Je staat bij míj zeker diep in het krijt. Enorm.'

Oh, Cara leek de kunst van het sarcasme uitstekend te beheersen.

* * *

'Heel erg bedankt voor het helpen,' zei Missy toen haar broer de kamer verliet. Het arme meisje zag er nu al uitgeput uit en het feestje was nog niet eens begonnen.

'Geen probleem,' zei Lara. 'Is er iets wat we moeten weten voordat we ons in het gewoel storten?'

'Houd de lichtzwaarden uit de buurt van de flatscreen. Dat is Gage's oogappeltje.'

'Zullen we doen,' zei Lara, terwijl ze op de horde binnenvallende woestelingen afstapte.

Cara snoof. 'Tjonge. Een vent die verliefd is op een gigantische beeldbuis. Waarom verbaast me dat niet?'

'Is er iets gebeurd met Nick?'

Cara rolde met haar ogen. 'Natuurlijk niet. Ik laat mijn hele bestaan niet definiëren door mijn vriendje, hoor.'

'Probeer je me iets te vertellen?'

Cara keek haar aan. 'Eh, nee. Het spijt me. Je hebt gelijk. Ik was weer een kreng. Te veel papierwerk, denk ik.'

'Oeh, ze zei een stout woord!' Een van de kinderen klapte zijn masker omhoog en wees naar Cara. 'Vijftig cent in de vloekpot!'

Vijf anderen namen het koor over. Blijkbaar waren vloekpotten een algemeen gebruik onder de vrienden van Connor.

Lara leidde Cara bij hen vandaan. Geen reden om een rel uit te lokken.

'*En garde*!' riep een volgeling terwijl hij op een trol afstormde, zijn Frans was duidelijk aan een opknapbeurt toe.

'Ik ga je *spieuwen*,' zei een ander, terwijl hij dat ook daadwerkelijk probeerde.

Lara pakte het lichtzwaard af. 'Hé, spieuwen is niet toegestaan. Anders valt de taart uit zijn buik.'

149

'Taart?' Twintig paar ogen draaiden haar kant op en het pandemonium kwam tot stilstand.

Om vervolgens in een andere richting weer los te barsten.

'Waar is de taart?'

'Ik wil wat.'

'Mag ik een hoekje?'

'Zit er een roos op? Ik wil een roos.'

'Ik houd niet van chocolade.'

'Ik lust alleen cake met koffiesmaak.'

'Hebben jullie ook vlaai?'

Cara tolde rond alsof de kinderen haar als een tol lieten draaien. Lara moest lachen. Het was verbazingwekkend hoe erg zij en Cara in veel dingen op elkaar leken, maar de gedachte aan een kind was vreselijk voor haar arme nichtje. Twintig kinderen konden haar regelrecht naar het gekkenhuis sturen.

Lara hield haar handen omhoog om de horde tot rust te brengen. 'Rustig maar, iedereen. Er komt taart, maar pas na het eten. En om aan eten toe te komen, moeten we het huis wel heel laten. Jullie weten hoe dat moet, toch? Als jullie willen rondrennen, zullen we dit naar buiten in de achtertuin moeten verplaatsen.'

'Maar Connor kan niet naar de achtertuin,' zei een schattig klein blond trolletje dat zich praktisch aan Connors zijde had vastgeklampt.

'Natuurlijk wel. Als zijn oom Gage naar beneden komt, draagt hij hem naar buiten en zet hij hem op zijn troon. Dan kunnen jullie hem eren als een echte koning.'

Dat was precies het juiste om te zeggen. Connors borst zwol op, zijn glimlach werd twee keer zo groot en de trol klopte op zijn hand.

'Kom op, iedereen! Laten we naar buiten gaan en de achtertuin klaarmaken voor een koning!' Lara gebaarde naar de glazen schuifdeuren naar het terras, en als een zwerm vogels stoven ze allemaal naar buiten.

'Hoe heb je dat in hemelsnaam voor elkaar gekregen?' Cara schudde haar hoofd. 'Heb je superkrachten van de Rattenvanger van Hamelen?'

Lara klopte op Cara's schouder. 'Weet je nog dat we op de O'Malleys pasten? Dat was mijn training.'

De O'Malleys hadden acht kinderen gehad, elk jaar werd er een geboren. Lara had al haar zakgeld op de middelbare school verdiend door op hen te passen.

'Ja, dat weet ik nog. Ik was toevallig altijd ziek als jij niet op ze kon passen. Ze joegen me angst aan.'

'Ach, Cara, het waren gewoon kinderen.'

Cara rilde. 'Zij waren mijn ergste nachtmerrie. Al dat lawaai en die chaos.' Ze keek rond in de woonkamer, nu vrij van de kinderen, maar zeker niet van de chaos. Er lagen meer zwaarden en verloren capes dan Lara kon tellen. 'Nee bedankt.'

'*Ik* zeg in ieder geval bedankt.' Missy stak haar hoofd om de hoek. 'Ik weet niet hoe je het gedaan hebt, maar bedankt. Ik probeer ze hier al een half uur weg te krijgen.'

'Mag ik nu naar buiten?' vroeg Connor, zijn trolletje nog steeds aan zijn zijde.

'Zodra Gage naar beneden komt, Connor. Tot die tijd blijf ik hier bij je.' Lara keek naar Cara. 'Wil jij buiten toezicht gaan houden?'

Cara staarde haar met open mond aan. 'Pardon? Welk deel van *ergste nachtmerrie* begreep je niet? Wat dacht je ervan dat *jij* naar buiten gaat en ik hier blijf om Connor gezelschap te houden? Ik weet zeker dat ik één kind wel aankan.'

Lara onderdrukte een glimlach terwijl ze een stapel pakjes sap pakte en naar buiten liep. Soms was Cara echt te makkelijk te manipuleren. 'Dat vind ik prima. Tot zo.'

* * *

Ongeveer tien minuten later kwam een gladgeschoren, verrukkelijk uitziende Gage de deur uit wandelen met zijn neefje in zijn armen, en Lara's hart sloeg een slag over.

Niet alleen door de fysieke perfectie van Gage, al was die er zeker, maar door de compassie en zorgzaamheid die zo duidelijk zichtbaar waren terwijl hij Connor hielp zijn plekje te vinden tussen zijn vrienden.

Jeff had kinderen gewild. De obligate jongen en het meisje, al was het haar een raadsel hoe hij had verwacht dat ze zijn blonde uiterlijk zouden hebben als zij de helft van hun genenpoel was. Hij was het krijgen van kinderen steeds blijven uitstellen 'tot de tijd rijp was'. Achteraf was ze blij, maar destijds had ze zich gewoon naar hem gevoegd.

Dat had ze veel te vaak gedaan.

151

Ze keek naar Gage terwijl ze de pakjes sap neerzette. Hij liet haar bepalen hoe het verderging tussen hen. Natuurlijk had hij het initiatief genomen voor hun nacht samen, maar het was niets waar zij zelf ook niet al over had nagedacht. Hij had het alleen uitgesproken, maar haar daarna de beslissing laten nemen. Wat ze ook had besloten, hij zou zich erbij hebben neergelegd.

Ze was zo blij dat ze de beslissing had genomen die ze genomen had. De andere avond was perfect geweest. Bijna beangstigend perfect. Niemand kon zo perfect zijn als Gage. En toch was hij het.

Hij lachte om iets wat Connor zei, de pure vreugde op zijn gezicht benam haar de adem. De buitenkant was zeker erg mooi, maar het was wie hij was dat in dit onbewaakte moment naar voren kwam. Hij zou prachtig zijn, zelfs zonder dat gespierde uiterlijk.

Ze stelde zich wel open voor veel mogelijk liefdesverdriet door haar verdediging bij hem te laten vallen.

Een mini-tovenaar botste tegen de tafel aan, waardoor de piramide van sappakjes die ze had gebouwd omver viel, dus begon ze die opnieuw op te bouwen.

'Een stuiver voor je gedachten.' Gage sloop achter haar langs, gaf haar een snelle kus op haar wang en sloeg zijn armen om haar middel. 'Of zijn ze meer waard dan dat?'

Ze schudde de rompslomp van haar verleden van zich af en keek over haar schouder. 'Niets waar we ooit nog over na hoeven te denken. En, voel je je beter na het douchen?'

'Nu ik jou in mijn armen heb wel. Wat denk je dat de kids zouden zeggen als ik je hier waar iedereen bij is een kus geef?'

'Iew, vies! Meneer T knuffelt een meisje!' Een van de elfen wees hun kant op.

'Hé, kraak het niet af voor je het geprobeerd hebt, Nicky. Meisjes zijn cool.' Om het te bewijzen kuste Gage haar nogmaals op haar wang.

Er klonk een koor van 'iew'-geluiden.

'Ik geloof niet dat ze je geloven,' zei ze lachend, terwijl ze zich uit zijn omhelzing losmaakte. Hoe fijn het ook was, de kinderen hoefden het niet te zien.

'Wacht maar tot ze ouder zijn. Dan zouden ze willen dat ze nu naar me geluisterd hadden.'

Ze gaf hem een speels tikje op zijn arm. 'Je bent een slechte invloed.'

'Daarover wil ik nog wel eens met je in discussie gaan. Twee nachten geleden vond je me nog een heel goede invloed.'

Twee nachten geleden was inderdaad erg goed geweest.

Ze voelde een blos op haar wangen kruipen.

'Je bent schattig als je bloost, weet je dat?'

Waardoor ze natuurlijk alleen maar nog harder ging blozen.

'Oké, jullie twee zijn nog misselijker makend zoet dan die taart daar binnen,' zei Cara terwijl ze de keuken uit kwam lopen, om vervolgens direct rechtsomkeert te maken. 'Ik ga weer naar binnen voordat ik last van mijn tanden krijg.'

Lara schudde haar hoofd. 'Dat is gewoon haar excuus om bij de kinderen vandaan te zijn. Cara heeft er altijd al moeite mee gehad.'

'En jij? Heb jij er moeite mee?'

'Ik ben dol op kinderen. Ik wil er ooit een heleboel.' Wat hopelijk eerder vroeger dan later zou zijn, aangezien ze ook niet jonger werd. Wat betekende dat ze al haar energie en moeite in de bakkerij moest steken om te zorgen dat die financieel gezond was voordat ze zelfs maar aan kinderen kon denken. Natuurlijk moest ze dan ook nog iemand vinden om ze mee te krijgen. 'En jij? Wil jij kinderen?'

'Zeker weten. Ooit.' Hij keek naar Connor. 'Laat me even kijken of hij iets nodig heeft. Missy zei dat de pizza er over een kwartiertje zou moeten zijn, dus hij heeft niet veel tijd meer hier buiten. Ik zou hem vaker mee naar buiten moeten nemen. Daar had ik eigenlijk niet echt bij stilgestaan. Dank je.'

'Graag gedaan. Hij is een lief kind en ik voel echt met hem mee.'

Gage keek naar zijn neefje. Hij knipperde een paar keer met zijn ogen. 'Hij verdient dit niet. Hij was gewoon een normaal kind, weet je? Het ene moment had hij plezier en het volgende was zijn hele leven veranderd.'

'Hoe zit het met de persoon die hem heeft aangereden? Is er verzekeringsgeld?'

Gage haalde zijn schouders op. 'Niet veel. En Missy had niets omdat ze geen auto heeft. Haar inboedelverzekering dekt het niet.'

Ze legde haar hand op zijn arm. 'Hij heeft tenminste mensen om zich heen die van hem houden.'

Hij schraapte zijn keel en toverde een glimlach op zijn gezicht. 'Ja. Dat heeft hij.' Hij legde zijn hand op de hare. 'Dank je, Lara. Dat je er bent.'

'Er is geen enkele plek waar ik liever zou zijn.' Dat was de waarheid.

'De pizza is er!' riep Missy vanuit de deuropening, waarmee ze het moment verbrak. En de rust. Ineens stormden twintig stampende, juichende kinderen het terras op, zich tussen haar en Gage door bewegend als een rivier tussen rotsen.

Gage lachte. 'Ik zwem wel stroomafwaarts om Connor te halen. Jij kunt maar beter niet tegen de stroom in vechten.'

Ze salueerde naar hem. 'In orde, kapitein. Zie je op de oever!'

Het eten verliep in een roes van borden, servetten in de vorm van papieren vliegtuigjes, te veel lawaaimakers om helder te kunnen denken, en veel te veel cafeïne en suikerhoudende dranken voor een groep wezens die geen enkele oppepper nodig had.

En toen wilden ze taart.

Lara stak de 'toortsen' aan op de kasteelmuur en Gage droeg de taart naar de koning.

Er volgden de nodige 'ooh's' en 'aah's' en precies zoals Lara had voorspeld, wilden ze allemaal een stukje. Connor bewaarde wel zijn favoriete figuurtje dat ze van modelleerchocolade had gemaakt, maar de rest was vogelvrij, zelfs de kasteelmuren die ze van gepofte rijst en marshmallows had gemaakt.

'Hoe lang blijven deze barbaren hier nog?' vroeg Cara, terwijl ze weer een geplette klodder marshmallow van haar shirt peuterde. 'Ze gaan vannacht nooit slapen.'

Missy grinnikte. 'Dat is het probleem van hun ouders, niet het mijne. Op dit soort momenten ben ik blij dat ik er maar één heb.'

Nadat de taart was verwoest, eh, opgegeten, en de cadeautjes waren uitgepakt, dreven ze de kinderen weer naar buiten om de suikerkick kwijt te raken. Connor zat weer op zijn troon, de kinderen speelden tikkertje in het donker om hem heen, terwijl de volwassenen de terraskachel aanstaken en een oogje in het zeil hielden dat er niemand achterbleef.

'Dit is lekker,' zei Cara, terwijl ze haar hoofd achterover leunde op de tuinbank. 'Ik kan me niet herinneren wanneer ik voor het laatst gewoon achterover heb gezeten om naar de sterren te kijken. Eigenlijk kan ik me ook nauwelijks herinneren hoe daglicht eruitziet, zo vaak zit ik in dat hol van een kantoor van me.'

'Daarover gesproken,' Gage ging rechtop zitten en trok Lara dichter tegen zich aan met zijn arm om haar schouders, 'daar kan ik wel wat aan doen. Ik heb nog een raam over van een klus als je geïnteresseerd bent.'

Cara trok een wenkbrauw op en keek hem aan zonder haar hoofd te bewegen. 'Wat gaat me dat kosten?'

'Jou? Niets.' Hij gaf Lara een zetje. 'Zij daarentegen...'

Ze gilde zachtjes toen hij haar in haar nek begon te kussen.

'Mijn hemel.' Cara sloot haar ogen, maar er speelde een zweem van een glimlach om haar lippen.

'Ben je bereid die prijs te betalen?' fluisterde hij terwijl hij aan Lara's oor knabbelde.

Ze slikte en knikte toen.

Mooi. 'En ik dacht dat ik je ontvangstruimte ook wel kon opknappen. Een beetje verf, een nieuw aanrechtblad, en de boel ziet er weer als nieuw uit.'

'Zolang het dat maar niet kost,' zei Cara, wederom de koningin van het sarcasme.

'Het enige wat het kost, is tijd. Ik moet nog een kelder en een keuken afmaken voor twee klanten, en morgen begin ik aan een prieel in de wijk Fox Run Hills. Ik plan je kantoor in wanneer ik kan.'

'Fox Run Hills? Lara, is dat niet waar—'

'Ja, dat is het. Laten we van onderwerp veranderen.'

Interessant hoe snel ze haar stem hervond daarvoor.

'Is dat niet waar wat?' vroeg hij.

'Niets. Het is niets.'

Het was niet niets, maar hij ging haar niet onder druk zetten. Ze zou het hem wel vertellen wanneer ze er klaar voor was.

Er werd op de voordeur geklopt.

'Het lijkt erop dat de hulptroepen er zijn,' zei Missy, terwijl ze opstond, 'om ons te redden van al deze kleine indringers.'

Een gestage stroom ouders kwam het volgende half uur door de deur om hun vermoeide feestgangers op te halen. Gage, Lara en Cara hielpen met opruimen, en daarna was het ook voor de vermoeide volwassenen tijd om te vertrekken.

Gage liep met Lara naar Cara's auto, maar opende de deur niet. In plaats daarvan klemde hij haar tussen de auto en hemzelf in, met zijn handen op het dak aan weerszijden van haar.

'Bedankt voor het komen en voor de taart. Connor vond hem echt prachtig.'

'Ik ben blij dat te horen. Het was leuk om te maken. Bedankt voor de uitnodiging. En dat Cara mee mocht.'

'Op de een of andere manier passen de woorden "Cara laten" niet echt bij elkaar. Je nichtje doet wat ze zelf wil.'

Lara knikte. 'Ja, soms wou ik dat ik wat meer zoals haar kon zijn.'

'Ik denk niet dat je iemand anders hoeft te zijn dan wie je bent, Lara. Ik vind je leuk precies zoals je bent.'

Vooral wanneer ze op haar onderlip beet. God, wat wilde hij dat graag doen. Maar morgen zou een lange dag worden en het was inmiddels al bijna morgen.

Hij haalde diep adem. 'Ik zal je missen vannacht.'

Die schattige blos verspreidde zich over haar wangen en hij kon de verleiding niet weerstaan om haar te kussen. 'Ik zal jou ook missen.'

'Dus moet ik een taxi naar huis gaan zoeken, of gaan jullie twee van die auto af en een kamer huren?'

Gage gaf Lara nog een laatste kus op haar lippen. 'Cara, je bent echt een apart figuur.'

'En vergeet dat niet, Gage.' Ze opende het bestuurdersportier. 'Laat Lara nu maar in de auto stappen. We hebben deze week een drukke week voor de boeg en ze moet wakker genoeg zijn om die aan te kunnen, niet zoals aanstaande zaterdag. We hebben een bedrijf te runnen, weet je wel?'

Gage begreep wat ze bedoelde, beter dan wie ook. Hij kuste haar nog een keer. 'Ze heeft gelijk. Ik bel je. Onthoud dat ik je nog een dans verschuldigd ben.'

God mag weten dat hij dat niet zou vergeten.

Gage reed door de bewaakte poort van de woonwijk Fox Run Hills. Elk huis was een variant op hetzelfde thema: gemanicuurde gazons, smeedijzeren hekken, pilaren bij de opritten, en overal Acuras, BMW's en Mercedessen. Zoveel mensen die de schijn probeerden op te houden; hij zou een fortuin kunnen verdienen als J.C. McCullough een goed woordje voor hem deed.

Ongeacht zijn persoonlijke gevoelens voor die vent, ging hij het beste verdomde prieel bouwen dat wie dan ook ooit had gezien, en in een recordtijd, zodat het niet alleen het gesprek van de dag zou zijn op het verlovingsfeest, maar bij elke buurtborrel daarna.

Hadden ze hier eigenlijk wel buurtborrels, of gebeurde dat alleen op de countryclub?

Hij draaide de oprit op, parkeerde zijn truck en de aanhanger met de graafmachine weer achter de levensbomen, en haalde zijn reclameborden uit de laadbak. Soms waren die de beste reclame.

Hij belde weer bij de voordeur aan. Laat J.C. hem maar vertellen dat hij de personeelsingang moest gebruiken. Als hij de ballen had.

De huishoudster deed weer open.

De eikel had de ballen *niet*. Waarom verbaasde het Gage niets?

'Meneer McCullough zei dat het hek aan de achterkant open is en dat u gewoon door kunt lopen.'

'Er wordt vanmiddag cement geleverd, dus als u ergens naartoe moet, kunt u uw auto beter op straat zetten zodat we u niet klemzetten. Kunt u dat doorgeven aan meneer McCullough?'

De vrouw knikte en sloot de deur, waardoor Gage daar bleef staan. Als er één ding was dat de ervaringen met Connor hem hadden geleerd, dan was het wel dat uiteindelijk iedereen hetzelfde was. Pijn is pijn, dus al dat neerbuigende gedoe irriteerde hem mateloos. Maar de man betaalde de rekeningen, dus Gage vermande zich en liep achterom.

De eikel stond op hem te wachten en keek op zijn horloge alsof Gage een prikklok moest gebruiken.

'Ik moet om acht uur op kantoor zijn, dus ik zou het op prijs stellen als u hier morgen om zeven uur kunt zijn.'

Gage maakte er een punt van om op zijn telefoon te kijken. Twee over zeven. Het was minstens twee minuten lopen van zijn auto naar de voordeur en dan om het huis heen.

Hij zette zijn gereedschapskist op de stenen muur rond het terras. 'Ja, is goed.' Het was de ruzie niet waard.

'Madeleine zei dat er vandaag een betonwagen komt?'

Gage knikte en pakte zijn laserafstandsmeter en de markeerverf. Hij zou de Bobcat erbij halen zodra hij de bouwplaats had uitgezet.

'U heeft toch wel een verzekering voor schade aan de oprit?'

Gage slikte een sarcastisch antwoord in terwijl hij zijn gereedschapsriem om zijn middel gespte. 'Dat heb ik. Ik kan u een kopie geven als u wilt.' Hij zou gedacht hebben dat meneer de topadvocaat daar van tevoren wel naar gevraagd zou hebben, maar goed.

'Geweldig. Geef het aan Madeleine voordat u weggaat.' De eikel vouwde zijn krant op en stond op. 'Ik ben om zes uur terug. Dan bent u al weg.'

Het was geen vraag, dus Gage voelde niet de behoefte om te antwoorden.

'Nou, dan ga ik er vandoor. Probeer het lawaai en de rommel tot een minimum te beperken, wilt u? Ik zit niet te wachten op klagende buren.'

Gage salueerde hem — waarbij hij zich inhield om niet zijn middelvinger te gebruiken — en liep naar de linkerkant van het zwembad om uit te zetten waar hij de funderingspalen ging graven. Hij herinnerde zichzelf eraan dat hij hier was om een klus te klaren en dat hij de klant niet aardig hoefde te vinden.

Maar goed ook, want deze vent vond hij absoluut niet aardig.

* * *

'Ik geef het op!' Een vlaag van papieren vloog uit de deur van Cara's kantoor.

Lara raapte er een paar op en vermande zich voordat ze het hol van haar nichtje binnenging. *Zij* kwam daar nooit als het niet strikt noodzakelijk was. Van getallen kreeg ze spontaan uitslag.

'Wat is het probleem, Car?'

Cara zwaaide met een stapel papieren naar haar. 'Dit. Deze contracten. Ik word er gek van. Indien, mits en dienovereenkomstig... We hebben al een advocaat nodig om alleen al alle wijzigingen bij te houden die de ándere advocaat aanbeveelt. Het is pas acht uur en ik heb nu al migraine.' Ze kneep in de brug van haar neus. 'Ik ben een cijfermens, geen verdomde neerlandicus.'

'Bel dan gewoon de advocaat en stel hem de vragen die je hebt.'

'En hem driehonderd dollar per uur betalen? Ben je gek geworden? Daarvoor kan ik iemand een week lang parttime inhuren. Misschien zelfs minder.'

'En de zus van Gage dan?'

Cara opende één oog. 'Zeg dat nog eens?'

Lara legde de papieren op de hoek van het bureau. Ze wilde het opbergsysteem van Cara, wat dat ook mocht zijn, niet in de war schoppen. 'De zus van Gage. De moeder van Connor. Ze volgde een opleiding tot juridisch medewerker voordat Connor gewond raakte. We zouden haar een paar uur kunnen inhuren om de boel te ontcijferen en ons te vertellen wat we de advocaat precies moeten vragen. Dat bespaart ons misschien wat declarabele uren. Het zou goedkoper zijn dan de advocaat bellen en Gage zei dat ze wel wat afleiding kon gebruiken. Het zou een win-winsituatie voor ons allemaal zijn.'

'O. Mijn. God.' Cara's arm kletterde op haar bureau. 'Je hebt het echt zwaar te pakken.'

'Wat te pakken?'

'Dat gedoe met Gage. Je vond dat hele huiselijke sfeertje gisteravond geweldig, geef het maar toe.'

Lara rolde met haar ogen. 'Cara, ik heb net één date met hem gehad.'

'Dat weerhield je er niet van om met hem naar bed te gaan.'

'Ga *jij* mij nu de les lezen? Serieus?'

'Ik lees je de les niet. Ik merk alleen op dat je veel sneller gaat dan normaal.'

'Gezien het feit dat ik in drie jaar met niemand naar bed ben geweest, lijkt me dat nogal logisch.'

159

'Maar waarom híj?'

Lara sloeg haar armen over elkaar. Ze zat niet te wachten op dit verhoor van Cara. Niet nu alles nog zo pril was. 'Was jij niet degene die zei dat ik avontuurlijk moest zijn? En nu krabbel je terug? Maak eens een keuze, Car.'

'Ik wil er gewoon zeker van zijn dat je weet wat je doet. Ik was er helemaal voor dat je met hem tussen de lakens dook, gewoon om de scherpe randjes eraf te halen. Maar dat familiegebeuren, daar rondhangen, ze leren kennen — focking zijn zus inhuren... Dat gaat wel een stapje verder dan alleen een behoefte bevredigen.'

Die behoefte was gisteravond ironisch genoeg niet bevredigd.

Lara haalde diep adem. Ze miste hem nu al.

'Voor je het weet sta je picknickmanden te vullen om naar zijn werkplaats te brengen.'

Dat was eigenlijk best een goed idee... 'Aangezien hij in de buurt van Jeff werkt, dacht ik het niet.'

'O ja. Dat was ik vergeten. Zou het niet prachtig zijn als hij McMonster tegen het lijf zou lopen? Zie je het voor je, hoe Jeff omgaat met al die rauwe mannelijkheid in zijn kleine Stepford-wereldje?'

'Wauw. Je mag Jeff echt niet. Waarom heb je dat nooit gezegd?'

Cara deed een halfslachtige poging om de chaos aan papieren te ordenen. 'Je was zo gelukkig met hem dat ik dacht dat er wel iets aan hem moest zijn dat ik niet zag. Wie was ik om jouw feestje te verpesten? En trouwens, had je wel naar me geluisterd?'

Lara schudde haar hoofd. Dat had ze niet gedaan. Ze was tot over haar oren verliefd geweest.

'Precies. Dus ik besloot me tanden op elkaar te zetten en er voor je te zijn als het mis zou gaan. Wat ik ook dacht dat zou gebeuren. Hij was niet de juiste man voor jou.'

Daar was ze op de harde manier achter gekomen.

'Ik haat het dat ik gelijk heb.'

Lara haalde haar schouders op en raapte nog een paar vellen papier van de vloer. Dit was allemaal verleden tijd. 'Ik wil liever niet het debacle van mijn huwelijk herkauwen, als je het niet erg vindt. Waarom denk je er niet over na om Missy in te huren om deze rotzooi op te lossen? Het is goed voor jouw gemoedsrust, voor mijn oren, en voor een paar bomen die niet als papierpulp hoeven te eindigen.'

Cara pakte de papieren aan en keek ze boos aan. Lara trok snel haar hand terug; ze had te veel verhalen gehoord over die boze blik — ze wilde haar vingers niet branden als de papieren plotseling in vlammen zouden uitbarsten.

'Vooruit dan maar. App me haar nummer, dan bel ik haar.'

Lara liep terug naar de keuken en pakte haar mobiel.

Ik mis je. - G

Ze had het berichtje niet binnenzien komen om — ze keek naar de tijd — zes uur. Dat kwam omdat ze toen nog diep in slaap was en over hem droomde.

Het was nogal een droom geweest. Ze had hem gisteravond misschien niet fysiek mee naar huis genomen, maar in haar dromen wel. En o, wat had hij *haar* aangepakt... Keer op keer. Ze was wakker geworden met verfrommelde lakens, een dun laagje zweet op haar lichaam en een bonzen tussen haar benen dat ze eerst had moeten verhelpen voordat ze uit bed kon komen.

Het was bij lange na niet hetzelfde als Gage echt bij zich hebben, maar het was het beste wat ze kon krijgen totdat hun schema's eens synchroon liepen.

De kans dat een meteoriet de aarde zou raken was waarschijnlijk groter.

Ik mis jou ook. Werk ze vandaag. –Ik

Oké, het was misschien niet het meest romantische appje, maar dan wist hij tenminste dat ze aan hem dacht.

Ze kon *niet* ophouden aan hem te denken. Gage bleek meer te zijn dan ze ooit had durven hopen of dromen na het drama met Jeff.

Nog afgezien van het fysieke; de emotionele band die hij met zijn familie had, was voor haar al genoeg. De liefde tussen hem en zijn zus, de zorg en bezorgdheid voor zijn neefje, de speciale manier waarop hij haar liet voelen... Tel daar bij op dat hij haar bloed in vloeibaar vuur veranderde en haar met één blik kon opwinden — verdorie, zelfs die maffe bijnaam gaf haar een speciaal gevoel — en Gage was bijna te mooi om waar te zijn.

Vierentwintig

Niet iedereen vond Gage fantastisch.

Lara zat bij de maandelijkse bijeenkomst van de Kamer van Koophandel en luisterde naar Gage, die de vergadering toesprak over een locatie voor zijn mannen, maar hij kreeg alleen maar weerstand van de andere leden.

Onzedelijk, walgelijk, seksistisch, pornografisch... Ze kon niet geloven welke woorden er werden rondgeslingerd. En die houding... Ze kwam serieus in de verleiding om op te staan en iedereen te vragen in welk decennium — nee, in welke *eeuw* — ze leefden, want het was zeker niet de eenentwintigste.

'We zouden de deur net zo controleren als elke andere club. Eenentwintig is de wettelijke leeftijd voor alcoholgebruik, en aangezien we alcohol schenken, moeten bezoekers eenentwintig zijn om binnen te komen. Volwassenen. We zijn er niet op uit om minderjarigen te corrumperen.' Gage bleef koel achter het katheder, maar omdat ze hem kende, zag ze hoeveel moeite hem dat kostte.

Ze had gewild dat ze vanavond eerder was gekomen, maar ze had de laatste hand moeten leggen aan de taart voor de familie Henderson voordat Jesse vertrok om hem te bezorgen — dat was de reden dat ze überhaupt naar de vergadering had gekund. Meestal deed Cara het, maar vanavond was de enige keer dat Missy iemand had kunnen vinden om op Connor te passen, dus Cara was haar aan het inwerken.

Als Lara had geweten dat Gage hier zou zijn, was ze vanochtend een uur eerder opgestaan om de taart van mevrouw Henderson op tijd af te krijgen.

Hij zag er goed uit daar bij de microfoon in zijn poloshirt en kaki broek. Als een zakenman, wat hij ook was. Niet als de smeerlap waarvoor ze hem probeerden af te schilderen.

'U zult rellen uitlokken,' zei een van de raadsleden. John nog-wat. Die er volstrekt jaloers uitzag dat Gage een rel *zou kunnen* uitlokken.

'We bezorgen mensen een leuke tijd en het wordt nauwlettend in de gaten gehouden door de beveiliging. Het is niet anders dan elke andere club met live-optredens, of het nu om dansers of een band gaat.'

'Bands trekken doorgaans hun kleren niet uit.'

'O nee? Heeft u nog nooit een drummer of gitarist zijn shirt uit zien trekken om het in het publiek te werpen? Ik wel. Wij proberen tenminste onze kleding bij ons te houden. Kostuums kosten geld.'

'En hoe zit het met privékamers?' vroeg een oudere vrouw. 'Ik heb gehoord dat clubs als de uwe gewoon een dekmantel voor prostitutie zijn.'

Een spiertje in de kaak van Gage verstrakte. Lara zag hem slikken en zijn ogen werden smaller. 'Ik run *geen* prostitutienetwerk. Behalve dat het illegaal is, is het voor mij moreel verwerpelijk.'

'Maar strippen niet?'

Gage ademde uit. Langzaam en luid. 'De mannen zijn exotische dansers. Wat ze wel of niet uittrekken is aan hen, maar ik kan u garanderen dat er nooit sprake is van volledige naaktheid. Dat is in strijd met de zedelijkheidswetten en ik ben een gezagsgetrouwe burger.' Hij greep de rand van de katheder vast tot zijn knokkels wit wegtrokken. 'Mijn partner en ik runnen een nette show vol goed entertainment, met oog voor de openbare veiligheid. Alleen al om die reden zou ons een bedrijfsvergunning moeten worden verleend voor de locatie aan Craft Street.'

Craft Street lag twee straten van haar bakkerij vandaan, en er ging een kriebeltje door haar buik bij de gedachte hem zo dichtbij te hebben, aangezien hun contact de afgelopen dagen alleen uit sms'jes en telefoontjes bestond.

De inquisitie ging nog een kwartier door, waarbij Gage de hele tijd zijn professionele houding bewaarde.

Grappig, ze herinnerde zich die ene keer dat ze met Jeff naar de vergadering van de Vereniging van Eigenaren was geweest. Hij had de oprit willen verbreden, maar volgens de regels mocht dat niet zonder goedkeuring van de

VvE. Het was triest hoe snel Jeffs arrogante houding iedereen tegen hem had opgezet. Niet alleen hadden ze de ontheffing niet gekregen, ze hadden ook een boete gekregen voor het aanbrengen van de granieten rand langs de oprit, iets waar ze ook vooraf toestemming voor hadden moeten vragen.

Zij was beschaamd vertrokken; Jeff was verontwaardigd en vervuld van zelfingenomen woede.

Onnodig te zeggen dat ze meer dan blij was geweest om het huis te verkopen en te verhuizen na de scheiding. Nu hadden haar buren tenminste geen problemen met haar.

De ondervraging was eindelijk voorbij en Lara pakte haar tas, in de volle verwachting Gage naar buiten te volgen om met hem te praten, maar verraste hij haar. Hij nam plaats op de voorste rij en bleef voor de rest van de vergadering. Niet dat er nog grote kwesties waren, alleen wat besluitvorming over hoe rapporten werden verspreid, maar Gage zorgde ervoor dat zijn aanwezigheid werd opgemerkt.

Ze wist niet hoe iemand — welke *vrouw* dan ook — kon ontgaan dat hij in de kamer was.

En geen enkele vrouw ontging het blijkbaar, want ze dromden allemaal om hem heen zodra de vergadering was verdaagd. Inclusief de oude taart die over de privékamers was begonnen.

Ze had hem er waarschijnlijk zelf mee naartoe willen nemen.

Lara onderdrukte haar jaloezie. Het was niet de schuld van Gage dat vrouwen over hem fantaseerden. Nou ja, nu niet. Op het podium? Een heel ander verhaal. Maar zelfs dan was het werk. Gewoon werk.

Hij maakte de nodige sociale praatjes, en als ze de knipoog niet had gezien die hij haar gaf toen hij haar zag aankomen, zou ze gedacht hebben dat hij oprecht geïnteresseerd was in elke vrouw met wie hij sprak. Hij had een manier om elk van hen het gevoel te geven dat ze de enige vrouw in de kamer was, een gevoel waar Lara maar al te bekend mee was —

Wat als hij het bij haar ook niet meer meende dan bij die andere vrouwen?

Haar passen en haar glimlach haperden.

O god, ze was belachelijk bezig. Natuurlijk was dat niet waar. Hij gaf om haar. Ze was paranoïde.

Die verdomde Jeff. Vroeger had ze zelfvertrouwen als het om mannen ging. Als het om alles ging.

Ze had dat zelfvertrouwen teruggevonden in de bakkerij; waarom kon ze het niet vinden als het om Gage ging?

Hij schudde de hand van de laatste vrouw en kwam naar haar toe voor een snelle kus op haar wang.

'Tjonge, jij bent een een lust voor het oog.' Hij nam de tijd om haar in zich op te nemen. 'Ik heb je gemist.' Zijn stem was laag en bezorgde haar overal rillingen. 'Ik ben blij dat je er bent.'

'Ik wist niet dat jij er zou zijn.'

'Ik ook niet, totdat ik vandaag een bericht in de post kreeg dat mijn aanvraag voor Craft Street was afgewezen. Ik moest mijn zaak wel komen bepleiten.'

'Volgens mij was het heel effectief.'

'Dat weet ik zo net nog niet. Meningen zijn moeilijk te veranderen en mensen denken echt dat we alleen maar met de seksindustrie bezig zijn. Het is behoorlijk ontmoedigend.'

'Waarom heb je niet verteld waarom je dit doet? Voor Connor, bedoel ik.'

Hij streek met een hand over zijn mond. 'Ik heb erover nagedacht. Echt waar. Maar dit is niet alleen voor Connor. Ik bedoel, Con is de reden dat *ik* het doe, maar alle jongens hebben hun eigen redenen. Dit is een levensvatbaar bedrijf. Winstgevend. De belastingen die we zouden betalen hadden ons de goedkeuring moeten opleveren, maar hun vooroordelen zitten hun eigen begroting in de weg, die kortzichtige idioten.'

'Dus wat ga je nu doen?'

'Ik weet het niet. Als ze Craft Street niet goedkeuren, keuren ze geen enkele andere locatie goed. Dat pand staat al meer dan een jaar leeg. Ik dacht dat ze dolblij zouden zijn als er een einde kwam aan die doorn in het oog. Het ziet ernaar uit dat onze kansen verkeken zijn.'

Lara stond op het punt een troostende schouder aan te bieden toen ze de man aan de andere kant van de zaal zag. 'Eh, misschien toch niet.'

De baas van Jeff. Hoewel Jeff de man had verafgood, was meneer Davis walgend geweest van hun scheiding en hij had haar duidelijk laten weten dat hij haar meer dan graag zou helpen als ze ooit iets nodig had. Niet op een ongepaste manier; de man was al meer dan vijftig jaar getrouwd met zijn jeugdliefde. Hij geloofde in het huwelijk en trouw en had op het punt gestaan Jeff ter plekke te ontslaan, totdat hij had besloten hem partner te maken zodat Lara meer partneralimentatie zou krijgen. Hij had haar zelfs doorverwezen naar de advocaat die ze had ingehuurd. Jeff had bij elke ontmoeting binnensmonds gevloekt.

Meneer Davis had er elke keer om moeten grinniken als hij haar zag. "Loon naar werken,' had hij gezegd. En zelfs met het partnerschap was Jeff nog steeds de laagste in de hiërarchie en meneer Davis was van plan ervoor te zorgen dat dat zo bleef.

O ja, Weatherington Davis was een macht om rekening mee te houden, en dat was ze ook precies van plan.

'Excuseer me even, Gage?'

'Lara, wat ga je—'

Ze glipte uit zijn greep. 'Vertrouw me. Misschien kan ik helpen.'

Ze liep recht op meneer Davis af. Zijn gezicht klaarde op toen hij haar zag.

'Lara. Wat fijn om je te zien.' Hij pakte haar handen en gaf haar een kus op de wang. Hij rook naar lavendelzeep — die van zijn vrouw — en sigaren — die van hem — met een vleugje houtvuur, iets wat totaal niet paste bij het warme zomerweer, maar dat was meneer Davis.

'Dag, meneer Davis.'

'Nou, nou, ik dacht dat we dat stadium wel voorbij waren. Ik heb je keer op keer gezegd dat je me Weathers moet noemen. Al mijn vrienden doen dat.'

Jeff deed dat niet. Alleen al om die reden ging Lara erop in. 'Dank u, Weathers. Hoe gaat het met u? Hoe is het met Mary? De kinderen? Ik hoorde dat u een nieuw kleinkind heeft.'

'Ah, ja, de kleine Candace. Het evenbeeld van haar moeder. Mijn oudste, Susan. Ik geloof niet dat je Susan ooit ontmoet hebt.'

Ze was pas twee keer bij hem thuis geweest voor het kerstfeest van het kantoor en beide keren was alleen zijn jongste zoon er geweest. 'Nee, dat klopt, maar als die baby ook maar een beetje op Mary lijkt, is het vast een schoonheid.'

De vrouw van meneer Davis — of Weathers — vlijen was een zekere weg naar zijn hart. Het had Lara altijd goedgedaan om te zien hoeveel hij van zijn vrouw hield.

Ze wilde dat iemand haar ook zo zou aanbidden.

Ze wierp een blik achterom naar Gage. Ze had zijn ogen op zich gevoeld terwijl ze naar Weathers toe liep en de hele tijd dat ze aan het praten was. Het was een fijn gevoel om te weten dat hij haar in de gaten hield.

En ja, misschien had ze wel met een extra swing in haar heupen gelopen.

'Ik zal Mary vertellen dat je dat gezegd hebt. Zij heeft altijd van je gezelschap genoten.' Weathers keek naar de twee mannen die aan weerszijden van hem stonden. 'Nou, heren, laten we dit morgen verder bespreken, goed? Ik heb zo'n vermoeden dat juffrouw Cavallo iets heeft wat ze met me wil bespreken.'

De mannen knikten en liepen weg.

'Zeg het eens, mijn kind, wat heb je op je hart?'

'Waarom denkt u dat ik iets op mijn hart heb? Mag ik een oude vriend niet gewoon even gedag komen zeggen?'

'Lara, ik mag dan oud zijn, maar ik ben niet kinds. Ik ben ook bij lange na niet zo knap als die man van je daar, dus ik vermoed dat er iets is wat je met me wilt bespreken dat hem aangaat, anders had je hem wel meegebracht. En aangezien ik zijn gepassioneerde speech vanaf het podium heb gehoord, heb ik wel een redelijk idee waar je het over wilt hebben.'

Ze glimlachte en schudde haar hoofd. 'Er is een reden dat uw kantoor zo succesvol is.'

'Niet dankzij je ex-man. Ik weet niet hoe je het zo lang met hem hebt uitgehouden. Ik hoef hem maar acht uur per dag te verdragen — en zelfs dat niet eens — en ik wil al van hem scheiden.'

'Ik hoop dat u dat snel kunt doen.'

'O?'

'Het is mijn bakkerij. Van mij en mijn nichtje. Ik hoop hem zo winstgevend te maken dat ik geen alimentatie meer van Jeff hoef aan te nemen. Dan kunt u hem ontslaan.'

'En mijn loopjongen kwijtraken? Maak je een grapje? En waarom zou je in hemelsnaam willen stoppen met het aannemen van geld van die man? Je hebt er recht op, en God mag weten dat hij ter verantwoording moet worden geroepen voor wat hij heeft gedaan.'

'Dat waardeer ik, Weathers. Echt waar. Maar ik vind het niet prettig om bij hem in het krijt te staan. Ik haat het om zijn geld te moeten aannemen. Ik wil mijn eigen geld.'

'Zodat je het onder zijn neus kunt wrijven.'

Er verscheen een glimlach op haar gezicht. 'Zoiets, ja.'

'Ach kind, ik wist dat er pit in je zat. Natuurlijk was je aangeslagen door wat hij gedaan had, maar ik wist dat je de kracht had om uit de as te herrijzen.'

Hij stuurde haar weg van de mensen die tijdens hun gesprek naar hen toe waren gedreven.

'Nou, wat kan ik voor je doen? Wil je dat ik druk uitoefen op de Kamer om hem zijn bedrijfsvergunning te geven?'

'Ja. Het is een goed bedrijf. Eerlijk, winstgevend en volgens de regels. Gage en zijn partner hebben heel hard gewerkt om het op te bouwen en het zou hen enorm helpen om een eigen plek te hebben. Om ergens wortel te kunnen schieten en het bedrijf te laten groeien. Ze zullen iets teruggeven, zowel in de vorm van belastingen als door het creëren van banen, plus de plek staat nu leeg. Ze gaan het opknappen. Dat is goed voor de stadsontwikkeling, toch?'

Weathers bekeek haar een paar momenten met zijn ijsblauwe blik waarmee hij menige moeilijke zaak had gewonnen, onderzoekend.

Toen glimlachte hij. 'Het doet mijn hart goed om je zo te zien.'

'Zo?'

'Verliefd.'

Lara's ogen puilden uit. Ze was niet verliefd op Gage. Ze vond hem erg leuk, ja. Ze zat midden in een gepassioneerde affaire, zeker. Maar liefde? Ze waren nauwelijks lang genoeg samen geweest om verliefd te worden.

En ze was niet *bezig* met liefde. Nu niet. Het was nog te kort na Jeff, en volkomen ongelegen.

'Ik ben niet ver—'

'Probeer me niet wijs te maken dat je het niet bent. Ik bevind me al meer dan vijfenvijftig jaar in diezelfde staat, al sinds Mary en ik dertien waren. Ik weet hoe verliefd zijn eruitziet.'

Lara legde haar handen op haar wangen, er zeker van dat ze op dit moment gloeiend rood waren. 'Meneer Davis—'

'Weathers.'

'Weathers. Echt waar, het is niet wat u denkt.'

'Ah. Ik heb je in verlegenheid gebracht. Men zegt dat ik met de jaren erger ben geworden.' Hij trok zijn kraag recht. 'Oké, laten we dat gepraat over liefde even opzij schuiven. Je wilt dat ik mijn steun verleen aan het bedrijf van je man. Ik ben het met je eens dat wat hij voorstelt een goede zakelijke beslissing is en de achterlijke opmerkingen van de raad hebben mijn vastberadenheid om dat te doen alleen maar versterkt, nog voordat jij kwam opdagen. Maar je dankbaarheid neem ik op elk moment graag aan.'

Hij glimlachte toen hij het zei en Lara wist niet wat ze had gedaan om hem aan haar kant te krijgen, maar ze was erg blij dat het zo was.

'Heel erg bedankt, meneer, eh, Weathers. Ik waardeer het echt en ik weet dat Gage dat ook zal doen.'

'Gage stelt het *niet* op prijs dat je hier nog steeds met mij staat te praten, dus ik denk dat we maar eens afscheid moeten nemen. Zeg hem dat hij zijn post in de gaten moet houden. Ik weet zeker dat hij tegen volgende week de vergunning heeft die hij nodig heeft.'

Ze gaf Weathers een kus op zijn wang, moest hartelijk lachen toen hij haar een ondeugende blik toewierp en haastte zich terug naar Gage.

'Wie was dat?'

Ze legde uit wie Weathers was.

'Ik hoef niets van de baas van je ex-man. Ik kan dit alleen, Lara.'

'Echt? Want het zag er voor mij niet uit alsof je het er zo goed vanaf bracht, Gage, aangezien ze je hebben afgewezen. En wat maakt het uit hoe je die vergunning krijgt, zolang je hem maar krijgt?'

'Omdat je ex-man erbij betrokken is.'

'Alleen in de verte.' Ze legde de positie van Weathers uit. 'Dus zie je, de enige reden dat Jeff zijn baan nog heeft, is omdat Weathers ervoor wil zorgen dat ik alimentatie krijg. Nou ja, dat en zodat ze Jeff allemaal kunnen koeioneren. We krijgen allebei wat we willen.'

'En ik dan?'

'Hoezo jij? Jij krijgt de bedrijfsvergunning die je wilde.'

Zijn mond vertrok. 'Ik neem aan van wel.'

'Is dit anders dan dat jij Gina mij liet inhuren voor haar feestje?'

Hij opende zijn mond, maar sloot hem weer. Toen streek hij er met een hand overheen. 'Ik denk het niet.'

'Goh, klink niet zo enthousiast.'

'Nee, je hebt gelijk. Dank je.'

'Graag gedaan. Wat dacht je ervan om me nu mee uit te nemen om het te vieren? Ik heb vandaag nog geen kans gehad om iets te eten en ik sterf van de honger.'

'Waar heb je precies zo'n honger naar?'

Op dat moment, met zijn lage stem en zijn blauwe ogen gericht op haar mond, was het plagende gebabbel verdwenen en vervangen door een heel ander soort verleiding.

Lara likte over haar lippen.

Gage kreunde. 'God, Lara, niet hier. Ik kan zo niet naar buiten lopen en dan denken al die mensen dat ze gelijk hadden over BeefCake.'

Ze kon een glimlach niet onderdrukken. Het was goed om te weten dat ze net zoveel effect op hem had als hij op haar. 'Dat kunnen we niet hebben, hè? Niet wanneer meneer Davis zoveel moeite gaat doen om hen van het tegendeel te overtuigen.'

'Laten we dan hier weggaan terwijl ik nog rechtop kan lopen.'

Ze weerstond de neiging om naar beneden te kijken.

Nou ja, bijna.

'Je maakt me gek.' Hij pakte haar arm en loodste haar naar de deur, en voor het eerst sinds ze hem had ontmoet, stopte hij niet om met de vrouwen te praten die dat wel probeerden.

En ja, Lara voelde zich daar best wel een beetje gevleid door.

Vijfentwintig

Ze belandden uiteindelijk weer bij Donegan's, alleen waren er dit keer geen uienringen, geen gevulde gepofte aardappels en geen weddenschappen over lapdances — want dat was inmiddels wel een uitgemaakte zaak.

Zij bestelde de Ierse kip, hij een burger, en ze schrokten het eten in een mum van tijd naar binnen. Gage had zelfs direct bij het eten om de rekening gevraagd, dus binnen dertig minuten waren ze geserveerd, gevoed en hadden ze betaald.

Twintig minuten later waren ze naakt.

'God, Lara, ik kon alleen maar aan je denken. Aan dit.' Ze stonden in haar woonkamer, hun kleren overal verspreid, en hij liet zijn handen over haar perfecte borsten glijden, hun gewicht voelend, terwijl zijn duimen langs haar tepels streken tot ze hard werden.

Ze boog haar rug naar hem toe. 'Het voelt zo goed, Gage.'

'Ja, dat doe je zeker.' Hij moest er een proeven. Hij boog voorover en streek er zachtjes met zijn lippen overheen, glimlachend toen ze naar adem hapte. Daarna knabbelde hij eraan, heel zachtjes, alleen met zijn lippen, en hij glimlachte nog breder toen ze zijn hoofd vastpakte en zichzelf tegen hem aan drukte.

'Lik me, Gage.' Haar ademhaling was zwaar, haar stem wanhopig.

Hij kende het gevoel.

Gage deed wat ze vroeg — wat hij wilde doen — en draaide met zijn tong om de stijf geworden top, waarna hij haar in zijn mond nam; de smaak en het gevoel van haar waren een aanslag op zijn zelfbeheersing. Hij moest haar naar het bed krijgen.

Hij tilde haar op in zijn armen, ving haar zucht op met een nieuwe kus, liep de gang door en legde haar op het bed zonder de kus te verbreken.

God, wat voelde ze goed onder hem. Zacht op de juiste plekken. Ze omsloot hem waar hij de druk nodig had, en de zijdezachte glijding van haar benen tegen de zijne was de pure hemel.

Hij steunde op zijn ellebogen en nam haar hoofd tussen zijn handen, haar krullen verstrengeld tussen zijn vingers. 'Ik heb je gemist.'

Ze beet zachtjes in zijn kin. 'Ik jou ook.'

'Je bent zo mooi, Lara.' Hij hapte speels in haar neus, een vrolijkheid die nieuw voor hem was, maar hij wilde elk deel van haar. Hij wilde haar glimlach en haar schattige kleine giechel. Hij wilde haar gekreun en haar oppervlakkige, happende ademhaling. Hij wilde zijn naam op haar lippen horen terwijl hij haar de beste orgasmes van haar leven gaf.

'Je zorgt dat ik me mooi voel, Gage.'

Dat zou hij niet hoeven doen; ze zou zich ook zonder hem mooi moeten voelen. Want dat was ze. Vanbinnen en vanbuiten. Hoe zorgzaam ze was geweest voor Connor, voor haar nicht. En hoe ze zichzelf onvoorwaardelijk aan hem gaf. Die volkomen vrijgevigheid en onbaatzuchtigheid maakten haar een prachtig mens, en die schitterende krullen, warme sensuele ogen, dat schattige wipneusje en die lippen... God, die lippen... Ze waren slechts de omlijsting van de mooie ziel die erachter school.

'Laat nooit iemand je vertellen dat je dat niet bent, Lara. Er zit zoveel schoonheid in je dat het gewoon naar buiten straalt. Je zou wel een idioot moeten zijn om dat niet in jou te zien.' Hij zou haar ex-man wel kunnen vermoorden. *Saai* — was die vent gek geworden? Lara was allesbehalve saai. Ze was decadente chocolade met vleugjes aardbei en munt, een feest voor zijn smaakpapillen dat hij steeds opnieuw wilde proeven.

Ze knipperde — twee keer — tegen de tranen in haar ooghoeken. 'Dank je.'

Haar stem sloeg aan het eind over en dat kon Gage niet laten gebeuren. Dit was geen nacht voor tranen. Dit was een nacht voor glimlachen en lachen,

en o ja, langgerekt gekreun van genot. Misschien zelfs een schreeuw of twee —
of zeven — om zijn naam. Als hij het zo lang volhield.

Hij kuste haar. Niet vurig, niet vluchtig, maar genoeg om haar alles te
tonen wat hij voor haar voelde. Elke goede daad, elke prachtige glimlach, elke
vurige gedachte die hij aan haar had gehad sinds ze elkaar hadden ontmoet.

Hij zou later wel bedenken wat dat allemaal voor hem betekende.

'Je bent voor mij de mooiste vrouw ter wereld, Lara, en ik ga ervoor zorgen
dat je dat voor de ochtend aanbreekt ook zelf weet.'

Lara rilde bij zijn woorden. Ze wilde hem geloven — en misschien, als ze
het toeliet, zou ze dat ook doen. 'Bemin me gewoon, Gage. Haal me uit mezelf
zoals je die andere avond deed. *Dat* was prachtig.'

'Jouw wens is mijn bevel,' zei hij met die glimlach die haar knieën slap
maakte, vlak voordat die prachtige lippen op de hare neerdaalden om haar mee
te voeren in een maalstroom van opwinding en sensatie die ze nauwelijks kon
geloven.

Overal waar Gage haar aanraakte, veranderde alles in vuur. Haar zenuwuit-
einden trillden onder haar huid, rillingen trokken over haar heen, haar buik
fladderde op een manier die alleen hij kon opwekken, en hitte kroop langs haar
ledematen naar haar hart en omsloot het zo stevig dat ze geen adem meer
kreeg. Ze was zo diep in hem verzonken dat dit op een ramp van epische
proporties kon uitlopen als het niet zou werken.

Lara verbande die gedachte uit haar hoofd. Op een gegeven moment
moest ze haar twijfels loslaten en weer leren vertrouwen.

Vertrouwen. Dat was een groot ding voor haar.

Gage knabbelde langs haar kaaklijn en omlaag naar haar keel, waarbij hij
haar sleutelbeen teder kuste en met zijn tong in het kuiltje aan de basis gleed,
wat een glibberig, heet verlangen naar elk deel van haar lichaam straalde.

'God, schatje, je smaakt geweldig,' mompelde hij tegen haar huid en Lara
kon alleen maar knikken.

En kronkelen. Dat deed ze behoorlijk goed toen zijn lippen haar tepel
vonden.

Zijn vingers speelden met de andere en de sensaties in haar zwollen aan,
waardoor haar geest aan niets anders meer kon denken dan aan de heerlijke
wrijving van zijn vingers en zijn tong en de harde lengte van hem tegen
haar dij.

Ze liet haar handen over zijn rug glijden, elke centimeter een sensuele ervaring. Hij had geen grammetje vet, en elke spier spande zich aan en ontspande zich onder haar aanraking, wat een antwoordende samentrekking teweegbracht in een heel specifiek gebied. 'Ik wil je, Gage. In me. Nu.'

Hij hief zijn hoofd op, die prachtige aquamarijnblauwe ogen troebel van verlangen. Voor haar. 'Je krijgt me, Lara. Maar we gaan dit langzaam doen. Het laten duren. Het mooi maken.'

Dat was het al.

Gage kuste zijn weg naar beneden over haar lichaam, verkende haar navel, waarbij zijn tong daar nog meer sensaties opriep, die elk vanuit dat centrum naar een ander punt cirkelden, iets lager en veel behoeftiger.

Ze kronkelde onder hem, hunkerde naar druk — ah, ja, daar. God, de lengte en kracht van hem...

Hij hield haar heupen vast met zijn handen en toen, o God, toen vond zijn tong haar.

'Je smaakt geweldig,' fluisterde hij tegen haar krullen voordat hij nam wat ze zo bereidwillig wilde geven.

Hij maakte haar gek van verlangen. Zijn bekwame tong en vingers stuwden haar lust naar grotere hoogte, voerden haar mee naar de rand van de afgrond om haar vervolgens weer te laten zweven, terwijl elk deel van haar trilde van behoefte. Ze greep de lakens vast, schudde haar hoofd en drukte zich tegen zijn mond aan, zoekend naar die ultieme ontlading, maar Gage plaagde haar er alleen maar mee.

'Alsjeblieft, Gage,' hijgde ze, half buiten zinnen van verlangen, de andere helft zo sterk gefocust op wat hij deed dat het was alsof ze hem achter haar gesloten oogleden kon zien.

'Ik zal je geven wat je wilt, Lara, maar je zult er wel voor moeten werken.'

Haar ogen schoten open en ze ontmoette zijn plagende blik. 'Wat?'

Hij glimlachte toen en haar tenen krulden om.

'Draai je om.' Hij tilde haar been op en draaide haar tot ze op haar buik lag en haar achterwerk...

'Wat ga je doen?'

'Het is niet wat *ik* ga doen.' Hij gleed van het bed en sloeg zijn sterke handen om haar enkels... en trok haar van het bed. 'Het is wat *jij* gaat doen.'

Ze keek over haar schouder naar hem terwijl ze probeerde te blijven staan. Dat lukte niet best; haar lichaam was zo opgewonden dat haar knieën dreigden te begeven.

'Je gaat voor me dansen.'

Haar knieën gaven het inderdaad op en ze viel op de matras. 'Wat?'

Hij pakte haar bij haar middel en trok haar rechtop. 'Herinner je je de lapdance nog?'

'Maar *jij* bent *mij* er een schuldig.'

'En die ga ik je geven. Maar daarna geef jij er een aan mij.'

'Waarom?'

Die verdomd sexy scheve glimlach was terug. 'Waarom niet?'

Oh. Ja.

'Het wordt leuk.'

Leuk, erotisch... wat maakt het uit.

'Blijf daar. Ik ben zo terug.'

Ze ververroerde zich niet toen hij de slaapkamer verliet. Ze kon het niet eens.

Hij was snel terug, met zijn telefoon in zijn hand en een condoom om zijn erectie.

De man was ongelooflijk.

Hij tikte een paar keer op het scherm en toen klonk er muziek.

'Dit meen je niet,' zei ze, toen ze de intro herkende. *Simply Irresistible* van Robert Palmer.

Hij glimlachte. 'Echt wel. Dit heeft een geweldige beat en de tekst is perfect. Je *bent* gewoonweg onweerstaanbaar, Lara.'

'Je lijkt me anders aardig te kunnen weerstaan, aangezien je daar helemaal aan de overkant staat.'

'Maak je geen zorgen. Over een paar seconden ben ik helemaal daar.' Hij legde de telefoon op haar ladekast. 'En nu kijken.'

Alsof ze iets anders kon doen. Hij. Was. Naakt.

En opgewonden.

En hij danste.

Voor haar.

'Eerst breng je je heupen in beweging.' Hij deed dat verdomd goed voor. 'Zet een beetje kracht achter die billen.'

O ja. Dat werkte wel voor haar.

'Wat schudden.' Hij draaide zich om en haar mond werd zo droog als een woestijn.

Of was het *van het genot*? Die man kon met zijn kont draaien en het was een lust voor het oog.

'Nu combineer je dat alles met wat armbewegingen.' Hij hield zijn handen achter zijn hoofd, draaide zich om en zijn borstspieren en sixpack begonnen hun eigen danswedstrijd — terwijl hij dichterbij kwam.

Zo dichtbij dat hij bijna op haar schoot zat.

Vanaf de achterkant.

Lara liet haar hand langs zijn ruggengraat glijden. De elektriciteit gierde door haar hele arm.

'Wat vind je ervan?' vroeg hij, terwijl hij over zijn schouder keek terwijl zijn billen haar buik raakten en zijn kruis haar benen schampte.

Ze kon niet meer nadenken, vooral omdat hij danste met een volledige erectie.

Hij ging weer rechtop staan en stak zijn hand uit. 'Kom, doe met me mee.'

Ze wilde zich met hem verenigen. Nu. Hier. Onmiddellijk.

Toch pakte ze zijn hand en kwam wankelend overeind.

Toen draaide Gage haar om en klemde zijn handen om haar middel, zijn bekken nog steeds tegen haar aan bewegend, en o, God, het gevoel van hem tegen de spleet van haar billen dreigde het laatste beetje kracht dat ze nog had weg te nemen.

'Volg gewoon mijn bewegingen, Lara.'

Ze probeerde het. Echt waar. Maar het was alleen omdat zijn handen haar stuurden dat het lukte. Haar hersenen waren kortgesloten doordat elke aanraking van zijn huid tegen de hare voor een overbelasting zorgde; het enige wat ze nog zag, was het brede bed voor haar waar ze onder hem gespreid wilde liggen, om dat kloppende, bonzende deel van hem binnen te laten dat zulke vreselijk zondige dingen deed tegen haar achterwerk.

Toen omsloot Gage haar borst en likte aan de ronding van haar schouder.

'Is dit niet leuk?'

Leuk was niet helemaal het juiste woord.

Lara beet op haar lip en keek hem aan. 'Ik houd dit niet veel langer meer vol.'

'Jawel hoor. Ik sta soms wel een uur zo op het podium. Jij kunt me best een paar minuten geven.' Hij liet haar los en deed een stap achteruit.

Ze wankelde.

Gage ving haar op. 'Nee, nee. Je kunt dit. Kom op, Lara, laat me zien wat je in huis hebt.'

Ze werd rood. Wat zij in huis had, kwam niet eens in de buurt van wat hij deed, maar...

Maar hij leek er zin in te hebben, dus waarom niet? Ze had niets te verliezen, behalve dit moment als ze het niet deed.

Ze wilde dit moment niet verliezen.

Ze haalde diep adem, rolde haar schouders naar achteren en draaide zich om. Ze kon dit.

Gage veranderde het nummer. *Addicted to Love.* Probeerde hij haar iets te vertellen?

Hij ging op de stoel naast haar bed zitten en zijn glimlach was volkomen charmant. En bemoedigend. 'Dans voor me, Lara.'

Bij de eerste beat voelde Lara het door zich heen denderen. Ze kon dansen. In haar kleren tenminste.

Haar heupen begonnen te bewegen. Klaarblijkelijk kon ze het ook zonder.

'Dat is het, schatje. Shimmy voor me.'

Ze deed het, en het gevoel van haar borsten die voor hem heen en weer zwaaiden — en de blik in zijn ogen toen ze dat deden — was volkomen bevrijdend. Ze hield haar handen achter haar hoofd, terwijl ze die omhoog hief, en gooide wat meer schwung in haar heupen.

Zijn ogen lichtten op. 'Ah, dat is goed. Zo goed.'

Ja, dat was het.

Ze zette haar teen neer en draaide eromheen, haar heupen elke beat van de drums volgend terwijl ze de muziek door zich heen liet stromen. Ze gooide haar hoofd achterover en sloot haar ogen, terwijl ze de beat in haar bloed voelde en toeliet dat die haar bewegingen dicteerde.

'Dat is het, Lar.' Zijn stem was laag en schor. Net als het gevoel dat ze diep in haar bekken had. 'Kom dichterbij.' Dit werd gefluisterd, maar ze hoorde hem boven de muziek uit.

Ze kronkelde haar weg naar hem toe, haar blik in de zijne vastgehaakt.

Zijn vingers spanden zich aan op zijn dijen. Zijn lul trok.

O ja, ze deed wat met hem.

'Draai je om.'

Dat deed ze. Langzaam.

'Beweeg achteruit naar me toe.'

Dat deed ze. Terwijl ze schrijlings over zijn benen stond. Open en nat en hunkerend.

Gage kreunde toen ze door haar knieën boog.

Ze bleef daar boven hem hangen, haar heupen hem verleidend terwijl ze haar vingers door haar haar en over haar lichaam liet glijden. Ze omsloot haar borsten, wetend dat hij het niet kon zien maar wel zou weten dat ze zichzelf aanraakte.

Het was gewaagd. Het was decadent. Het was het meest erotische wat ze ooit had gedaan en de kracht van wat ze met hem kon doen, zwol in haar op. Het gaf haar de moed en de kracht om haar heupen wat sneller te laten draaien, haar achterwerk wat lager te brengen, hem nog meer te plagen.

'Je maakt me dood,' mompelde hij.

'Wat een manier om te gaan,' fluisterde ze terug met een vleugje lach. God, wat voelde ze zich machtig.

'Je bent het meest sexy wezen dat ik ooit heb gezien, Lara.' Zijn vingers streken langs haar heupen.

Ze voelde zich ook ongelooflijk sexy. 'Niet aanraken, Gage. Is dat niet wat jij je klanten vertelt? Niet aanraken?'

Zijn lach was rauw. 'Je hebt gezien hoe goed dat werkt.'

Ze keek over haar schouder. 'En wat ga je eraan doen?'

Zijn ogen vlamden weer op en hij klemde zijn grote sterke handen om haar heupen en trok haar tegen zich aan. 'Ik maak een einde aan deze dans, ga je op mijn lul spietsen en laat je me berijden tot de rest van mijn playlist voorbij is.'

En o, dat was precies wat hij deed.

Hij nam haar daar, in de stoel, met zijn handen op haar dijen om haar wijd te houden, zijn vingers spelend met haar, eisend dat ze haar handen achter zijn hoofd hield zodat haar borsten hoog en stevig waren en hij ze over haar schouder kon zien terwijl hij in het ritme van de muziek in haar stootte.

'God, schatje, dat is het. Berijd me.'

Dat deed ze. Ze boog haar rug, krulde haar tenen in het tapijt en nam hem in zich op, elke fluweelzachte stalen centimeter door haar hele kanaal voelend en *dit* was het meest erotische wat ze ooit had gedaan.

Er waren veel primeurs met Gage en Lara was oprecht blij dat hij degene was met wie ze die allemaal beleefde.

Hun zware ademhaling werd overstemd door de playlist; dit moesten de nummers zijn waarop zijn mannen hun danspasjes oefenden, want elk lied had een zware, bonkende beat die doordrong in haar bloed en naar die plek cirkelde waar ze verbonden waren. Het verhoogde de hitte en de behoefte en het verlangen tot ze zat te happen naar lucht, haar hoofd achterover viel en ze zijn haar vastgreep omdat ze iets — wat dan ook — nodig had om zich aan vast te houden.

De golf kwam op, een kolkende, wervelende waas van hunkering, de sensaties ontnamen haar de adem totdat deze eindelijk over haar heen sloeg in een kloppende, bonzende crash, haar voortstuwend terwijl ze hem omsloot en elke sensatie opzoog toen hij klaarkwam, het moment oneindig...

Gage was de eerste die bewoog. Hij trok in haar samen, waardoor Lara weer terugkeerde naar elke heerlijk verzadigde zenuw in haar lichaam.

'Je bent geweldig,' mompelde hij tegen haar nek, zijn warme adem zorgde voor nog meer rillingen over haar rug.

'Jij bent zelf ook behoorlijk geweldig. Dit heb ik nog nooit eerder gedaan.'

'Dat had je me kunnen wijsmaken. Je bent een natuurtalent. Zo sensueel en verleidelijk, je had me harder dan een blok graniet gemaakt. Ik zweer het, ik dacht dat ik uit elkaar zou knallen alleen al door naar je te kijken.'

Ze kon een voldane grijns niet onderdrukken.

'Voel je je behoorlijk goed over jezelf, hè?' plaagde hij haar.

Ze knikte tegen zijn schouder en voelde de stoppels van zijn baard tegen haar wang. Ze zou het niet erg vinden om die tussen haar dijen te voelen.

O God, ze voelde zichzelf zwellen bij de gedachte.

'Waar denk je aan?' fluisterde hij. Hij had het ook gevoeld.

Ze vertelde het hem.

'Dat, mijn lieve schat, kan zeer zeker geregeld worden.'

Hij wist hen te ontwarren en haar op het bed te krijgen toen haar benen weigerden mee te werken.

Al deden ze het best goed toen hij naast het bed knielde en ze over zijn schouders legde, terwijl hij haar trakteerde op een nieuwe ronde genot.

Tegen de tijd dat geen van beiden meer kon bewegen, was Lara de tel kwijtgeraakt van hoe vaak ze was klaargekomen. De tel kwijt van hoeveel verschillende posities ze hadden geprobeerd. Maar ze wist nog van elke keer dat hij haar naam had gegruld terwijl hij klaarkwam, haar vastklemmend terwijl de schokken door hem heen trokken, en Lara was zo ontzettend dankbaar voor het geschenk dat Gage was.

Hij verstrengelde hun vingers terwijl ze op hun buik tegenover elkaar lagen, hun ogen zwaar van vermoeidheid, een van zijn benen over de hare geslagen, maar er was nog steeds een glinstering van verlangen in zijn blik als hij naar haar keek.

'Breng het weekend met me door.'

Emotie trilde door haar heen. Ze zou niets liever willen. 'Ik zou dolgraag willen, maar ik kan niet. Het is ons drukste weekend na de wintervakantie. Ik zit volgeboekt.'

'Oké, laat mij het dan met jou doorbrengen. Ik stop op de derde wat eerder en dan kan ik je helpen met je feestjes.'

'Wil je echt je vrije weekend werkend doorbrengen?'

'Als het met jou is, voelt het niet als werk.'

Het was precies het juiste om te zeggen. 'Weet je het zeker?'

Hij liet zijn vingertop langs haar neus en over haar lippen glijden. Lara weerstond de neiging om die in haar mond te nemen.

Voor ongeveer twee seconden. Serieus, waarom zou ze er *niet* op kunnen zuigen?

Hij kreunde bij de eerste aanraking van haar tong en trok zijn vinger terug. 'God, vrouw, je put me nog eens uit.'

'Goed zo. Gelijke monniken, gelijke kappen.'

Zijn glimlach was veel te zelfverzekerd, maar ze kon er niet echt over klagen. Hij had het verdiend.

'Luister, ik zou graag op je aanbod ingaan, maar we moeten allebei morgenochtend op. Ik heb ineens nog meer haast met het prieel dat ik aan het bouwen ben, dus ik heb mijn slaap nodig.'

'Spelbreker.' Al was ze zelf net zo uitgeput, het was leuk om hem te plagen.

Hij rolde op zijn zij en trok haar tegen zich aan, haar hoofd rustend op zijn borst, en hij kuste haar boven op haar hoofd. 'Ja, dat ben ik. Een echte plezierdoder.'

Ze glimlachte en nestelde zich tegen hem aan. Gage was absoluut een *plezier*.

Zesentwintig

De rest van Lara's week was echter niet zo vreugdevol. Voor de bruiloft op zaterdag was de weersverwachting onzeker, wat betekende dat ze een noodplan moest hebben voor de bruidstaart en negen bruidegomstaarten, de meest complexe bestelling die ze tot nu toe had gehad. De bruidstaart zelf was zeven lagen hoog, waarvan de meeste ter plaatse in elkaar gezet moesten worden, en de luchtvochtigheid maakte dat tot een uitdaging toen de botercrème onder het fondant begon tegen te stribbelen.

Godzijdank ging Gage met haar mee. Hij zette buiten een tent op die de weddingplanner was vergeten en hield de lagen vast terwijl Lara ze in de keuken van de countryclub op hun plek zette, zodat de taart op tijd naar buiten gereden kon worden voor de receptie. Normaal gesproken zou Cara haar hebben geholpen, maar die had een bestelling aangenomen van een last-minute paniekerige nieuwe klant wiens vorige bakkerij niet kon leveren. Gelukkig had er nog een extra taart in de koelkast gestaan, dus Cara was die gaan bezorgen. Jesse hield de bakkerij draaiende en zette meer 'rotjes' in elkaar voor de taart die de gemeente had besteld voor de viering van Fourth of July de volgende dag.

Lara moest nog drie lagen monteren toen de bruid hen passeerde voor het begin van de ceremonie. Gage zag er verrukkelijk uit in het smokingjasje waar hij in was geglipt. Lara vroeg zich af of de broek die hij droeg van het soort was dat je zo kon afscheuren.

Ze zou het niet erg vinden om dat uit de eerste hand te ontdekken.

'Waarom zit je zo te glimlachen? De bruid is in tranen,' fluisterde Gage haar toe.

God, wat rook hij lekker. Zelfs met de hitte en de inspanning wikkelde die speciale geur die zo typisch bij hem hoorde zich om haar heen, net zoals hij dat gisteravond had gedaan.

'Bruiloften maken me aan het lachen.'

'Schatje, dat is *geen* vrolijke glimlach. Dat is een ik-heb-een-geheim-dat-je-mag-ontdekken-glimlach, en je brengt me in verleiding om precies dat te doen.' Hij beet zachtjes in haar oor.

'Hou op. We zijn aan het werk.'

'Dat zou jij ook eens moeten onthouden in plaats van me te verleiden met je sexy lijf.'

Ze rolde met haar ogen. Ze droeg haar koksbuis en koksmuts. Sekslozer kon ze er bijna niet uitzien.

Hij bleef haar plagen met zijn opmerkingen en die vurige blikken terwijl ze werkten om de taart op tijd af te krijgen voor de receptie.

De blikken werden alleen maar erger terwijl ze wachtten op het moment dat de taart aangesneden zou worden. 'Kom op, laten we een bezemkast zoeken.'

'Je bent onverbeterlijk.'

'Nee, ik ben opgewonden. En jij ook.'

Ze rolde met haar ogen.

'*Ik* weet wel hoe ik je met je ogen moet laten rollen.' Hij bewoog zijn wenkbrauwen op en neer.

Ze probeerde niet te lachen, maar tja, de actie die hij gisteravond met zijn tong had uitgehaald, had haar niet alleen met haar ogen laten rollen, maar ook sterretjes laten zien.

'Gage, hou op.'

'Dat zei je gisteravond niet.'

Hoe hij gisteravond überhaupt had kunnen verstaan wat ze zei, was haar een raadsel; ze was volkomen incoherent geweest. 'Weet je, op een gegeven moment heb ik echt een volledige nachtrust nodig.' Het appen en sexten hield haar veel te lang uit haar slaap.

'Daar is het pensioen voor.'

Hij had overal een antwoord op. En Lara begon hem te zien *als* het antwoord op alles.

Hij maakte haar aan het lachen. Hij gaf haar het gevoel dat ze mooi was. Hij gaf haar het gevoel dat ze speciaal was en dat er voor haar werd gezorgd. Hij gaf haar het gevoel dat ze leefde op een manier die ze sinds lang voor haar scheiding niet meer had ervaren.

De ceremonie van het taart aansnijden verliep zonder problemen (met de botercrème), de bruid verklaarde dat het de beste taart ooit was, en Lara en Gage waren op tijd weg om Jesse te helpen de laatste zestig rotjes af te maken voor middernacht.

'Nou, Assepoester,' zei Gage, terwijl hij haar koksmuts van die schattige krullen trok waar hij gisteravond zo van had genoten om zijn vingers in te begraven terwijl ze hem oraal bevredigde en naar de zevende hemel hielp, 'het is het magische uur. Verander je in een pompoen als we je niet voor die tijd thuis en in bed hebben?'

'Ik voel me eerder een platgetrapte courgette.' Ze plofte neer op de bank van zijn truck.

Zo zag ze er niet uit.

Ze zag er prachtig uit.

Gage staarde haar nog een paar seconden aan en genoot van de manier waarop haar wimpers op haar wangen rustten, aan het eind een klein beetje gekruld. Haar make-up was er uren geleden al af gesleten, en voor hem maakte die natuurlijke schoonheid haar alleen maar mooier. Lara was zo eerlijk met haar gevoelens, met wie ze was. Hij kon de keren niet tellen dat hij in haar ogen had gekeken en wist dat ze er was, bij hem, in het moment, en verdomd blij was om daar met *hem* te zijn.

Dat was het ding met dansen; natuurlijk leverde het hem veel vrouwen op. En natuurlijk was hij daar blij mee geweest. Maar bijna iedereen was voor de ervaring bij hem geweest. Omdat hij sexy was en zijn lichaam gespierd. Omdat hij wist hoe hij het moest gebruiken. Het draaide puur om het lichamelijke genot, en hé, daar was niets mis mee, maar hij had nog nooit zo'n band met iemand gehad als met Lara. Zelfs niet met Leslie, hoewel zij nog het dichtst bij De Ware was gekomen. Maar Lara was bij hem om *hem*, niet om hoe hij eruitzag, en dat maakte de seks zoveel geweldiger. Zinnelijker, genotvoller.

Het maakte het ook de liefde bedrijven. Zo anders dan seks.

Hij bracht haar naar huis, en voor het eerst sinds ze samen waren, hield hij haar alleen maar vast. Trok haar tegen zich aan, streek met zijn hand door haar krullen, kuste haar zachtjes op haar lippen en hield haar vast terwijl ze in slaap viel.

Het was het mooiste in zijn wereld.

Zevenentwintig

'Het prieel begint er goed uit te zien.'

De eikel stond op het *terras* met een mok koffie in zijn hand, zijn haar strak naar achteren gekamd na het douchen, een spencer over een overhemd, vlijmscherpe vouwen in zijn linnen broek en zelfs overschoenen, of hoe die maffe schoenen die mensen dragen om te golfen ook mochten heten, terwijl Gage zich de tering werkte aan de dakspanten.

Hij had Lara om vijf uur 's ochtends slapend achtergelaten om hierheen te komen en het geraamte af te maken. De koperen dakbedekking zou maandag komen, wat tijd genoeg was geweest toen hij het bestelde, maar dat was voordat hij tijd met Lara begon door te brengen. Veel tijd.

Te veel tijd om dit tempo vol te houden. Dat wist hij, maar hij wilde niets veranderen. Missy had hem echter al verteld dat Connor hem miste. En hij miste Connor ook. Het gras bij zijn huis moest gemaaid worden, hij had beloofd een handgreep in de douche te monteren voor de volgende operatie van Connor, en Missy wilde dat de bovenste plank in de kast verlaagd werd zodat ze erbij kon.

Maar hij zou vandaag met Lara doorbrengen, wat er ook gebeurde. Het echte leven mocht maandag weer losbarsten.

'U bezuinigt toch niet op de kwaliteit om het zo snel af te krijgen? Ik wil niet dat het tijdens het feest om onze oren dondert.'

Gage trok de spijkers uit zijn mond. Normaal gesproken zou hij zo'n achterlijke opmerking niet eens verwaardigen met een antwoord, maar deze kerel haalde het slechtste in hem naar boven. Aan de andere kant zouden de meeste mensen niet eens het lef — of de domheid — hebben om die vraag überhaupt te stellen. 'Ik lever geen halfwerk af. Mijn reputatie staat op het spel.'

'Goed om te horen. Zo vaak komen er hier aannemers die zien wat ik heb opgebouwd en denken dat ik ze iets verschuldigd ben. Het zijn mijn harde werk en expertise die me hebben gebracht waar ik nu ben. Ik wil het beste en daar betaal ik voor.'

Dat kwam omdat die vent de ergste in zijn soort was. Jammer dat hij niet doorhad dat wat hij bij die andere aannemers oppikte, minachting was. Alleen omdat een kerel een chique titel had, een flitsende auto en vijfhonderd vierkante meter meer dan één man nodig had, maakte hem dat nog niet beter dan de man die voor de kost met zijn handen werkte. In het geval van J.C. McCullough maakte het hem juist *minder* man.

Maar Gage hield zijn mond. Nog een paar dagen, dan zou hij de rest van zijn geld incasseren en klaar zijn met deze eikel.

'Het verbaasde me u vandaag te zien. Ik dacht dat u het lange weekend vrij zou nemen.'

Gage sloeg nog een spijker in de dakspant en stelde zich voor dat het het overbebraste ego van deze kerel was. 'Te veel te doen. Bovendien breng ik de middag door met mijn vriendin in het park.'

Vriendin. Het woord klonk goed. Hij had in geen tijden een vriendin gehad.

'Ah, ja, de jaarlijkse buurtpicknick. Ik ben er één keer geweest met mijn ex-vrouw. Het was... aangenaam.'

Deze vent was al eens getrouwd geweest? Hij had niet één, maar *twee* vrouwen gevonden die bereid waren zijn hoogmoed te tolereren? Hoewel de andere blijkbaar verstandig was geworden en nu een ex was.

Gage sloeg er nog een paar spijkers in en ging toen door naar het volgende spant. Hij wist niet wat het was aan J.C. McCullough dat hem zo tegenstond, maar hij kon niet wachten tot deze klus erop zat.

Maar hij had gemeend wat hij zei. Het was zijn naam, zijn reputatie, die aan dit prieel verbonden was. Ongeacht wat hij persoonlijk van de klant vond, hij deed er alles aan om te zorgen dat dit bouwsel solide en degelijk was. Omdat dat is wie hij was.

'Ik vroeg me af hoe lang u van plan bent dat bord op mijn gazon te laten staan? Onze vereniging van eigenaren staat geen reclameborden of acquisitie toe en ik heb al wat klachten ontvangen.'

Die klachten zaten in het hoofd van de vent. Gage wist precies wat de regels van de vve waren; hij controleerde dat altijd voordat hij iets plaatste. Aannemers mochten borden laten staan tot de voltooiing van het project. Gage was volledig van plan het bord weg te halen zodra hij voor de laatste keer met zijn truck het terrein afreed.

'Woensdag is het weg.'

'Dat is wel erg kort voor het feest.'

'Het zal af zijn. Ik heb tijd ingepland voor eventuele laatste puntjes en het opruimen. Niets om u zorgen over te maken.'

'Oh, ik maak me geen zorgen. Dat was de datum die u me gaf voor de oplevering. Ik houd u eraan, anders trek ik het overeenkomstig van uw betaling af.' Hij nam een slok van zijn koffie, zwaaide toen met de mok in een halfslachtig saluut, draaide zich om op zijn hak (en er zat ook nog een behoorlijke hak onder die pretentieuze schoen) en beende door de enorme openslaande deuren terug het mausoleum in dat hij zijn thuis noemde.

Gage had de neiging om die mok in de neus van die kerel te duwen. Hij wist precies wat J.C. had bedoeld; die klootzak hoefde het er niet zo in te wrijven. Maar man, wat zou Gage graag zijn vuist in die vent zijn gezicht wrijven als hij eerder klaar zou zijn.

Helaas ging hij dat niet doen. Niet genoeg tijd. Hij zou woensdag echter wel klaar zijn, dus laat die eikel het maar even benauwd krijgen en zich afvragen of Gage zijn achtertuin als een puinhoop zou achterlaten voor het feest of niet. Hij mocht dan denken dat geld alles was, maar het zou het waard zijn om een financiële tik te incasseren, alleen maar om die kerel uit zijn stekker te zien gaan.

Behalve dat Gage dat ook niet zou doen. Naast het feit dat hij het geld nodig had en zijn reputatie op het spel stond, had hij te doen met de vrouw die met deze kerel zou gaan trouwen. Hoewel ze misschien precies zoals hij was.

Hij vroeg zich af hoe de eerste vrouw was geweest. Aangezien zij slim genoeg was geweest om J.C. te verlaten, klonk ze als iemand die hij graag had willen leren kennen — tja, als hij niet met Lara was.

Maar dat was hij wel. Absoluut.

Achtentwintig

'Ik dacht dat je had gezegd dat die hartenbreker zou komen helpen?' Cara hees de doos met draaiende lolly-vuurwerkjes—compleet met sterretjes aan het uiteinde—op hun tafel in het park.

'Hij komt heus wel. Hij heeft ook een baan, weet je.' Lara probeerde haar humeur in toom te houden terwijl ze de rode cupcakes met aardbeienlizzoenen als strepen erbovenop uitstalde. Cara was sinds midden in de week met de dag prikkelbaarder geworden, maar ontkende het elke keer dat Lara erover wilde praten.

Cara mompelde iets binnensmonds over waar ze het vuurwerk dat ze op de taart zette wel wilde aansteken.

Lara liet het gaan. Ze was veel te goed geluimd om zich te laten meeslepen door Cara's slechte bui.

Gage had een briefje op het kussen achtergelaten toen hij vanmorgen vertrok. *Kan niet wachten om je later te zien.*

Zo attent. Zo zorgzaam. Zo geweldig. Ze zweefde sindsdien.

'Ugh. Ga je hier de hele dag rondhuppelen als een kat die de room heeft gelikt?'

Ze opende de doos met cupcakes bestrooid met poedersuiker. 'Car, wat is er aan de hand? Ik dacht dat het tussen jou en Nick wel goed ging?'

'Nick is—' Ze duwde een lollystokje te ver in de taart en barstte de fondant. 'Shit. Sorry.'

Lara trok het stokje eruit en duwde Cara opzij zodat ze de schade zo goed mogelijk kon herstellen. 'Waarom neem je niet even een adempauze?'

'Dat is precies wat ik tegen Nick zei. Ik zei hem dat het te veel was. We zaten te veel op elkaars lip en weet je wat hij zei? Weet je *wat hij zei*?'

Lara weerstond de neiging haar oor te ontstoppen na die scherpe uithaal. 'Wat?'

'Hij zei dat als ik een adempauze van hem nodig heb, die dan permanent moet zijn. Dat hij niet met iemand wilde zijn die niet honderd procent van de tijd met hem wilde zijn. Ik bedoel, kom op. Honderd procent? Ik wil niet eens *met mezelf* honderd procent van de tijd zijn; waarom zou ik dan zó veel met iemand anders willen zijn?'

'Misschien wil je jezelf afvragen waarom je zo over jezelf denkt en kun je Nick dan het antwoord geven dat hij wil.'

'Oh, God, jij ook al.'

'Ja, ik ook. Ik zou dolgraag zó veel bij Gage zijn. Als ik een manier kon bedenken om al mijn tijd met hem door te brengen en toch geld te blijven verdienen, graag zelfs. Ik bedoel, heb je het niet leuk met Nick? Mag je hem niet? Wil je hem niet?'

'Nou, ja, tuurlijk, maar...'

'Maar wat? Wat houdt je tegen?'

Cara opende haar mond om iets te zeggen, maar deed het niet. Ze klemde haar lippen op elkaar, draaide zich om en beende naar het busje.

Geweldig. Lara kon haar niet achternagaan, anders zou de halve doos met vuurwerkjes verdwijnen in de handen—en monden—van de kinderen die hun tafel stonden te bestuderen. Als vandaag voorbij was, moesten zij en Car een serieus goed gesprek voeren.

Over het hart gesproken... Gage kwam naar haar toe joggen en, wauw. Hij zag er al joggend net zo goed uit als dansend. En ze had van beide eerstehands kennis.

'Hé, sorry dat ik niet eerder kon komen.' Hij trok haar in een achterover-buig-over-de-arm-achtige, ademstelende kus.

'Je mag best vaker te laat zijn als je je zó verontschuldigt,' zei ze, terwijl ze zich stevig aan zijn biceps vasthield. Niet omdat ze bang was dat hij haar zou laten vallen—dat was ze niet—maar gewoon omdat zijn biceps fantastisch aanvoelden.

'Zal ik dan alvast vooruitbetalen voor de volgende keer?' Hij plantte nog een kus op haar, net zo geweldig als de eerste.

'Ieeuw!'

Vertrouw het maar aan kinderen om het moment te verpesten.

Niet dat het echt verpest was. Gage beëindigde de kus, maar sloeg zijn arm om haar heen terwijl ze de naar suiker hunkerende horde onder ogen zagen.

'Hé, allemaal,' zei hij, lekker kameraadschappelijk en vriendelijk, alsof zijn hart niet tekeer ging.

Lara legde er haar hand op om zeker te weten dat het zo was, want het hare ging een miljoen mijl per minuut. Dan mocht het zijne ook wel.

Dat deed het.

'Mogen we nu cupcakes, meneer?'

'Je moet het aan mevrouw Cavallo vragen, want het zijn haar cupcakes.'

Ze beet op haar lip. Gage had zijn bewoording niet voor niets gekozen; hij had de afgelopen dagen *haar* cupcakes meerdere keren uitgebreid geproefd en ervan genoten.

'Mogen we het, mevrouw Cavallo?' vroegen zes kinderen tegelijk.

'Laat me ze eerst allemaal neerzetten. Wat is een Fourth of July-feest zonder de Stars & Stripes?' Ze wees naar het lege vierkant in de cupcakevlag. 'Ik heb nu alleen de strepen op tafel.'

Gage haalde een doos van onder de tafel. 'Zijn dit ze?'

'Yep.' Ze pakte een paar cupcakes met blauwe frosting, die ze met witte nonpareils had bestrooid voor de "sterren".

Het kostte de kinderen veel minder tijd om de vlag te ontmantelen dan het haar had gekost om hem op te zetten.

'Jeetje, wie had gedacht dat kinderen als een zwerm sprinkhanen zijn als het om suiker gaat?' Gage schudde zijn hoofd terwijl hij haar hielp de vlag weer aan te vullen.

'Was Connors verjaardagsfeestje niet genoeg bewijs van de macht van een zoetekauw?'

'Mmm, je hebt gelijk. Hoe kon ik dat vergeten? Connor is niet opgehouden over hoe geweldig zijn feestje was. Of hoe geweldig zijn taart was. Weet je dat hij dat beeldje dat je maakte nog steeds heeft? Missy heeft het uiteindelijk in de koelkast moeten zetten omdat het begon te smelten.'

'Ik ben verbaasd dat hij het nog niet had opgegeten.'

'Meen je dat? Hij wilde er het liefst mee slapen. Missy heeft hem daar met moeite van af kunnen praten.'

Lara glimlachte. Het deed haar goed te horen hoe blij haar werk iemand had gemaakt.

'Je kijkt tamelijk tevreden met jezelf.'

'Het is fijn om te horen. Ik steek veel aandacht en moeite in mijn werk. En natuurlijk, ik weet dat mensen het opeten. Ik weet dat het geen groot meesterwerk is, maar voor die paar uur dat er nog niet aan is gezeten, *is* het een meesterwerk. Een herinnering die mensen de rest van hun leven bijblijft als ik mijn werk goed doe. Ik ben zo blij dat Connor ervan genoten heeft.'

'Weet je? Zo had ik er nooit over nagedacht. Wat jij doet. Je hebt gelijk. Jij geeft mensen een herinnering. Die kinderen net, bijvoorbeeld. Ze hadden zóveel lol met beslissen of ze voor de licores of de poedersuiker of de knapperige snoepdingetjes gingen.'

'Nonpareils.'

'Makkelijk praten. Voor mij zijn het knapperige dingetjes.' Hij kuste haar neus. 'Voor de kinderen ook. Maar ik wed dat ze, wanneer ze die dingen voortaan zien, aan vandaag terugdenken. Je bezorgt mensen echt herinneringen.'

Hij nestelde zijn gezicht in haar hals. 'En die van de afgelopen weken... die koester ik voor altijd.'

Voor altijd. Gage had *voor altijd* gezegd. Toegegeven, hij had het niet in relatie tot haar gezegd; alleen dat hij zich zou herinneren wat ze hadden gedaan, hoe ze waren geweest, samen, maar het feit dat hij in termen van *voor altijd* kon denken, moest haar toch iets zeggen, toch?

Wat wílde ze dat het haar vertelde? Was ze eraan toe om na te denken over *voor altijd*? Hoe zat het met al haar energie richten op de zaak? Hoe zat het met eerst zelfstandig worden voordat ze weer aan een relatie begon?

'Je hebt die blik weer op je gezicht.'

'Welke blik?'

'Die zegt dat je het gewicht van de wereld op je schouders draagt. Kun je niet gewoon een compliment aannemen en weer doorgaan?'

'Natuurlijk kan ik dat.' En dat kon ze ook. Het was een compliment over haar werk. Dát kon ze aannemen. Maar zodra hij begon over hoe mooi ze was, hoe sexy, kon ze het niet meer.

Maar waarom in hemelsnaam niet? Gage zat haar geen knollen voor citroenen te verkopen; hij wilde haar. Hij vond haar aantrekkelijk. Als hij alleen maar met haar naar bed had gewild, zou hij dan nu hier zijn om haar te helpen? Zou hij dan vanochtend extra vroeg zijn opgestaan om te gaan werken zodat hij terug kon komen om haar te helpen?

Jeff had dat nog nóóit gedaan. Niet toen ze op vakantie gingen en zij voor hen beiden moest inpakken. Niet toen ze etentjes gaven en zij op een onmenselijk vroeg uur in de keuken het eten stond te maken, voordat ze zich een cateraar konden veroorloven. Zeker niet toen ze hun huis aan het inrichten was en wekenlang van showroom naar showroom trok om precies de meubels te vinden die híj had aangegeven. Hij verwachtte wat hij verwachtte en het maakte niet uit hóé ze het voor elkaar kreeg, maar ze zóú het voor elkaar krijgen. Hij had geen vinger uitgestoken, behalve om die verdomde cheque te schrijven—de bevestiging die hij nodig had om zich goed te voelen omdat hij zich "het beste" kon veroorloven.

Misschien was dat omdat hij, diep vanbinnen, wist dat híj niet de beste was.

Gage daarentegen wél, en het was niet eerlijk tegenover een van beiden om hen te vergelijken. Want Gage zou er altijd beter uitkomen.

Zoals de laatste keer...

'Oké, dié blik begrijp ik in elk geval.' Gage schonk haar die onweerstaanbaar sexy blik die haar bloed aan de kook bracht en trok haar tegen zich aan.

'Jemig, mensen,' zei Cara. 'Dit is een gezinsevenement. Jullie kunnen het misschien wat kalmer aan doen.'

Gage hief zijn hoofd op maar liet haar niet los. 'Hoi, Cara.'

'Gage.'

'Wauw. Slechts één woord? Geen druipend sarcastisch commentaar erbij?'

'Nope. Blijkbaar heb jij dat onderdeel al helemaal in je zak.'

Lara maakte zich los uit Gages armen. Hoe graag ze daar ook wilde blijven, Cara had gelijk. *En* ze was aan het werk. De gemeente had haar betaald om hier te zijn; dit was geen beurs waar ze op eigen kosten klanten probeerde te werven.

Cara hield een van de promotietasjes omhoog die iedereen bij de ingang van het park had gekregen. 'Ze hebben onze folders niet in de tasjes gestopt zoals afgesproken. Dat krijg je ervan als je tieners voor niks laat werken.'

'Heb je ze bij je?' vroeg Gage. 'Ik deel ze wel uit.'

'Wat, gewoon op mensen aflopen en ze uitdelen?'

'Tuurlijk, waarom niet? En omdat ik geen eigenaar ben, geloven mensen me eerder als ik zeg dat er nergens in de drie-statenregio betere *cupcakes* zijn.'

Natuurlijk knipoogde hij naar haar toen hij dat zei, en Lara moest wegkijken zodat Cara de blos niet zou zien die vanaf haar borst naar haar gezicht oplaaide. Al snapte ze niet waarom ze zich daar druk om maakte nadat Cara hen had betrapt terwijl ze aan het zoenen waren.

Cara gaf zonder een woord een stapel folders af. Niet eens *dank je*, maar daar zorgde Lara wel voor toen Gage haar tegen zich aantrok voor een snelle kus.

'Tot zo,' zei hij terwijl hij wegliep.

'Is er iets dat hij *níét* goed kan?' vroeg Cara met—als Lara zich niet vergiste —een tikje weemoed in haar stem.

'Nog niet.'

'Serieus, Lar, die vent is een prins. Hij moet wel een boze stiefmoeder hebben of zo. Wratten? Halitose? Een piepklein—'

'Gage is geweldig, Car. Laten we het daarbij laten.' Ze was *niet* van plan *dat* soort informatie met haar nicht te delen.

De cupcakes waren een groot succes, maar Lara had haar handen vol aan het afwimpelen van iedereen die de lolly's wilde. De organisatoren wilden dat de cake intact bleef tot het begin van het vuurwerk, inclusief alle lolly-sterretjes die zij en Cara zouden aansteken.

Gages marketinginspanningen betaalden zich ook uit, want er kwamen steeds meer mensen langs hun kraam met de folders in de hand. Cara leefde zich uit in haar zakelijke element, nam namen en nummers op en zelfs een paar bestellingen. Ze hield met een brede grijns haar kleine witte betaal-dongle omhoog die ze net voor haar mobiel had aangeschaft om bestellingen te verwerken.

'Die mixer is van ons!' zei ze, blij.

Lara was al lang blij dat er weer een glimlach op het gezicht van haar nicht stond.

En toen verscheen er een grote op *dat van haar*. Gage kwam al joggend haar kant op.

'Folders op, maar ik dacht dat je hier wel wat aan had.' Hij hield een hotdog omhoog, in een servet gewikkeld.

'Hé, dank je. Ik sterf van de honger,' zei ze voordat ze hem er een kus voor gaf.

Gage nam er twee. En dat vond Lara helemaal prima.

'Serieus? Een hotdog? Daar worden jullie meteen helemaal klef van? Bah.' Cara's goede humeur verdween terwijl ze neerplofte in de inklapbare regisseursstoel die ze hadden meegenomen voor de rustmomenten. Dit was de eerste keer dat hij de hele middag gebruikt werd.

Gage maakte zich met een glimlach van Lara los. 'Ik heb er ook één voor jou, Car.' Hij hield het vredesoffer naar haar uit.

Cara bekeek hem alsof hij er arsenicum in had gespoten. 'Waarom?' Ze reikte ernaar.

Gage trok zijn hand terug. 'Het juiste antwoord is: "Dank je, Gage."'

Ze keek hem donker aan. 'Dank je, Gage.'

Hij gaf haar de hotdog. 'Zie je? Zo moeilijk was dat toch niet? Ik bijt niet.' *Niet tenzij ze er lief om vroeg...*

Lara bloosde. Gage merkte het natuurlijk en knipoogde naar haar.

'Hoop dat je van uitjes en relish erop houdt,' zei Gage tegen Cara.

Ze staarde ernaar terwijl ze het uitpakte. 'Ik... ik wel. Hoe wist je dat?'

Gage haalde zijn schouders op. 'Lijkt erop dat de kerel die ze uitdeelt het ook weet.'

Cara was net van plan erin te bijten, maar stopte. 'Kerel?'

'Ja. Brandweerman? Goed gebouwd. Vierkante kaak. Had zeventien vrouwen kwijlend om zich heen sinds hij alleen een broek, bretels en weinig anders aanheeft. Ik moet 'm misschien aanmelden om te dansen voor BeefCake.'

Cara liet de hotdog op de tafel vallen. 'Ik ben zo terug.'

Lara kneep in Gage's arm. 'Dat is Nick. Haar vriendje.'

'Dat had ik al een beetje door toen ik zei dat ik hotdogs haalde voor de vrouwen van de bakkerij. Hij wilde meteen weten wie ik was. Jaloerse type?'

Lara schudde haar hoofd. 'Waarschijnlijk eerder geïrriteerd. Cara maakt het hem niet makkelijk.'

'Jij ook niet, Lar. Ik heb de afgelopen week op een klus vaker mijn duim geplet dan de afgelopen twee jaar, omdat jij me helemaal afleidt.'

'Oh, dus het is mijn schuld dat jij je kop er niet bij kan houden?'

'In elk geval niet die van iemand anders.'

Dat was goed om te horen. Ze had het eigenlijk al wel gedacht, maar toch, fijn om hem het te horen zeggen. Jeff had dat nooit gedaan.

'Hoe wist je trouwens wat ik op mijn hotdog lust?' Ketchup met maar een tikkeltje mosterd.

'Goede gok?'

Ze trok haar wenkbrauw naar hem op. 'Echt? Je had gewoon mazzel en deed er geen pittige mosterd op?'

'Ik dacht dat jij zelf pittig genoeg bent. Je hebt geen hulp nodig.' Hij neusde langs haar hals en Lara had er alle zin in om de pittigheid van hun situatie te verkennen, maar een publiek evenement was niet de plek. Ze wilde best nieuwe dingen uitproberen met Gage, maar dat hoorde daar niet bij.

'Mogen we dit bewaren tot vanavond?'

'Ziet er niet naar uit dat het gaat regenen.'

'Sinds wanneer heeft dat jou ooit tegengehouden?'

'Goed punt.' Hij gaf haar nog één laatste, langzame kus en week toen terug. Net genoeg om keurig te blijven. Maar hij hield haar hand vast.

Lara glimlachte.

'Je glimlacht weer.'

'Jij maakt me aan het glimlachen.'

'Mooi, want jij laat míj ook glimlachen.'

Waarna hij dat prompt deed, met verwoestend effect op haar evenwicht. Gelukkig kwam er net iemand naar haar kraam toe.

'Hé, Gage. Waarom verbaast het me niet jou hier te zien?'

'Hé, Bry.' Gage liet Lara's hand los. 'Lara Cavallo, Bryan Lassiter, mijn partner bij BeefCake, Inc.'

'Dus dit is de befaamde cupcakelady over wie ik heb gehoord.' Hij schudde haar hand.

Lara keek naar Gage. 'Wat heeft hij over mij gehoord?'

Gage hief zijn handen. 'Hé, ik kus en vertel niet. Hij wist alleen dat ik geïnteresseerd in je was. Dat is alles.'

'Dus dat betekent dat er meer is?' Bryan leunde met een heup tegen de tafel en kruiste zijn armen. Zijn grote, gespierde armen. Net als de rest van hem. Ja, ze kon hem zo als danser zien. 'Vertel op.'

'Niet jouw zaak, Bry. Heb ik ooit een optreden gemist?'

'Nope, maar hé, ik kan totaal zien waarom je dat zou kunnen.' Hij glimlachte naar Lara. 'Trek je niks van Gage aan, het is gewoon een grote teaser. Ik daarentegen...'

Het was zo lang geleden dat iemand met haar had geflirt—voordat Gage in beeld kwam—dat Lara er niet aan kon ontkomen er even van te genieten. Vanille, hè?

'Hé, man, afstand nemen.' Gage klonk niet alsof hij een grap maakte.

Het was sinds nooit dat er ooit om haar was gevochten.

'Wauw, kalm aan, ja, Gage? Ik maak maar een grapje.' Bryan hief zijn handen en deed een stap achteruit van de tafel. 'Ik kwam alleen even gedag zeggen en een van die beroemde cupcakes proberen. De jongens zeiden dat we voor onze volgende gig een partij moeten bestellen. Geef de vrouwen snoep én seks. Het wordt een marketingbonanza.'

Gage schoof hem een van de blauwe cupcakes toe. 'Hier. Probeer deze. Hij is geweldig.'

De kick die Lara kreeg van zijn aanbeveling was anders dan de kick die hij haar gaf wanneer hij haar kuste—of naar haar keek—maar net zo fijn.

Bryan maakte er een hele show van om te kreunen terwijl hij de cupcake at —hij haalde zelfs verleidelijk zijn tong over zijn lippen—waardoor Gage opveerde, maar Lara voelde niets. Ze was meer geraakt door Gage's jaloezie dan door wat Bryan ook maar kon doen, want hoe knap hij ook was, hij was Gage niet.

'Ja, Lara,' zei Bryan, terwijl hij het laatste van de botercrème van zijn lippen likte—al miste hij een van de "sterren"—'je hebt absoluut geweldige cupcakes.'

Hij hield zijn blik heel nadrukkelijk boven haar sleutelbeen. Of misschien was zij gewoon extra gevoelig voor welke toespeling dan ook, maar ze miste niet hoe Gage naast haar verstijfde.

'Denk er eens over na wat ik zei, Gage.' Bryan frommelde het cakepapiertje tot een prop en scoorde bovendien twee punten door het in de prullenbak naast de kraam te mikken. 'Cupcakes voor onze stand regelen is misschien zo gek nog niet.'

Gage wist wel een cupcake die hij graag in hun stand had gehad.

Bry begon hem op zijn zenuwen te werken. Oh, de vent had geen echte interesse in Lara; hij zou Gage dat nooit aandoen. Maar hij kon het niet laten om Gage's beschermdrang te jennen door te flirten. Onschuldig, dat wist Gage, maar toch. Dit was Lara. Zijn Lara.

De wereld verschoof op dat moment. Zij was van hem. Van hem. En hij wilde haar houden.

Hij gaf Bry een quasi-saluut toen zijn partner weg liep, maar zijn gedachten bleven bij Lara hangen.

Op de een of andere manier was zij zijn hart binnengeslopen. Dit was geen kalverliefde of pure lust. Hij had het laatst goed genoemd; ze hadden de liefde bedreven.

Holy shit. Hij was verliefd op haar.

'Gaat het, Gage? Hij zat je alleen maar te stangen, hoor.' Lara legde een hand op zijn arm en Gage kon er alleen maar naar staren.

Hij hield van haar.

Hij was verliefd op Lara.

Hij had geen tijd voor liefde. Voor een relatie. Hadden de afgelopen weken dat niet wel bewezen? Hij had Connor al een tijd niet gezien, geen tijd om iets in zijn huis te repareren, hield Missy aan het lijntje, en was vroeg van een klus weggeglipt om bij Lara te zijn. Het ging in tegen alles wat hij zichzelf wijsmaakte dat hij wilde. En dan was er nog die hele jaloezie-ellende die hij met Leslie had gehad...

Hij hield van Lara.

Wat in hemelsnaam ging hij daar nu aan doen?

Negenentwintig

Het vuurwerk verlichtte de nachtelijke hemel, maar het kon niet tippen aan wat Gage bij haar teweegbracht toen hij haar kuste.

Nadat de kaarsjes op de taart waren aangestoken en de stukken aan het publiek waren uitgedeeld, hadden ze hun plekje gezocht op een deken op de heuvel die uitkeek over het voetbalveld waar het vuurwerk werd afgestoken. De nacht omhulde hen in een warme omhelzing. En hoewel ze hutje mutje zaten met de rest van het dorp, voelde de deken die Gage voor hen had uitgespreid als hun eigen kleine stukje hemel.

De hemel was overal als ze in Gage's armen lag.

Lara glimlachte om de clichématige gedachte, maar clichés bestonden niet voor niets. Het beschreef precies wat ze voelde. Hij had zijn arm om haar schouders en haar hoofd rustte tegen het zijne, waardoor haar hartslag hetzelfde ritme aannam als de dreunende *boem* van het vuurwerk, terwijl ze samen met de menigte 'ooh' en 'aah' riepen.

'Mommie-pop.' Een peuter kwam hun deken op gewandeld met een van de gedraaide lolly's uit de taart die Lara had gemaakt. Het kleine meisje hield hem omhoog, de kleurrijke suiker plakte rond haar vuistje onderaan het stokje.

'Ja, dat is een lolly,' zei Lara, terwijl ze om zich heen keek naar de ouders. 'Vind je lolly's lekker?'

Het kleine meisje knikte. 'Toep-teek.'

'Vind je cupcakes ook lekker?' Haar fans begonnen al op jonge leeftijd, maar Lara was er niet gerust op dat ze dit soort loyaliteit had gewekt als dat betekende dat een peuter bij haar ouders weg kon dwalen. 'Waar is je mama?' vroeg Lara.

De peuter draaide zich om en wees naar een vrouw een deken of zes verderop, die net was opgesprongen en paniekerig om zich heen keek.

Lara sprong op en tilde het kleine meisje op, zonder erom te geven dat er nu genoeg suiker op haar onderarm zat om de hele muggenpopulatie van het park aan te trekken. 'Hier is ze!' riep ze terwijl ze naar de vrouw toe rende.

De vrouw draaide zich razendsnel om. 'O, godzijdank!' Ze griste het kleine meisje uit Lara's armen. 'Heel erg bedankt. Het ene moment was ze hier en het volgende...'

Lara aaide over het hoofdje van het meisje. 'U moet vreselijk geschrokken zijn. Ze kwam naar me toe om haar lolly te laten zien.'

'Haar lolly?' De vrouw keek naar haar dochter en toen naar Lara. 'O, u bent de cupcake-mevrouw. Ze raakt er niet over uitgepraat. Ontzettend bedankt dat u haar hebt teruggebracht. Ze is nog nooit weggelopen. Ik vermoed dat de verleiding van meer cupcakes te groot voor haar was.'

'Nou, voor vanavond zijn de cupcakes op, maar als u haar een keer meeneemt naar Cavallo's Cups & Cakes, heb ik er nog wel eentje voor haar.'

De vrouw kuste de wang van haar dochter terwijl ze haar zachtjes wiegde. 'Ik weet niet of ik haar wangedrag wil belonen, maar ik was eigenlijk al van plan u te bellen voor een bestelling. Ze is binnenkort jarig, en tja, ik denk dat ik nu wel weet wat ze wil.'

Lara glimlachte en gaf zowel de moeder als de dochter een klopje op de arm. 'Natuurlijk, geen enkel probleem. Ik maak een speciale lading voor haar. Hoe heet ze?'

'Wendy.'

'Dan noem ik ze Wandering Wendy's. Hoe klinkt de smaak limoen-citroen?'

'Gaat u echt een cupcake speciaal voor haar ontwerpen?'

'Natuurlijk, waarom niet? Niemand anders in het dorp heeft cupcakes in de smaak Wandering Wendy. Wat is een betere manier om mijn trouwe klanten te belonen dan door een cupcake naar hen te vernoemen?'

Het idee schoot haar zomaar te binnen, maar Lara wist wanneer ze een goed concept te pakken had. Cara zou dit geweldig vinden.

'O, heel erg bedankt,' zei de moeder van Wendy. 'Doet u er dan maar twee dozijn voor volgende week zaterdag. Ze geeft een verjaardagsfeestje met een zeemeerminnenthema.'

'Perfect. We zorgen dat ze 's ochtends klaarstaan.' Ze haalde haar telefoon tevoorschijn en noteerde het nummer van de moeder van Wendy om maandag vanuit de bakkerij contact op te nemen.

'Alles goed?' vroeg Gage toen ze terugkeerde naar hun deken.

'Zeker.' Ze vertelde hem over haar idee met de cupcake voor Wendy. 'En weet je nog dat Bryan voorstelde om mijn cupcakes voor jullie shows te bestellen? Ik zou voor elk van de mannen een specifieke kunnen ontwerpen en die naar hen vernoemen. Wat denk je?'

'Naar de mannen?' Gage trok een gezicht. 'Zolang het maar niet zoiets als Gage's Guns wordt, vind ik het best.'

Ze gaf hem een speels stompje tegen een van die 'guns'. 'Hè, we hebben het hier wel over mijn bedrijf. Ik bedenk wel iets dat blijft hangen, maar ook klasse heeft.'

'Ja, want we weten allemaal dat strippers draaien om klasse.'

Er klonk een ondertoon in zijn stem... 'Schaam je je voor wat je doet?'

Gage keek haar aan. 'Schaam *jij* je voor wat ik doe?'

'Ik? Wat maakt het uit wat ik ervan vind? Het is jouw werk.'

'Omdat ik weet wat voor problemen het kan veroorzaken.' Hij keek haar aan en zijn blauwe ogen werden donkerder. 'Sommige van mijn vorige vriendinnen... die trokken het niet. Het werd een enorme last tussen ons. Jaloersheid. Het kwam op een punt dat ze het niet leuk vonden dat andere vrouwen over me fantaseerden. Ze gingen me zien zoals die andere vrouwen me zagen, en als het op intimiteit aankwam, tja, verdomme.' Hij wreef met zijn hand over zijn gezicht en streek toen een van haar krullen achter haar oor. 'Ik wil niet dat dat tussen ons gebeurt. Ik wil niet dat je me ziet als die kerel op het podium. Ik wil niet die kerel voor *jou* zijn. Ik wil mezelf zijn. Gage. Overdag aannemer, met een bijbaan in de avonduren om extra geld binnen te harken. Het is nooit de bedoeling geweest dat het me zou definiëren, en toen ik er jaren geleden mee stopte, was het klaar. Over en uit. Maar nu zit ik er weer in — ik moet af en toe dansen — en jij bent in mijn leven. En na wat je ex je heeft aangedaan... Ik wil niet dat dit een probleem wordt.'

Ze beet op haar onderlip. 'Ik kan niet zeggen dat ik het fijn vind dat andere vrouwen je willen, maar het hoort er nu eenmaal bij.'

Ze had geen direct antwoord gegeven op zijn vraag — of liever gezegd, ze had geantwoord, maar niet op de manier die hij wilde horen.

Dat was voor hem genoeg.

De grande finale van het vuurwerk barstte om hen heen los en nam Gage's goede humeur met zich mee. Waar was hij mee bezig? Hij had hier niks te zoeken in dit veld met haar, doen alsof wat ze hadden normaal was. Houdbaar. Nog afgezien van wat hij precies deed, maakten ze allebei belachelijke uren en dat zou in de nabije toekomst niet veranderen. Connor moest nog zeker achttien maanden aan operaties en therapie ondergaan, en de rekeningen zouden waarschijnlijk nog veel langer doorlopen, wat betekende dat BeefCake, Inc. voorlopig een deel van zijn identiteit was.

Hij had zich laten afleiden door Lara. Hij was meegesleept door de mogelijkheid. Maar Connor had geleden en Missy had hem nodig. Zijn verdomde duim deed pijn van de klap die hij erop had gegeven, en het prieel had al veel verder kunnen zijn als hij er niet tussenuit was geknepen om bij haar te zijn.

Het was geen liefde. Dat kon het niet zijn. Niet het soort dat stand zou houden, zeker niet als het een negatieve invloed had op de rest van zijn leven. En omdat hij zijn focus was verloren — iets wat hij zichzelf en Connor had beloofd terwijl de kleine man na het ongeluk voor zijn leven vocht — was het maar beter om er nu een punt achter te zetten en te zorgen dat ze er allebei zonder al te veel kleerscheuren vanaf kwamen.

Nou ja, dat *zij* er zonder kleerscheuren vanaf kwam. Met hem was het een ander verhaal.

De volgende ochtend veegde Lara de wolk van meel van haar gezicht die over haar heen was geëxplodeerd toen ze de zak op de werktafel had laten vallen.

Typisch iets voor haar. Haar gedachten waren afgedwaald omdat ze afgelopen nacht nauwelijks had geslapen. Gage was te stil geweest tijdens de wandeling terug naar hun auto's. Niet dat zij nu zo'n spraakwaterval was geweest; dat gesprek over zijn werk had haar aan het denken gezet.

Ze vond het *niets* dat vrouwen over hem fantaseerden terwijl hij zich voor hun neus uitkleedde. Dat kon hij haar niet kwalijk nemen. Als de rollen waren omgedraaid, zou hij er precies zo over denken.

Althans, ze wilde graag *denken* dat hij er zo over zou denken, maar ze kende hem niet goed genoeg — en ze wist niet goed genoeg wat hij voor haar voelde — om te weten of dat ook zo was. En dat was een deel van het probleem.

Het kwam erop neer of ze hem wel of niet kon vertrouwen. Vertrouwen was een groot struikelblok na wat Jeff had gedaan.

Maar Gage is Jeff niet.

Dat wist ze. Rationeel gezien wist ze dat. Emotioneel gezien was het een heel ander verhaal.

Was ze überhaupt wel toe aan iets emotioneels?

Gisteravond dacht ze van wel, voordat het gesprek een vreemde wending nam. Ze had tussen zijn knieën gezeten met zijn armen om haar heen geslagen, genietend van de kusjes die hij in haar nek en op haar oor gaf in het duister tussen het vuurwerk door, terwijl ze nagenoten van hun perfecte dag. De perfecte date. Alles was prachtig geweest — zo prachtig dat ze zichzelf had toegestaan te dromen over *wat als*.

Haar buik tintelde weer, net als gisteravond. Wat als zij en Gage samen zouden zijn? Wat als dit geen vluchtige scharrel was? Wat als dit het begin was van iets voor altijd?

En toen was hij over zijn werk begonnen en waren de vragen gekomen. De onrust. De onzekerheid. Precies zoals aan het einde van haar huwelijk.

Ze had de hele nacht met zichzelf in conclaaf gezeten — die hele, lange, eenzame nacht die ze zonder hem in bed had doorgebracht, terwijl ze zich afvroeg waar ze mee bezig waren.

Hij had twee banen. Een neefje dat hem nodig had. Zij had de bakkerij. Ze had zichzelf wijsgemaakt dat een relatie zou kunnen werken — precies zoals ze tijdens haar huwelijk had gedaan. Iets waarvan ze zichzelf had beloofd het nooit meer te doen.

Goed dan. Ze rechtte haar schouders en veegde het meel in een vuilnisbak. Ze was onafhankelijk. Sterk. Zelfverzekerd. Ze nam haar eigen beslissingen. Ze liet haar acties niet dicteren door haar emoties. Ze zou Gage gewoon degraderen naar het gedeelte 'leuke tijd' van haar leven en het daarbij laten. Hij was er geweest toen ze iemand nodig had om die eerste stap te zetten — en als zijn eerste stappen op muziek waren gezet, ach ja, dan had ze tenminste leren lapdancen.

Haar hart sloeg even over bij de herinnering, maar ze dreef de gedachte weg. Ze kon zichzelf niet toestaan om dingen te zien die er niet waren. En ze kon de problemen die er wel waren niet negeren. Gage mocht dan een geweldige kerel zijn, een geweldige minnaar, maar feit bleef dat het te vroeg was. Te veel. Hij kon haar niet beloven wat ze nodig had en het was niet eerlijk om dat van hem te vragen. Erger nog, het was gedoemd te mislukken. Die nachtmerrie had ze al eens meegemaakt.

Lafaard.

Ze hoorde Cara's stem in haar hoofd, maar ze moest het negeren. Misschien was ze een lafaard, maar gezien wat ze had doorgemaakt en Gage's vreemde gedrag van gisteravond, moest ze zichzelf beschermen.

Ze sneed nog een stuk fondant af en stond op het punt het uit te rollen toen er een 'Hallo?' uit de ontvangstruimte klonk.

Verdorie. Ze veegde haar handen af aan een theedoek en liep naar voren. Ze kon vandaag geen inloopklanten gebruiken.

'Hallo, lieverd.'

Ze kon vooral Mrs. Applebaum met haar neerbuigende minzaamheid niet gebruiken. Niemand kon zo neerbuigend doen als deze vrouw. Zelfs Jeff niet.

'Mrs. Applebaum.' Ze stak haar handen in de zakken van haar schort. 'Wat kan ik voor u doen?'

'Is Cara er?'

'Nee. Het is haar vrije dag.'

'Ah, goed.' Mrs. Applebaum klemde haar tas steviger vast. 'Ik wilde u even spreken.'

'Gaat het over het afstudeerfeest van uw zoon?'

'Inderdaad.' Mrs. Applebaum keek om zich heen in de lege ontvangstruimte. 'Is er een plek waar we kunnen gaan zitten om het te bespreken?'

Lara trok een gezicht. Ze waren nog niet toegekomen aan de inrichting van de zithoek. Jammer dat Gage nog geen kans had gehad om het schilderwerk bij te werken en de toonbank te repareren—

Nee. Ze kon niet op Gage rekenen. Dat zou ze zichzelf niet toestaan. 'Ik ben zo terug.'

Ze rende naar het kantoor van Cara en sleepte de bureaustoel op wieltjes naar buiten, samen met de houten bijzetstoel die een vorige huurder had achtergelaten. Het was het beste wat ze zo snel kon doen.

En Mrs. Applebaums gezicht stond er maar zuur bij toen ze zag wat Lara voor haar had meegebracht.

'Sorry voor de omstandigheden. Onze, eh, meubels voor de ontvangstruimte zijn nog niet geleverd.' Het was geen leugen; ze hadden ze alleen nog niet besteld.

Natuurlijk pakte de vrouw een tissue uit haar tas en veegde ze de bureaustoel af voordat ze ging zitten.

'Nou, lieverd, wat betreft het feest van Phillip.' Ze tuitte haar lippen. 'Ik vrees dat ik niet ga betalen wat je nicht me heeft geoffreerd. Je begrijpt vast wel dat het diefstal is. Je kunt mij niet wijsmaken dat de kosten voor *cakemix* verdrievoudigd zijn tussen mijn vorige feest en dat van mijn Phillip. Dat is simpelweg schandalig.'

Lara knarsetandde. Ze had Cara nog gezegd dat de prijs te hoog was. Dat Mrs. Applebaum er nooit mee akkoord zou gaan.

Maar... Mrs. Applebaum *was* er wel mee akkoord gegaan. Lara had het getekende contract gezien. Ze had de aanbetaling verzilverd die hun onkosten dekte, *en* ze had flink met de planning moeten schuiven om de vrouw te kunnen helpen.

Ze rechtte haar rug. *Zelfverzekerd. Sterk. Eigen beslissingen nemen. Op jezelf vertrouwen.*

'Eigenlijk, Mrs. Applebaum, is het een heel redelijk aanbod. We hebben extra hulp moeten inhuren, de planning van onze andere klanten moeten omgooien en meer ingrediënten moeten bestellen tegen een hogere prijs.' *En u hebt het contract getekend.* Lara wilde dat argument pas gebruiken als het echt nodig was — en ze hoopte vurig dat het niet zover zou komen. Ze had een hekel aan dit soort gesprekken, maar ze moest achter Cara staan.

'Ik ga je toch moeten vragen om mijn geld terug te geven, lieverd.'

O, god. Het ging dus *wel* nodig zijn.

Lara haalde diep adem en rechtte haar rug nogmaals. 'Maar Mrs. Applebaum, wat gaat u dan doen voor het feest van uw zoon?'

'O, daar hoef je je geen zorgen over te maken. Ik zoek wel een andere bakker.'

'Die zullen u hetzelfde bedrag in rekening brengen. Het is een last-minute opdracht, en bovendien een behoorlijk ingewikkelde.'

'Onzin. Het is maar een taart.'

Een driedimensionale architecturale weergave was *geen* 'maar een taart'. Maar dat kon Lara niet zeggen, want ze moest de illusie in stand houden dat het maken van haar taarten moeiteloos ging. Als de klanten te veel wisten over het proces, over hoeveel er bij de constructie kwam kijken, zou dat de mystiek wegnemen, en hun reputatie was juist op die mystiek gebaseerd.

'Ik begrijp dat u ontstemd bent. Wat kunnen we doen om deze situatie recht te zetten?'

'Je zult de prijs moeten verlagen.'

Lara schudde haar hoofd. 'Het spijt me, maar dat kan ik niet doen. We hebben kosten gemaakt die we niet kunnen verhalen, en volgens ons contract wordt er in dit stadium geen geld meer gerestitueerd.'

Mrs. Applebaum staarde haar met open mond aan. 'Dat menen jullie niet.'

'Ik vind dit net zo jammer als u, maar ik meen het wel. Het staat in het contract dat u hebt ondertekend.'

'Nou ja.' Ze snoof. 'Dat heb ik nog nooit meegemaakt.'

'Maar misschien kunnen we iets anders voor u doen. U hebt de taart besteld in de vorm van zijn universiteitsgebouw. Wellicht kan ik daar een individuele taart bij maken voor u en uw echtgenoot? Een nabootsing van zijn diploma, misschien? U bent immers degenen geweest die hem door zijn studie hebben geloodst, nietwaar? Die zijn opleiding hebben betaald? Het is niet meer dan eerlijk dat u bij deze gelegenheid ook een speciale herinnering krijgt.'

Ze had genoeg beslag en fondant over om een eenvoudige, rechthoekige taart te maken met een paar 'opgerolde' uiteinden, en het zou haar niet meer dan een uurtje kosten, dus het kostte haar alleen wat extra tijd. Maar als het Mrs. Applebaum tevreden hield en voorkwam dat ze haar bestelling annuleerde, zou het de moeite waard zijn.

Mrs. Applebaum beet op haar lip terwijl haar vingers met de sluiting van haar tas friemelden. 'Een taart voor onszelf... Ja, ik geloof inderdaad dat mijn man de erkenning zou waarderen voor alles wat we voor Phillip hebben opgeofferd.'

Nee, *Mrs.* Applebaum zou de erkenning waarderen, en dat was precies de reden waarom Lara het had voorgesteld.

'Geweldig. Dus dan zijn we eruit?'

'Ja, vooruit, ik denk dat dat wel in orde is.'

'Prachtig.' Lara stond op. 'Ik ben blij dat we tot een overeenstemming zijn gekomen. Ik zie u zondag om twaalf uur met beide taarten.'

Mrs. Applebaum depte haar haar terwijl ze opstond. 'Uitstekend, lieverd. Ik kijk ernaar uit. En ik weet zeker dat Frank verrukt zal zijn.'

Frank. Uh-huh. Mr. Applebaum was een van die meelijwekkende echtgenoten over wie zijn vrouw heen walste en die zich bij de bandensporen had neergelegd.

Nu ze Mrs. Applebaum succesvol had aangepakt, kon Lara zeggen dat ze zich voor het eerst sinds haar huwelijk niet meer zo voelde.

* * *

Gage ging met zijn hand door zijn haar toen hij zijn keuken binnenliep.

'Ben je hier?' Missy draaide zich om van het fornuis met een pan in haar hand. 'Je bent de laatste tijd niet meer bij het ontbijt geweest. Vergaat de wereld soms?'

Zo voelde het wel bijna.

Gage wreef over zijn gezicht. Hij moest zich scheren. 'Mag een man niet eens een nacht in zijn eigen bed doorbrengen zonder dat het meteen het nieuws haalt?'

'Elke andere man wel, maar jij...?' Missy schepte de wentelteefjes uit de pan en legde ze op een bord. 'Is er iets gebeurd met Lara?'

Behalve het feit dat hij besefte wat hij voor haar voelde? En wat hij niet kon krijgen? 'Nee. We zijn alleen allebei ontzettend druk en we hebben allebei veel te doen.'

'Ik hoor een "maar" aankomen.'

Hij schudde zijn hoofd. Dit ging hij niet met zijn zus bespreken. 'Geen maren.'

Missy geloofde er niets van. Wat was dat toch met vrouwen? Krijgen ze een kind en hebben ze meteen dat Derde Oog van een moeder, dat oog in hun achterhoofd waarmee ze alles zien?

'Oké, als jij het zegt.' Ze zette het bord op tafel. 'Als je wentelteefjes wilt, moet je ze zelf maken. Ik moet Connor gaan halen.'

'Wat dacht je ervan dat *ik* Connor haal, en dat jij de wentelteefjes maakt?'

Missy klopte op zijn schouder. 'God, wat ben je toch makkelijk. Vooruit, ik maak ontbijt voor je.'

Gage liep naar Cons kamer. Makkelijk? Nee, hij was allesbehalve makkelijk. Hij wilde wat hij niet kon krijgen en was een kluwen van tegenstrijdigheden en verantwoordelijkheden, waar hij liever niet mee bezig was, maar die hij wel allemaal op zijn schouders nam.

Gage zuchtte terwijl hij voor Connors deur stond. Zijn neefje was een verantwoordelijkheid waar hij nooit over zou klagen. Hij *kon* tenminste voor hem zorgen. Als die auto die hem had geraakt harder had gereden...

Gage schudde de gedachte van zich af. Het was een gedachte die de afgelopen maanden veel te vaak door zijn hoofd was geschoten en die telkens weer bevestigde waarom hij alles deed voor zijn zus en haar zoon. Zijn liefdesleven opofferen was daar niets bij.

'Hé, Con, klaar voor het ontbijt?' Hij toverde een glimlach tevoorschijn en zette het opgewekte gezicht op dat hij altijd droeg bij zijn neefje.

'Gage!' Connors gezicht klaarde helemaal op, net als het vuurwerk van gisteravond.

Vuurwerk. Oh, verdorie. Waar had Connor daarnaar gekeken? *Hij* was zo in beslag genomen door Lara dat hij niet eens had nagedacht over wat Connor aan het doen was. Wat voor oom was hij eigenlijk?

'Hoe gaat het, maatje?'

'Nu goed. Kijk eens wat ik kan.' Hij tilde zijn linkerhand op met zijn rechter. 'Let op.' Zijn wijsvinger bewoog even. 'Zag je dat? Hij bewoog. Het gaat beter worden.'

Gage slikte de tranen weg die in zijn keel sprongen. God, die ene kleine beweging gaf hun allemaal weer hoop. 'Heeft je moeder het al gezien?'

'Nee, ik wilde het eerst aan jou laten zien, zodat je kunt beginnen met het plannen van dat uitje naar het attractiepark.'

'Dat komt in orde, Con.' Reken maar van wel. Orlando, met al die bekende pretparken. Hoe dan ook zou hij het regelen; Connor verdiende de reis van zijn leven.

'Hoe lang denk je dat het duurt voordat de rest van mijn hand beweegt?'

Gages hart brak nog een stukje verder. 'Nou, als je zo goed blijft oefenen bij de therapie, waarschijnlijk al heel snel. Kijk eens hoe ver je hiermee al gekomen bent.' Vier maanden, drie dagen en tweeëntwintig uur.

'Ik denk dat het komt door al die videogames die ik speel. Daar heb je twee handen voor nodig en deze hand voelde zich een beetje buitengesloten.'

Het was hartverscheurend geweest om Connor te zien worstelen met de controller met zijn slechte hand. Nog triester was het moment dat hij het vol frustratie opgaf. Misschien moest Gage gewoon dat COD-spel voor hem kopen waar hij om vroeg, en zich pas zorgen maken over wat die beelden met Connors brein zouden doen nadat zijn vingers weer werkten.

Gage schudde zijn hoofd. Slecht idee. Connor maakte vorderingen. Er was geen reden om te denken dat er niet meer zouden volgen.

'Heb je gisteravond naar het vuurwerk gekeken met Lara?'

Gage keek hem verbaasd aan. Het joch was een beetje te scherp voor een zevenjarige. 'Ja, dat klopt. Ze moest op de buurtpicknick werken.' Waar hij Connor eigenlijk mee naartoe had moeten nemen.

'Mam vroeg of ik mee wilde, maar het zou te warm zijn geweest in de stoel met het gips.' Hij keek naar zijn linkerhand en liet zijn vinger weer trekken. 'Ze is echt cool, weet je.'

'Je moeder? Ja, dat is ze. Ze houdt heel veel van je.'

'Haar niet. Lara. De cupcake-mevrouw.'

Iedereen had het altijd over Lara's cupcakes... 'Ja, ze kan heel goed bakken.'

'Ga je met haar trouwen?'

Maar goed dat hij tegen de deurpost leunde. 'Met haar trouwen?'

'Je vindt haar toch leuk?'

Gage stak zijn handen in zijn zakken. 'Ja, maar wat is dat met al die vragen?'

'Ik stelde er maar drie. En op eentje geef je geen antwoord.'

'Wie ben jij en wat heb je met mijn game-verslaafde neefje gedaan?'

Connor sloeg zijn goede arm over de verlamde arm. 'Ik vind dat je met haar moet trouwen.'

'En waarom dan wel?'

'Ze is mooi.'

Waar.

'Ze is leuk.'

Waar.

'Ze heeft geweldige cupcakes.'

Helemaal waar.

'En je bent in een beter humeur als ze er is.'

Er trok iets samen in Gages maag. Was hij in een beter humeur? Merkte Connor zijn *humeur* op?

In dat geval wist hij vast ook dat hij nu een pesthumeur had.

Hij haalde zijn handen uit zijn zakken. Hij wilde de kwestie Lara zijn tijd met Connor niet laten verpesten. Hij zag hem toch al te weinig. 'We zullen zien, Con. Nu moet ik je naar de keuken brengen voor de heerlijke wentelteefjes van je moeder.'

Connor trok een wenkbrauw naar hem op. Een echte kopie van zijn oom.

'Ik zal erover nadenken, Con, oké? Ik kan niets beloven, maar ik zal erover nadenken.'

Alsof het niet allang het enige was waar hij aan kon denken.

Eenendertig

'Is er een kans dat je Gage vandaag ziet?' Cara stak een paar dagen later haar hoofd uit haar kantoor om naar Lara in de keuken te roepen.

'Ik betwijfel het, hoezo?'

'Ik wilde deze dossiers aan Missy geven. Ze gaat ze voor me nakijken.'

'Ik dacht dat ze alleen aan de contracten werkte?'

Cara haalde haar schouders op. 'Ik zei het je toch al; ik ben accountant, geen juridische secretaresse. Ik heb mijn best gedaan, maar het kan geen kwaad om haar er even naar te laten kijken.'

'Je geeft haar bezigheidstherapie.'

'Ik weet niet waar je het over hebt.'

'Dat weet je best. Je geeft Missy klusjes, dingen die we niet echt nodig hebben, maar dat weet zij niet. Je geeft haar de kans om geld te verdienen zonder dat ze het gevoel krijgt dat ze liefdadigheid aanneemt.'

Cara stak haar kin vooruit. 'Je bent paranoïde.'

'Cara Marie Cavallo, ik ken je al je hele leven. Denk maar niet dat je mij iets op de mouw kunt spelden. Je doet een goede daad en je wilde niet dat iemand het wist.'

'Je mag het haar niet vertellen. Ze heeft haar trots. Als ze het zou weten—'

'Je geheim is veilig bij mij, Robin Hood.'

'Ik steel van niemand.'

'Maar je geeft wel aan haar, en dat is echt heel lief van je.'

'Ze kan het geld goed gebruiken, maar wat nog belangrijker is, het geeft haar het gevoel dat ze nodig is. Onmisbaar.'

'Mij hoef je niet te overtuigen, Car. Zolang jij zegt dat we het ons kunnen veroorloven, ben ik er helemaal voor. Het is echt lief van je.'

Cara mompelde iets.

'Wat? Ik verstond je niet.'

Er volgde nog wat gemompel. 'Nou ja, Gage heeft wel een hotdog voor me gehaald.'

Als Lara had kunnen lachen, had ze dat gedaan. Maar ze had sinds het weekend geen zin meer gehad om te lachen. 'Je hebt gelijk, Car. Met een hotdog verdien je inderdaad een barmhartigheidswerkje.'

'Dus... jullie leken het erg naar jullie zin te hebben in het park.' Geweldig. Cara probeerde de rollen om te draaien.

'Ik was aan het werk.' Ze wilde Gage niet met Cara bespreken. Ze wilde zelfs niet aan Gage *denken*. Hij had niet gebeld. Geen woord van hem in de vier dagen die sindsdien verstreken waren.

Was dat dansen echt zo'n groot ding dat haar onbehagen daarover hem ervan weerhield om bij haar te zijn? Was het haar onzekerheid?

'Oh, kom op zeg. Een potje tongworstelen is geen werk. Tenzij hij je ervoor betaalde?'

Lara gooide een stukje fondant naar haar. 'Wat is je punt?'

'Mijn punt is dat ik blij voor je ben. Je verdient het om gelukkig te zijn en hij maakt je gelukkig.'

Maar waarom moest een man haar gelukkig maken? Waarom was ze niet gelukkig op haar eigen houtje?

Eigenlijk was ze dat wel geweest voordat Gage kwam. Zij en Cara die samen in de bakkerij werkten, wonend in haar eigen appartement met spullen die ze zelf had uitgekozen... Ze had er zelfs over gedacht om een kitten te nemen, iets waar Jeff nooit mee ingestemd zou hebben. Al die dingen maakten haar gelukkig.

Oh, niet op de ronddraaiende-op-haar-tenen-zingend-van-blijdschap-manier zoals wanneer ze bij Gage was, maar ze was gelukkig geweest. Gage had haar gewoon gelukk*iger* gemaakt.

Dat was een groot verschil, gelukkig versus gelukkiger. Haar leven had om Jeff gedraaid; om Gage niet. Dat was gezond, toch? Dat stelde haar in staat om zichzelf te zijn, te zijn wie ze wilde, te *doen* wat ze wilde. En als ze wilde dat hij dat met haar deelde, was dat ook aan haar.

Als hij haar nu maar belde—

Of zij kon hem bellen. Er was geen betere manier om de touwtjes van haar leven in handen te nemen en haar eigen beslissingen te nemen, was de man aan wie ze onophoudelijk moest denken opbellen en hem terug haar leven in trekken. Andere vrouwen maakten hetzelfde mee als zij met Jeff. Sommigen hadden het veel zwaarder gehad. Het werd tijd om Jeff niet langer haar leven na de scheiding te laten bepalen, en als ze Gage erin wilde hebben, was ze het aan zichzelf verplicht om het te proberen. 'Vind je het niet erg om hem in de buurt te hebben?'

Cara trok haar wenkbrauwen op. 'Serieus? Je straalt als een kerstboom, hij doet al het zware werk en de actieve verkoop, *en* hij brengt ons hotdogs. Waarom zou ik dat erg vinden?'

'Serieus, Car, ben ik gek dat ik zo over hem denk?'

'Hoezo "zo"?'

'Zoals—'

De adem ontsnapte haar toen het besef toesloeg. 'Zoals... ik denk dat ik wel eens verliefd op hem zou kunnen zijn.'

Alleen al door de woorden hardop uit te spreken, draaide haar maag zich om als in een achtbaan. Een heel leuke, sexy achtbaan waar ze nooit meer uit wilde stappen.

'Als je *denkt* dat je dat bent, Lar, dan ben je het ook. Je bent niet het type dat twijfelt. Als jij van iemand houdt, dan doe je dat met heel je hart. Daarom kon Jeff je ook zo hard aanpakken. Waarom zijn verraad zo verschrikkelijk veel pijn deed. Jij was de enige die het niet had zien aankomen.'

Dat gaf haar geen beter gevoel. In tegendeel, het versterkte haar onzekerheid alleen maar. 'Wat als Gage ook zo is en ik het weer niet zie?'

Cara kwam van haar kruk af en liep naar haar toe om haar te omhelzen. 'Gage lijkt in niets op Jeff. In de verste verte niet. En diep vanbinnen weet je dat. Hij heeft het je laten zien op manieren die Jeff nooit heeft gedaan. Maar *jij* moet het weten, Lar. Je kunt niet op mijn woord afgaan. Je moet zeker zijn van wat je voor hem voelt en van het vertrouwen dat je in hem hebt om iets tussen jullie te laten slagen. Als je dat niet bent, zul je altijd aan hem en zijn gevoelens twijfelen, en niets ruïneert een relatie sneller dan twijfel aan je partner.'

Cara had gelijk. Het kwam allemaal neer op vertrouwen: in wat ze voor hem voelde, in wat hij voor haar voelde, en in wat ze voor zichzelf voelde.

Ze mocht zichzelf graag. Ze was trots op zichzelf. Ze had haar leven weer in eigen hand genomen: in haar zaak, in haar huis, verdorie, zelfs met mevrouw Applebaum. Liefde was de volgende stap. Ze verdiende het om de liefde weer te vinden. Om bemind te *worden*, en als ze vooruit wilde met haar leven, moest ze het risico durven nemen.

Gage was het waard.

Ze omhelsde Cara terug. 'Je hebt gelijk, Cara. Ik hou echt van hem.'

'Nou, dat dacht ik ook wel.' Cara kuste haar op haar wang. 'En hij houdt van jou, als ik me niet vergis.'

'Denk je?'

'Ik ben niet de aangewezen persoon om dat te vragen.'

'Ik kan hem *dat* toch niet vragen.'

'Ik zou zeggen: "waarom niet", maar hij is ook niet degene aan wie je het moet vragen.' Cara tikt tegen Lara's neus. 'Of je denkt dat hij van je houdt, is een vraag, lieve nicht, die je aan jezelf moet stellen. Want als jij het niet voelt, maakt het niet uit wat hij zegt.'

Gage staarde naar het stuk papier in zijn hand. Lara's advocatenvriendje had woord gehouden. BeefCake, Inc. had een permanent onderkomen.

Wat een opluchting. Eindelijk zou hij weer zoiets als een privéleven kunnen hebben. Hij zou niet meer elke week twintig uur lang hoeven te bellen om optredens te boeken. Hij zou ook niet meer twee keer zo lang hoeven te reizen *naar* die optredens — tenminste, zodra de zaak operationeel was. Tot die tijd zou hij dubbele diensten draaien, aangezien hij de hoofdaannemer was om het pand op te knappen. Maar ze konden nu tenminste rekenen op een gestage inkomstenstroom.

En misschien konden hij en Lara ergens uitkomen.

Hij nam nog een slok van zijn flesje water en vouwde de vergunning op, terwijl hij in gedachten een notitie maakte om Bryan te bellen zodra hij in de pick-up zat. Het zou een lang telefoongesprek worden en hij wilde eerst de achtertuin van J.C. McCullough opruimen en van het terrein afkomen, nu hij het prieel af had. Sinds het weekend had hij dagen van vijftien uur gemaakt om dit project af te ronden, vastbesloten om de inkomsten binnen te laten stromen *en* zijn gedachten van Lara af te houden.

Niet dat het gewerkt had.

Maar zijn gazon was gemaaid en de plank in de kast was verplaatst. Gister-avond was hij gestopt met de schaakpartijen expres van Connor te verliezen.

Omdat ze inmiddels zoveel partijen hadden gespeeld, was die jongen hard op weg een meester te worden en had hij dat zetje voor zijn zelfvertrouwen niet meer nodig.

Maar 's nachts, als hij in bed lag, kon hij haar niet vergeten. Hij had vaker naar zijn mobieltje gegrepen dan hij kon tellen, zijn vingers boven haar nummer, om hem vervolgens weer neer te leggen zonder haar te bellen, omdat ze meer van hem verdiende. Dat verdienden ze allemaal. Verdomme, dat verdiende *hij* zelf ook.

Maar er zat maar een beperkt aantal uren in een dag, en het was niet eerlijk om van haar te vragen dat ze daar maar genoegen mee nam. Ze hoorde zich geliefd, gekoesterd en gewenst te voelen, en hoewel hij dat allemaal voelde, konden bloemen en telefoontjes die boodschap maar een beperkte tijd overbrengen. Het zou anders zijn als hij zijn land diende of voor zaken weg was, maar hier in de stad? Geen enkel excuus.

Je verzint smoesjes.

Was dat zo? God wist dat hij had geprobeerd een manier te vinden om het te laten werken, maar totdat hij gisteravond de cijfers van de benefietavond had gekregen, had hij geen gat meer in de markt gezien, zeker niet met de medische rekeningen die zich opstapelden en de materialen die hij voor de volgende bouwklus nodig had. Om nog maar te zwijgen over het feit dat zijn huis een nieuw verwarmingssysteem nodig had. En dan was er nog die reis naar Orlando, waarvan hij wist dat het volkomen onverantwoord was gezien al het andere waar hij geld voor nodig had, maar Connor was maar één keer kind en hij verdiende het dat er *iets* goeds op zijn pad kwam.

Maar nu, met een opbrengst van de benefietavond die hoger was dan hij had durven hopen, en het vaste inkomen dat deze vergunning vertegenwoordigde, kon hij uitzien naar meer vrije tijd zodra hij de zaak op orde had. En met de inkomsten van deze klus en de andere twee waar hij nu tijd voor had om ze af te ronden, en het feit dat Missy extra geld verdiende met de administratie van Cara — man, hij stond diep bij Cara in het krijt daarvoor — hoefde hij niet meer peentjes te zweten bij elke medische rekening die op de mat viel. De zaken begonnen eindelijk de goede kant op te gaan.

Lara was zo ontzettend goed.

'Zo, dat is het dan? U bent klaar?' De eikel stond weer op zijn terras, wederom met de amberkleurige vloeistof in een tumbler, en een paar belachelijke loafers aan zijn voeten die waarschijnlijk meer hadden gekost dan Connors laatste MRI-scan.

Het was echt moeilijk om de man niet te haten, dus Gage had ook geen moeite gedaan om het niet te doen.

Zure druiven.

Mogelijk. Maar ongeacht zijn eigen financiële situatie, irriteerde deze kerel hem om meer redenen dan alleen geld.

Gage liet de hamer in de gereedschapskist vallen, raapte het verpakkingsmateriaal van de windwijzer op en propte het in de doos waarin het geleverd was. 'Yep, dat is het. De verlichting is ook aangesloten. U bent helemaal klaar voor het feest.'

J.C. wiegde op zijn hielen en bestudeerde het prieel.

Gage daagde hem in stilte uit om ook maar één ding te vinden dat er niet aan deugde.

'Mooi werk. Stuur me de factuur maar, dan laat ik mijn accountant een cheque opsturen.'

'Eigenlijk —' Gage trok de factuur die hij gisteravond had uitgeprint van zijn klembord '— heb ik hem hier. Als u niet erg vindt om nu een cheque uit te schrijven, kan ik het dossier sluiten.'

Het was niet zijn normale werkwijze, maar hij had de voorwaarden in het contract voor deze klus aangepast omdat hij zo min mogelijk contact met J.C. McCullough wilde hebben.

De eikel trok een wenkbrauw op. 'U denkt toch niet dat ik dat bedrag op mijn lopende rekening heb staan? Het zou niet verstandig zijn om zoveel te laten staan waar iedereen het zou kunnen hacken. Ik moet wat geld verschuiven.'

'U kunt de cheque dateren op morgen. Dan verzilver ik hem wel.'

'O, het zal pas op zijn vroegst volgende week beschikbaar zijn.'

Na het feest. Gage klemde zijn kaken op elkaar. De man wist allang wanneer het prieel klaar zou zijn — daar had hij zelf op aangedrongen. En hij had zo'n ophef gemaakt over alles wat zijn 'harde werk en expertise' hem hadden opgeleverd; het saldo zou zijn bankrekening vast niet de das omdoen.

'Luister, J.C.' Hij genoot van de manier waarop de man ineenkromp toen hij hem bij zijn voornaam noemde. 'Ik heb de klus gedaan waarvoor u me hebt ingehuurd. En u hebt het contract getekend waarin specifiek staat wanneer ik betaald moet worden. Ik wil graag mijn cheque.' Anders zou hij de bedrading lostrekken — dat was wel het minste — maar hij sprak het niet uit. Hij probeerde geen ultimatums te stellen, maar deze kerel stond toch al bij hem op de zwarte lijst, dus hij zou die regel kunnen breken als de man niet toegaf.

Maar hij gaf toe. 'Vooruit dan maar. Maar u kunt hem pas morgen aan het eind van de dag verzilveren. Vrijdag zou nog beter zijn.'

Gage zou morgenmiddag om 15:59 uur bij de bank staan.

Hij verzamelde het afval, zijn gereedschapskist en de afkortzaag en zette ze in zijn pick-up terwijl hij wachtte tot J.C. de cheque had uitgeschreven.

'Vergeet de reclameborden op het gazon niet,' zei de Eikel toen hij hem de cheque op de oprit overhandigde.

Boodschap begrepen: het personeel was niet langer gewenst op het terrein.

'Die neem ik mee als ik wegrijd.' Gage stak de cheque in zijn zak en stak zijn hand uit. Hij mocht de man dan haten, maar zaken waren zaken. 'Het was me een genoegen zaken met u te doen.'

De Eikel bekeek zijn hand even, maar schudde hem uiteindelijk toch. Gage wist dat hij dat zou doen; de man was het type dat zich aan de etiquette hield, en dat was ook de reden waarom Gage ervan uitging dat hij zou betalen als hij ermee werd geconfronteerd. Pestkoppen gaven meestal toe als ze werden uitgedaagd.

Gage vroeg zich af of de ex-vrouw achter hetzelfde was gekomen.

Drieëndertig

'Weet je dat McMonster hier de afgelopen twee uur al zes keer heeft gebeld om er zeker van te zijn dat je op tijd bent? De stroom is zes uur lang uitgevallen door de storm van gisteravond, maar die verdomde telefoons doen het natuurlijk nog wel. Zou je me de rechtvaardigheid daarvan eens willen uitleggen?' Cara liet de roze telefoonnotities op de werktafel vallen en stak een potlood achter haar oor. 'Laat me hem alsjeblieft vertellen dat we de party niet kunnen doen. Alsjeblieft.'

Lara keek op van de roos die ze aan het maken was. Nummer driehonderdvijfenzeventig. Nog maar vijfentwintig te gaan. 'Nee, Car, dat kun je Jeff niet zeggen. Dit is een klus. Het helpt de rekeningen te betalen. Onthoud dat, dan is het een stuk makkelijker te verdragen.'

'Ik snap het gewoon niet. Echt niet. Trouwens, ik snap tegenwoordig helemaal niets meer. Nick, jij, Gage — hij heeft niet gebeld, hè?'

Elke keer dat Cara die vraag stelde, sneed het feit dat hij niet gebeld had weer een stukje dieper in haar hart — en het herinnerde haar er pijnlijk aan dat ze had besloten hem sowieso te bellen, maar dat nog steeds niet had gedaan. Ze was het van plan geweest, maar toen had Cara die opmerking gemaakt over dat ze zichzelf die ene vraag moest stellen, en sindsdien twijfelde ze aan alles. En terecht, aangezien hij haar ook niet had gebeld.

Het bleek dat de regie over haar eigen leven nemen en haar hart aan Gage wagen een stuk lastiger was dan het opnemen tegen Mrs. Applebaum.

'Het antwoord is niet veranderd sinds de laatste keer dat je het vroeg, Cara. Kunnen we ons nu concentreren op wat er moet gebeuren? We moeten over minder dan een uur weg en de bestelwagen moet nog ingeladen worden.'

'Je wilt dat ik dat doe, nietwaar?'

'Nog niet. Maar als je Jesse en mij de hele tijd blijft onderbreken, komen we zwaar in tijdnood.'

Cara hield haar handen omhoog. 'Oké, oké. Ik snap het. Ik ga naar buiten om wat takken te verslepen of zo. Dat lijkt de rest van de ochtend ook het enige te zijn geweest wat ik heb gedaan.'

Er was 's nachts een storm overgetrokken die verkeerslichten had vernield, kabels had neergehaald, takken van bomen had gerukt en de ochtendspits volledig in de war had geschopt. Volgens geruchten was er zelfs een tornado door de stad getrokken die de nodige schade had aangericht. Het huis van Jeff had ook wat schade opgelopen, dus het was geen wonder dat hij zenuwachtig was of het feest wel goed zou verlopen.

Lara wilde zijn verloofde dolgraag vertellen dat het een voorteken was. Ze moest maken dat ze wegkwam. Snel. En niet meer omkijken.

Ze kon niet geloven dat hij iemand anders had gevonden die bereid was zijn rotzooi te pikken. Nee, niet iemand *anders*. Lara had het ook niet allemaal gepikt. Ze wenste alleen dat ze eerder verstandig was geworden.

Was het wel verstandig om bij Gage te willen zijn?

Ze spoot de roos verkeerd en moest opnieuw beginnen. Blijkbaar was het niet erg slim als ze haar gedachten niet bij haar werk kon houden.

Ze bande Gage uit haar gedachten terwijl ze de roos van de bloemennagel veegde en opnieuw begon. Was het echte leven maar zo eenvoudig.

* * *

'Ik had je die cheque nooit moeten geven.' J.C. McCullough ijsbeerde rond de voet van het tuinhuisje en gaf Gage daadwerkelijk de leistenen dakpannen aan om de pannen te vervangen die door de storm waren weggeblazen.

Gelukkig was er nog bijna een kwart pallet over van de klus en was de schuur waar Gage ze had opgeslagen niet beschadigd, maar als McCullough zo bleef doorratelen, wist Gage niet zeker of hij het dak wel af wilde hebben voor het feest begon.

'Ik *wist* wel dat je te snel klaar was. Als je de tijd had genomen en deze dingen fatsoenlijk had vastgespijkerd, hadden ze nog op hun plek gezeten.'

Gage haalde de spijkers uit zijn mond. 'Ik heb verdomd goed werk geleverd, maar niets is bestand tegen de windkracht van een tornado.'

'Je weet helemaal niet of er een tornado was. Dat zeg je alleen maar om je onkunde te verbloemen.'

Gage trok een spijker uit de dakspar. Het ding zag eruit als een kurkentrekker. 'Het was een tornado.' Hij gooide hem voor de voeten van McCullough neer.

De eikel raapte hem op. 'En nu ga je ook nog met tetanus rondstrooien? Ik heb de bank gebeld, dat je het weet. Ik heb de cheque laten blokkeren.'

Gage nam niet de moeite om zijn bluf te onmaskeren door te vertellen dat de cheque gisteren om vier uur al was verzilverd, precies zoals hij had gepland.

'Hé, ik sta hier toch?' Hij was klaar met de houding van die kerel. Vooruit met die aanbevelingen; het zou zo goed voelen om die klootzak eens flink de waarheid te zeggen. 'Ik ben direct gekomen nadat u belde en ik heb me de hele tijd uit de naad gewerkt.' In de motregen, terwijl hij dakpannen uit de tuin — en het zwembad — viste en ze sorteerde op bruikbaar en onbruikbaar. Helaas was de onbruikbare stapel groter.

'Hoe lang gaat dit nog duren? De cateraars komen zo en de band moet hier opbouwen.'

Gage keek naar wat hij nog moest doen. 'De band kan op elk moment beginnen met opbouwen. Of was u van plan ze op het dak te zetten?' Daar ging zijn sarcasme.

De eikel begreep hem. En hij kon het niet waarderen. Dat vond Gage prima; hij waardeerde de eikel ook niet.

McCullough gaf de laatste pannen die hij vasthield aan. 'Redt u de rest alleen? De cateraars zijn er net.'

'Ja. Tuurlijk. Ga maar.' *Alsjeblieft.* Maar dat voegde hij er niet aan toe. Nu hij eindelijk verlost was van J.C. McCullough, kon hij zijn ritme vinden en zou de klus een stuk sneller gaan.

Behalve dat een van de medewerkers van de catering door het hek van het zwembad liep en Gage zijn ritme volledig verloor.

Lara.

Hij wilde iets zeggen — wat, dat wist hij niet, want de ongemakkelijkheid van hun laatste afscheid was alleen maar erger geworden doordat hij haar sindsdien niet had gebeld — toen de Eikel uit de zij-ingang kwam, naar haar toe liep en... *haar op de wang kuste.*

Gage gleed bijna van de leistenen af. Lara zou hem vast een klap geven. Elk moment nu. Ze zou die eikel dat soort vrijpostigheden niet toestaan.

Maar ze stond het wel toe. Of tenminste, ze deed niets om het overdreven amicale gebaar te corrigeren —

Wacht eens even.

Ze zagen er iets *te* vertrouwd uit. En die opmerking van Cara dat er in deze buurt iets was gebeurd of dat er iemand woonde...

De Eikel gaf haar een tikje op haar achterwerk.

Gage stond op het punt om van het dak te springen, maar Lara gaf de zak hooi eindelijk een klap.

Gage liet de dodelijke greep waarmee hij de dakpan vasthield los, gelukkig voordat hij bloed had vergoten, maar niet voordat hij zich iets realiseerde.

Lara was de ex-vrouw. Dat moest wel. Het was logisch – voor zover het logisch was dat Lara überhaupt met zo'n Eikel was getrouwd.

Wat deed ze hier in hemelsnaam?

Gage herpakte zich en ging weer aan het werk. Hij maakte het dak sneller af dan hij voor mogelijk had gehouden. Interessant om te zien wat hij kon bereiken als hij gemotiveerd was.

Hij stopte.

Het *was* interessant om te zien wat hij kon bereiken als hij gemotiveerd was. En wat was er motiverender dan bij de vrouw zijn van wie hij hield?

Hij was een idioot dat hij het niet probeerde — net zo'n arrogante, opgeblazen kwal als die Eikel daar beneden door de beslissing voor hen beiden te nemen.

Hij moest met haar praten. Zien of zij er net zo over dacht. Zien of ze het een kans wilde geven.

Hij klom de ladder af en keek omhoog om te zien waar ze gebleven was. Zij, Cara en Jesse waren bezig met het naar binnen rijden van klaptafels en geïsoleerde karren met cupcakes.

Hij raapte nog wat scherven leisteen van het gras en liet ze in zijn gereedschapsriem vallen terwijl hij naar hen toe liep. 'Hé, dames. Kan ik helpen?'

'God, ja.' Cara dacht er niet eens bij na; ze boog zich meteen naar hem toe met een grote kartonnen doos. 'Deze ondingen zijn zwaar. Als jij ze vasthoudt, zet ik de tafel klaar.'

Gage keek naar binnen. Twee witte duivensculpturen. De Eikel ging voor misselijkmakend zoet. 'Wat voor smaak is dit, suikerspin?'

Lara keek hem aan met een geheimzinnig glimlachje. 'Vanille.'

Gage grinnikte. Hoe ongelooflijk passend. 'Was dat een speciaal verzoek of liet hij het aan jouw oordeel over?'

'Wat denk je zelf?'

God, wat had hij haar gemist. Nu haar ogen twinkelden van kattenkwaad, kostte het Gage alle moeite om die stomme duiven niet ter plekke neer te zetten en haar in zijn armen te sluiten.

'Hé, Gage, je kunt ze hier neerzetten.' Cara wenkte hem naar de tafel langs de buitenmuur van het terras.

'We moeten praten, Lara,' zei hij voordat hij die kant op liep.

'Niet nu, Gage. Ik heb een klus te klaren.'

'Dat weet ik. Ik bedoelde later. Straks. Als je wilt.' God, hij stotterde als een schooljongen — en zelfs toen had hij nooit gestotterd.

'Ik wil.'

Bij God, hij ook.

Vierendertig

Jeff was over elk klein detail aan het muggenziften tot Lara de duiven het liefst in zijn gezicht wilde duwen.

Ze stonden 'verkeerd om'? Pardon? De duiven hielden elkaar vast, hun vleugels sierlijk gebogen, terwijl ze elkaar smachtend in de ogen keken. Dit was een verlovingsfeest; *hoorden* ze elkaar niet op die manier aan te kijken?

Toen stonden er weer niet genoeg cupcakes met witte rozen en suikerparels uitgestald, in de vorm van een hart eromheen. Daarna vond hij dat het wit niet wit genoeg was, de zilverfolie niet chique genoeg, en toen hij erop stond een cupcake te proeven, klaagde hij dat de aardbei in het midden — waar hij zelf om had gevraagd — irritant was.

'Serieus, Lara, je zult echt een tandje bij moeten zetten als je een kans wilt maken in deze wereld. Ik kan wel een consult voor je regelen met de chef-kok van Koba, als je wilt. Hij is een persoonlijke vriend van me.'

Jeff was blijkbaar vergeten dat ze wist dat hij staalhard loog om indruk op haar te maken. De chef-kok van Koba kon Jeff niet uitstaan. Haar ex had zo vaak maaltijden teruggestuurd naar de keuken om 'beter doorbakken' te worden, dat Lara er sindsdien niet meer op haar gemak had kunnen eten.

'Bedankt, Jeff, maar het gaat prima zo.'

'Dat is nu juist het probleem, Lara. Dat was altijd al het probleem. Je nam genoegen met de status quo. Je had nooit enige visie. Als je je best had gedaan, had je de voorzitter van de damesvereniging van de club kunnen worden. Je had ze met je woorden uit je hand kunnen laten eten, niet met je baksels.'

Lara telde tot tien. Twee keer.

Hij zou nooit veranderen. Hij was nog steeds dezelfde neerbuigende lul die hij altijd al was geweest. Hij dacht altijd dat hij het het beste wist en gaf haar de schuld van zijn teleurstelling.

Zij was echter wel veranderd.

'Weet je wat, Jeff? Je hebt het recht niet meer om zo tegen me te praten. Ik ben hier uitsluitend als de leverancier van je desserts, niet als je ex-vrouw. Als je niet tevreden bent met Cavallo's Cups & Cakes, bestel dan niet meer bij ons. Ik heb naar eer en geweten gemaakt waar je om vroeg – een kwaliteit waarvan je volledig op de hoogte was toen je me inhuurde – dus elke ontevredenheid ligt bij jou.'

Jeff herstelde zich te snel van de schok. Die verdomde gluiperige glimlach verscheen op zijn gezicht. Hoe had ze hem ooit knap kunnen vinden? Gage, zelfs op zijn onverzorgde, stoere best, was knapper dan Jeff ooit zou kunnen hopen te worden.

Over de duivel gesproken...

Ze had hem opgemerkt zodra ze aankwam, daarboven op dat dak, zijn T-shirt geplakt tegen die geweldige borstkas, zijn jeans strak om zijn kont, en de bandana die het haar uit zijn ogen hield was een echt sexy look voor hem; en ze had die vertrouwde tinteling onder in haar buik gevoeld. Als hij niet naar haar toe was gekomen om te vragen of ze konden praten, dan was zij wel naar hem toe gegaan.

'Heb je wel gehoord wat ik zei?' Jeff zette zijn handen in zijn zij.

'Sorry, wat?'

'Is dit hoe je al je klanten behandelt? Incasseer je gewoon hun geld, doe je vervolgens met hun bestelling waar je godbetert zelf zin in hebt en negeer je ze dan volledig als ze tegen je praten? Je gaat het nooit redden in deze branche, Lara. Je zult op je knieën bij me terugkomen en dan zal het te laat zijn. Dan ben ik getrouwd met Alexandra en heb jij niets meer. Als je denkt dat ik je nog meer geld ga geven, ben je niet goed bij je hoofd. Ik kan niet geloven dat je de brutaliteit hebt—'

Gages arm schoot achter haar vandaan en greep Jeff bij zijn hemdskraag. 'Bied je excuses aan, dame.'

Lara had hem niet eens aan horen komen. Ze was er te zeer op gefocust geweest een weerwoord te geven op de gal van Jeff.

'Ik zei: bied je excuses aan, dame.' Hij liep om Lara heen en ging vlak voor Jeff staan.

Jeff smaalde. 'Ik klaag je aan hiervoor.'

'Ik zou het je graag zien proberen.'

'Ik ben advocaat.'

Lara legde haar hand op Gages arm. 'Gage, laat los. Het is goed zo.'

'Het is niet goed. Niemand hoort tegen wie dan ook te praten zoals hij tegen jou deed.' Hij schudde zijn vuist net genoeg om Jeff eraan te herinneren waar die vuist zich bevond.

Lara kneep in zijn arm. 'Alsjeblieft. Laat los. Laten we deze avond doorkomen en dan praten we.'

'Ja, waarom luister je niet naar haar, Tomlinson? Ik dacht dat ik je had afgekocht. Moest jij niet weg?'

'Dat zou ik doen, ware het niet dat ze mij heeft ingehuurd om haar vanavond te helpen.'

'Ze heeft wat gedaan?'

De nek van de eikel werd paars terwijl hij met grote ogen naar Lara staarde — die op haar lip beet.

Gage herkende die actie. Ze deed haar best om niet te glimlachen.

'Eh, ja. Dat heb ik gedaan. Gage doet al het zware tilwerk voor ons.'

'Wat voor zwaar tilwerk? Je maakt verdomme *cupcakes*.'

Het leek erop dat de vent vergeten was dat het tillen van Lara's *cupcakes* finesse vereiste—

Shit. Gage wilde daar *niet* aan denken, zich voorstellend hoe die lul en zij — 'Ik loop wel even naar de bus om de rest te halen, Lara.'

'Bedankt, Gage. De taart staat er en de kar ook.'

'Ik breng het zo naar binnen.' Hij wilde haar liever niet alleen laten met die klootzak, maar hij moest erop vertrouwen dat ze zichzelf kon redden. Ze zou de vent in elk geval niet neerslaan, en dat was precies waar zijn eigen handen naar jeukten.

Op de oprit werd zijn avond er vervolgens niet beter op.

Een prachtige blondine stapte uit een Jag die net aan kwam rijden.

'Gage?'

Shit. Alexandra Prescott. Natuurlijk zou *zij* met die Eikel trouwen.

'Alexandra.' Ze was bij meer van zijn shows geweest dan toevallig kon zijn, vooral in het begin toen hij en Bry de sterren waren, en ze had meer dan duidelijk gemaakt dat ze niet vies was van een privé-dansles.

Hij had geweigerd, godzijdank, maar dat betekende niet dat Alexandra zowel haar begeerte als haar gekrenkte trots was vergeten nadat hij haar had afgewezen.

'Wat doe jij hier?' vroeg ze, terwijl ze veel meer met haar heupen wiegde dan natuurlijk was. Natuurlijk was er niets natuurlijks aan Alexandra, wat haar de perfecte vrouw maakte voor die eikel.

'Ik help een van de cateraars.'

'Jij? Koken?' Ze bekeek hem met een honger die niets met eten te maken had.

'Nee, alleen het zware werk.'

Verkeerde woordkeuze; haar blik ging direct naar zijn armen.

Vanavond zou op alle mogelijke manieren ongemakkelijk worden.

Ze volgde hem naar de bus en leunde uitdagend tegen de openstaande deur. Alexandra was als een flinke klodder boter: zacht en verrukkelijk, maar o zo slecht voor je. Hij was voorheen nooit in de verleiding gekomen; nu zeker niet.

Hij zette vlot de kar in elkaar, schoof de taart erop en rolde hem zonder aarzelen naar de achtertuin, met Alexandra in zijn kielzog.

'Lieverd!' De eikel toverde een stralende glimlach op zijn gezicht – dat te egaal bruin was om echt te zijn – en slenterde op Alexandra af. Het was alsof je naar een paar animatronische Barbie- en Ken-poppen keek.

'Jefferson.' Ze boog een gepoederde wang naar hem toe.

De vent gaf er een luchtkus op.

Nu was het Gages beurt om op zijn lip te bijten.

Hij moest nog harder bijten toen Lara met haar ogen rolde.

Hij slaakte een zucht waarvan hij niet eens wist dat hij die had ingehouden. Ze was niet meer verliefd op die eikel. Niet dat hij echt had gedacht dat dat zo was, maar toch, als hij naar dit huis keek, naar alles wat J.C. — *Jefferson* — had, kon hij het niet helpen te denken dat misschien...

'Lara.' De eikel werd gluiperig. Gluiperig*er*. 'Sta me toe je voor te stellen aan mijn verloofde, Alexandra Prescott. Alexandra, dit is Lara. Mijn ex.'

Alexandra had de rol van kasteelvrouwe tot in de puntjes onder de knie.

Dat had ze altijd al, maar het maakte Gage razend dat ze die ijskoude prinsessenblik op Lara richtte.

'Ik heb begrepen dat je bakker bent.'

Ze had net zo goed *melaatse* kunnen zeggen.

Lara rechtte echter haar rug en toverde een oprechte glimlach op haar gezicht. 'Dat klopt. Cavallo's Cups & Cakes. Mijn nicht en ik zijn het bijna een jaar geleden begonnen. We verzorgen dit weekend het afstudeerfeest van de familie Applebaum.'

'De zoon van Priscilla en Frank?' Alexandra trok een wenkbrauw op.

'Ja, Phillip.'

'O... oh.'

Hmm, Gage zou het niet hebben geloofd als hij het niet zelf had gezien. Blijkbaar was die Applebaum-klus belangrijk genoeg om zelfs de ijsprinses te imponeren.

'Je hebt de Applebaums niet genoemd, Lara.' De eikel keek beledigd.

Als het niet zijn huis was, zou Gage *hem* eruit zetten.

'Dat heb je niet gevraagd, Jeff.'

Jeff. Jefferson. J.C.... Gage gaf de voorkeur aan eikel.

'Dus Lara, waar wil je deze taart hebben?' onderbrak Gage, die een eind wilde maken aan deze herenigingssfeer.

'Ik geloof dat je dat aan mij moet vragen, Tomlinson.' De eikel zat weer stevig in het zadel.

'Eigenlijk, Jeff, was ik een bepaalde opstelling van plan, dus als je vertrouwt op mijn professionele expertise, dan zullen Gage en ik de presentatie afhandelen. Je zult tevreden zijn.'

'Nou, dat mag ik hopen ook.'

Gage had het gevoel dat deze vent nooit tevreden zou zijn als het om Lara ging.

Hij volgde haar naar de tafel en wachtte tot ze buiten gehoorsafstand waren voor hij sprak. 'Was je getrouwd met dáát?'

Ze lachte. '*Dat* is de perfecte omschrijving. Hij is een bijzonder figuur, hè?'

'Hij is zeker wat. Ik kan niet geloven dat je met hem getrouwd bent geweest.'

'Hij was niet altijd zo. Tenminste, niet in het begin. Maar hij is zeker erger geworden naarmate zijn bankrekening groeide. Ik ben gaan inzien dat Jeff erg onzeker is, dus het aantal nullen waar hij over beschikt geeft hem erkenning. Triest, eigenlijk.'

'Je pakte hem goed aan. Hij dacht dat hij je klein kon krijgen.'

'Je kunt de taart hier neerzetten.' Lara schoof de doos met de duiven naar de zijkant van de tafel. 'Ik weiger Jeff die macht over mij te geven. Ik was kapot toen ik erachter kwam dat hij was vreemdgegaan. Niet met Alexandra, trouwens. Voor het geval je je dat afvroeg.'

'Ik vroeg me alleen af wat er in hemelnaam in hem omging om je überhaupt te bedriegen.' Hij tilde de taart op de plek die ze had aangewezen.

'Als ik dat wist, dan zou ik—'

'Dan zou je wat?'

Ze haalde haar schouders op en begon de cupcake-dozen te openen. 'Ik wilde zeggen dat ik het dan zou hebben tegengehouden, maar ik besefte dat dat niet kon. Ik ben niet verantwoordelijk voor Jeffs geluk, net zomin als hij verantwoordelijk is voor het mijne. Dat moet vanuit jezelf komen en dat is wat je met je partner deelt.'

Hij zei daar niets op terwijl hij erover nadacht. Ze zocht geen excuses, ze schoof het niet af op een ander. Haar geluk hing van haarzelf af. Net zoals zijn geluk van hem afhing. Wat betekende dat, tenzij hij er werk van maakte, hij Lara net zo goed teleurstelde als die eikel.

Ze moesten hierna absoluut praten.

Vijfendertig

Alle hoge piefen van het kantoor van Jeff waren er, inclusief Weathers, en ze hadden allemaal een warm welkom voor Lara.

Jeff had niet beseft wat hij had gedaan door haar in te huren en Lara had er ook niet echt bij stilgestaan, afgezien van het geld dat hij haar zou betalen, maar zijn collega's vonden haar altijd al aardig. Ze was er na de scheiding een paar tegengekomen en ze hadden allemaal naar haar gevraagd en leken oprecht geïnteresseerd — en oprecht verontwaardigd namens haar over de affaire van Jeff. Terwijl ze bij haar desserttafel hingen, realiseerde ze zich dat ze echt gaven om wat ze had doorgemaakt — op een manier waarop ze niet om Jeff gaven. Of om Alexandra.

Jeff hield zichzelf voor de gek als hij dacht dat dit huwelijk een opstapje was in zijn carrière. De minachting die de meeste vrouwen voelden voor de verloofde van Jeff was bijna tastbaar. En Alexandra hielp niet mee met haar kille hautaine houding.

Jeff zou het ook nooit leren.

'Willen jullie dat ik wat te drinken voor jullie haal?' vroeg Gage aan haar, Cara en Jesse. Zijn bandana was vervangen door een van de reserve-koksmutsen die ze in de bus bewaarde, samen met een extra koksbuis, en de zwarte broek die hij op Gina's feestje had gedragen, ging prima door voor een pantalon.

Als het niet voor de donkere werkschoenen was geweest, had ze nooit geweten dat hij een uur geleden nog een bezwete bende was in werkkleding, maar een duik in het zwembad van Jeff en de geïmproviseerde outfit maakten hem tot de perfecte werknemer.

En perfect was hier het sleutelwoord. Hij zag er heerlijk uit in dat pak. Maar goed, hij zag er in elke outfit heerlijk uit.

Of *zonder* outfit...

'Ik lust wel een gin-tonic,' zei Cara, 'maar ik ben bang dat het mijn tong iets te veel losmaakt en dat ik dan dingen tegen McMonster zeg die ik eigenlijk ook echt zou moeten zeggen.'

Lara probeerde niet te glimlachen. Ze vond het geweldig dat Cara zo verontwaardigd was namens haar, maar eerlijk gezegd was ze tot het besef gekomen, terwijl Jeff zijn steekjes onder water gaf en Alexandra probeerde zo superieur mogelijk te kijken, dat het haar niets meer deed. Ze was gelukkig met zichzelf en alles wat Jeff kon doen of zeggen zou dat niet veranderen; het raakte haar simpelweg niet meer.

'Wat ijswater zou lekker zijn. En Jeff kan dan niet klagen over de kosten.'

'McMonster kan overal over klagen,' mofte Cara.

Gage tikte tegen de muts van Cara. 'Hé, laat hem je avond niet verpesten. Hij is het niet waard.'

Cara keek even naar Lara en toen naar Gage. 'Hoe kun je hier zo laconiek over doen? Ik bedoel, nadat hij en Lara...'

Gage haalde zijn schouders op. 'Hij en Lara zijn verleden tijd en zij is nu bij mij.' Hij raakte kort haar rug aan. 'Eén ronde bruisend ijswater komt eraan.'

Cara wuifde zichzelf koelte toe. 'Oké, nichtje, jij hebt het in die categorie echt getroffen.'

Ja, dat had ze zeker.

* * *

Gage liep met een boog om het zogenaamde gelukkige paar heen. Hij had mensen in het ziekenhuis gezien die gelukkiger keken dan deze twee. Die lul hield zijn mond zo strak op elkaar dat het leek alsof hij op een dozijn citroenen kauwde, en de glimlach van Alexandra was zo broos dat haar gezicht wel leek te kunnen barsten.

Deze twee deden op dit feestje wel erg hard hun best.

Hij knikte naar de barman. 'Vier glazen ijswater, zodra je de kans hebt.'

'Zeker, geen probleem.'

Gage bleef aan de kant staan, wachtend tot de gasten bediend waren.

'Zo, jongeman, ik neem aan dat u de vergunning hebt gekregen waar u om vroeg?' De advocaatvriend van Lara kwam op hem af en groette hem met zijn glas.

'Zeker. Ik moet u bedanken voor uw bemiddeling.'

'Geen enkel probleem. Sommige mensen zijn een beetje te bevooroordeeld, snap je wat ik bedoel? Neem bijvoorbeeld vanavond. De helft van de mensen hier is er alleen om de verloofde op te nemen. McCullough heeft een grote fout gemaakt door Lara te laten gaan en dat weten we allemaal.'

'Ze heeft me verteld wat u voor haar hebt gedaan.'

'Ik kan vreemdgangers niet uitstaan. Er is geen enkel excuus voor. Hij verdient wat hem te wachten staat, en als dat Alexandra Prescott is, dan kan die man zijn borst beter natmaken.' Hij grinnikte. 'Weathers Davis, trouwens.' Hij schudde Gage de hand. 'Vertel me eens wat over die dansclub van u. Hoe bent u in het strippen terechtgekomen?'

'Ben je een *stripper*?' De lul kwam precies op het verkeerde moment aanlopen.

Gage zette het eerste glas water op de bar, terwijl zijn vingers jeukten — echt *jeukten* — om dat gezicht te verbouwen.

Weathers nam een piepklein slokje van zijn drankje. 'Hij is eigenaar van een dansclub, McCullough.'

'Een stripclub bedoelt u, meneer Davis?'

Gage beet op zijn lip bij de slijmerige toon in de stem van die lul. 'Dat is er een andere term voor, ja.'

'Mijn god. Ik kan niet geloven dat Lara van mij naar een *stripper* is gegaan.' Hij grinnikte. De eikel grinnikte écht.

De vingers van Gage balden zich tot een vuist.

'Ik zie niet in wat er zo grappig is, McCullough.' Weathers nam nog een mini-slokje. De man was een meester in subtiele beledigingen en Gage hoefde alleen maar toe te kijken. 'Een levensvatbare onderneming die inkomsten voor de stad zal genereren en een deel van de verpauperde buurt zal revitaliseren. Een zeer lovenswaardige inspanning, naar mijn mening. Sterker nog, ik ben bereid om erin te investeren als u investeerders zoekt, meneer Tomlinson.'

Gage kon zijn verbazing niet verbergen. 'Ik... ik zal daar met mijn partner over moeten praten. We komen erop terug.'

'Partner? Ben je homo?'

'Zakenpartner.' Gage deed geen moeite om zijn minachting te verbergen. Met Weathers aan boord kreeg hij de legitimiteit die die lul zou respecteren. Niet dat Gage ook maar een zier gaf om het respect van die man, maar hij vond het wel fijn dat de kerel nu met andere ogen naar hem moest kijken.

'Hebben u en uw partner al een vennootschap opgericht?' Weathers draaide zich naar hem toe en negeerde Jeff volledig. 'Dat is misschien iets om naar te kijken. Voor de belasting.'

'Ik heb wel wat ideeën die ik aan u zou kunnen voorleggen.'

Weathers haalde een kaartje uit zijn zak. 'U kunt me bellen. Dan maken we een afspraak.'

De barman zette de rest van de glazen water neer. Gage stopte het kaartje in de zak van zijn jas en pakte de glazen op. 'Fijn u gesproken te hebben. Bedankt voor uw hulp met de vergunning en ik neem contact op. Als u me wilt verontschuldigen, ik moet deze terugbrengen naar de hardwerkende dames bij de desserttafel. Zorg dat u een stuk taart proeft. Lara is fantastisch in de keuken.'

Hij liet genoeg dubbelzinnigheid in die opmerking doorschemeren om die lul te laten nadenken over waar ze nog meer fantastisch was.

En hij zette zichzelf ook aan het denken. Ze hadden nog niets in de keuken gedaan.

Nog niet.

* * *

Het duurde tien minuten voordat het nieuws over de bijbaan van Gage het hele feest rond was gegaan — en Lara wist *precies* waar die informatie vandaan kwam. Jeff liep rond met een superieure houding alsof hij boven iedereen op het feest stond.

Het begon met veelbetekenende blikken van de getrouwde vrouwen. Een paar openlijke uitnodigingen van de vrijgezellen. De boze blikken van de echtgenoten waren de weggever; Lara was daar al heel vertrouwd mee geraakt op het feestje van Gina.

Toen kwam Alexandra naar haar tafel.

'Gage,' zei ze op een manier waar Lara de kriebels van kreeg, 'ik zou het als een persoonlijke gunst beschouwen als je ons vanavond een show zou geven. We zullen het je natuurlijk de moeite waard maken.'

Gage verstijfde en Lara kon de woede door hem heen voelen trekken. 'Ik dans niet.'

'Onzin. Natuurlijk doe je dat wel. Ik heb je gezien.'

Nu verstijfde Lara ook.

Gage keek haar aan. 'Dat was jaren geleden. Toen we net begonnen. Ik doe het niet meer.'

'O, ik weet zeker dat we je kunnen overtuigen. Iedereen heeft zijn prijs.' De lippen van Alexandra krulden in een glimlach waar Lara de nekharen van overeind gingen staan.

'Ik niet.'

Jeff kwam natuurlijk net op dat moment aanlopen. 'Ach, kom op, Tomlinson. Geef ons eens een voorproefje van die "levensvatbare onderneming die inkomsten voor de stad zal genereren en de verpaupering zal tegengaan". Je kunt je geen betere reclame wensen dan een geboeid publiek met geld om te investeren.'

Er zaten ondertonen in het verhaal van Jeff die Lara niet begreep, maar ze begreep wel dat hij probeerde Gage in verlegenheid te brengen.

'Je kunt naar de grote opening komen en het dan zien, McCullough.' Gage vertrok geen spier. Nou ja, behalve zijn vingers. Die waren nu tot vuisten gebald.

'Geen vertrouwen in je product? Hoe verwacht je het te verkopen als je het niet – nou ja – verkoopt?' De grijns van Jeff was nog erger dan die van Alexandra. Die twee waren echt voor elkaar gemaakt.

'Prima. Willen jullie een voorproefje?' Gage rukte de muts van zijn hoofd. 'Dan krijgen jullie een voorproefje.'

Hij trok zijn mobiel uit zijn achterzak. 'Lara, zoek de afspeellijst op en laat hem die op het geluidssysteem aansluiten. Ik heb een paar minuten nodig om me voor te bereiden.'

De afspeellijst. Wat herinnerde ze zich die afspeellijst nog goed.

Gage beende weg naar zijn auto, terwijl Cara woedend overeind sprong.

'Jij, McMonster, bent de grootste lul op aarde. Ik kan niet geloven dat je hem zo voor het blok zet. Je gaat het dubbele van zijn normale tarief betalen voor deze stunt.'

'Hou je kop, Cara, of ik schop je eruit. En denk maar niet dat ik daar niet van elke minuut zal genieten. Ik wilde het al doen elke keer dat je bij Lara op bezoek kwam.'

'En ik wilde elke keer over je heen kotsen, maar blijkbaar was ik de enige die genoeg van Lara hield om haar niet als oud vuil te behandelen.'

Lara trok aan de krullen van Cara. 'Alsjeblieft, ga niet met hem in discussie, Cara. Laat het maar zitten. Hij kan me geen pijn meer doen.'

'Maar wat hij Gage aandoet dan?'

Lara beet op haar lip en verlaagde haar stem. 'Hij denkt dat hij Gage belachelijk maakt, maar wat denk je dat er gebeurt zodra Gage begint te dansen? Wie staat er dan voor schut?'

Er verscheen een glimlach op het gezicht van Cara. 'Oeeh, die bevalt me wel.'

Ze zou het nog veel leuker vinden als ze zag wat Lara ook nog van plan was...

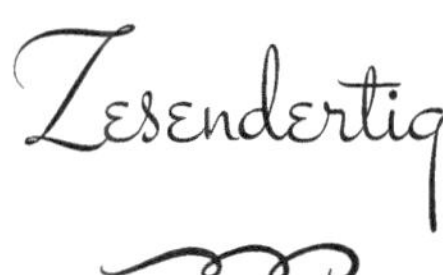

Zesendertig

De elektronische intro van *Simply Irresistible* begon en alle ogen richtten zich op het 'terras' van Jeff.

Gage stond met zijn rug naar het publiek, zijn armen wijd gespreid, zijn koksbuis nog steeds aan, en één been schudde net genoeg om zijn billen eronder in beweging te brengen.

Net als voorheen waren de vrouwen de eersten die dichterbij kwamen.

De beat viel in en Gage draaide zich bliksemsnel om, terwijl hij de jas openrukte.

Niets dan blote huid en die zwarte broek daaronder.

Zijn heupen tolden, zijn spieren spanden zich aan en Gage bespeelde de menigte met zijn sexy blik; elke vrouw werd getrakteerd op zijn uiterste concentratie gedurende de paar seconden dat hij oogcontact met haar maakte.

Het gefluit en gejoel begon.

'Lieve hemel, wat is hij heet.' Cara wapperde met haar handen voor haar gezicht. 'Ik weet het niet, Lar. Ik denk dat hij jouw beloning is voor alle ellende die je van die klootzak daarginds hebt moeten verdragen.' Ze gaf Lara een duwtje. 'Kijk eens naar zijn gezicht.'

Lara keek niet eens in de richting van Jeff. Niet als ze naar Gage kon kijken.

'Doe je me een plezier, Car? Blijf jij hier bij de tafel staan? Ik ben zo terug.'

Ze wachtte Cara's instemming niet af, maar hield haar ogen op Gage gericht en liep — nee, schreed — door de menigte, terwijl de muziek door haar heen trilde, net als die andere keer dat hij dit nummer had opgezet.

Op het podium gleed zijn jas van één arm af. Het was een prachtig gezicht hoe zijn gespierde arm duim voor sexy, watertandende duim werd onthuld. Zijn borstspier spande zich aan terwijl hij zich eruit wurmde, waarna hij de hele verleidelijke beweging in slow motion herhaalde aan de andere kant.

De vrouwen stonden nu drie rijen dik bij de trap.

Lara voegde zich bij hen.

Gage draaide zich weer om en wreef de jas over zijn rug, liet hem lager zakken... lager...

Daar, tegen zijn kont aan, en de vrouwen begonnen te juichen. Vrijgezel, getrouwd, jong, oud, partner, stagiaire, het maakte niet uit; ze genoten allemaal van de show.

Gage maakte handig gebruik van hun belangstelling. Hij bespeelde die jas ook. Lara zou nooit meer op dezelfde manier naar een koksbuis kijken.

Ze knoopte de hare los. Het begon een beetje warm te worden te midden van de menigte opgewonden vrouwen. Vooral omdat zij er zelf ook een was.

Hij streek met de opgepropte jas over zijn buikspieren en plaagde zijn publiek met al dat lekkers waar Lara uit de eerste hand — en met haar tong — ervaring mee had.

Ze bewoog mee op de muziek en herinnerde zich hoe ze op dit punt met haar billen had geschud toen ze voor hem danste.

Ze deed het opnieuw waar ze stond. Uit haar ooghoek zag ze Alexandra dichterbij komen. En ze zag Jeff kijken met een nors gezicht. Dat versterkte alleen maar wat ze van plan was te gaan doen.

De muziek hield twee hartslagen stil voordat de beat weer keihard inviel. Gage hield ook even in, zijn heup klaar om omlaag te draaien, en toen de muziek begon, gebeurde het, en o, wat was het een schitterend gezicht. Zijn buikspieren trokken zich samen, zijn borstspieren spanden zich en zijn billen — o god, zijn billen — schudden in een perfect ritme.

En toen rukte hij zijn broek uit.

Hij droeg die kleine, strakke, zijdezachte zwarte short die hij al eerder aan had gehad, en die sloot nauw om zijn dijen zoals haar handen dat zouden willen doen.

De vrouwen werden wild.

De mannen keken of ze liever overal behalve hier wilden zijn.

Lara wilde daar boven bij Gage zijn.

Dus drong ze zich door de menigte heen. Ze beklom de trap in het ritme van de muziek.

Ze knoopte de jas los.

En toen Gage zich omdraaide, gaf ze hem haar meest sexy glimlach ooit.

* * *

Voor de eerste keer die hij zich kon herinneren, miste Gage een stap in zijn optreden. Maar god, het was begrijpelijk. Lara kwam op hem af terwijl ze *haar jas losknoopte*. Met een deining in haar heupen. En een blik op haar gezicht die hij had gezien op de avond dat ze voor hem had gedanst.

Zoals ze nu ook deed.

Hij likte zijn lippen af omdat zijn mond droog was geworden.

Zij likte de hare, puur om hem tot waanzin te drijven.

Daarna liet ze haar jas van haar schouders glijden voor nog meer waanzin.

'Wat ben je aan het doen?' fluisterde hij terwijl ze zich naast hem manoeuvreerde, haar heupen bewegend in de maat met de zijne en veel te dichtbij voor deze short om het effect te verbergen.

'Ik dans. Waar lijkt het op?'

Hij stak zijn handen in de lucht om het publiek te behagen, wetende wat het met zijn buik deed, maar de waarheid was dat dit op de automatische piloot ging. Hij probeerde te bevatten dat Lara — *zijn* Lara — voor het publiek stond te dansen, en als ze deed waar het op leek, dan was ze met hem aan het strippen.

Haar vingers maakten de knoopjes van haar bloes los.

Gage's mond werd kurkdroog, en voor de tweede keer miste hij een stap.

'Lara?'

'Dansen, Gage. Precies zoals je me hebt geleerd.' Haar glimlach was ondeugend sexy. 'Jeff wilde een show? Dan gaan we hem die geven.'

En toen lachte Gage. Hij kon het niet helpen. Ze was goud waard.

Hij danste voor haar uit en bespeelde de menigte. Interessant genoeg toonden de mannen nu ook belangstelling, en een moment — of zes —

wapperde er een rode vlag voor zijn ogen als bij een stierengevecht. Hij wilde niet dat die mannen naar haar keken. Ze was van hem.

Toen besefte hij de hypocrisie en liet hij zichzelf van het moment genieten. Ze mocht de hele nacht voor deze kerels dansen, maar ze ging met hém mee naar huis.

Hij keek naar die eikel. De uitdrukking op het gezicht van die vent was hilarisch. Zijn plan om Gage in verlegenheid te brengen was totaal mislukt. Iedereen op zijn kantoor zou het nog jaren over dit feest hebben, maar niet om de reden die Jeff voor ogen had.

Hij keek over zijn schouder naar Lara. Haar bloes met korte mouwen was uit haar broek en ze was net zo behendig met die knoopjes als zijn jongens. Ze had goed opgelet bij dat vrijgezellenfeest. Of ze was een natuurtalent.

Hij keek naar de manier waarop haar heupen bewogen. Ja, ze was een natuurtalent.

Addicted to Love begon en hij zag het tempo in de menigte omhooggaan. Heupen draaiden, billen botsten tegen elkaar, er werd hier en daar wat geschuurd dat erger zou zijn geweest als het later op de avond was en de alcohol rijkelijker had gevloeid, maar het was allemaal prima. Iedereen was in een feeststemming. Iedereen behalve Jeff.

Die verkeerde in een beslist *niet*-feestelijke stemming en keek alsof hij elk moment de muziek wilde stopzetten. Maar zelfs hij was slim genoeg om in te zien dat hij dan een muiterij over zich heen zou krijgen, dus moest hij het wel ondergaan.

Gage danste naar Lara toe. 'Je gaat hem toch niet echt uitdoen, hè?'

Ze liet een stukje van haar schouder zien onder de bloes. 'Waarom niet? Ik heb mooi ondergoed aan. Niet anders dan die short van jou.'

Behalve dan dat het hem niets kon schelen of iemand hem in deze short zag, maar Lara's ondergoed was alleen voor zijn ogen bedoeld.

Hij glimlachte. 'Ga je gang, schat.'

Ze glimlachte terug. 'Dat ben ik zeker van plan.'

En dat deed ze. Allemachtig, en hoe.

Gage liet de poging varen om zijn erectie te verbergen, want dat lukte toch niet. De short was strak genoeg dat hij niet volledig de ruimte had, maar iedereen die naar hem keek, wist direct dat hij opgewonden was. Wat hem, ironisch genoeg, alleen maar meer opwond. Al die mensen stonden daar te kijken hoe hij en Lara een dans uitvoerden die zo oud was als de weg naar Rome. Verleiding, verlangen, ze waren universeel. En elke persoon daar wilde wat hij en Lara hadden.

Ze liet haar bloes langs haar armen glijden en, lieve hemel, haar blauwe kanten beha bedekte haar tepels nauwelijks en duwde haar borsten op een verrukkelijke manier omhoog. Ze had zich nog niet naar het publiek omgedraaid, en hij voelde de verwachting gonzen op de maat van de muziek.

Hij stond achter haar, met zijn kont naar de menigte — gaf er nog een extra schud aan — en trok haar bloes van haar armen.

Ze draaide zich langzaam om, haar glimlach alleen voor hem bestemd, en Gage wilde haar kussen. Hij deed het niet, want hij zou nooit meer ophouden als hij eenmaal begon, maar hij keek. O ja, hij keek zeker.

'Mooie cupcakes,' zei hij.

Ze wierp haar hoofd in haar nek en lachte, haar krullen vielen om haar schouders, en hij had nog nooit van zijn leven zoiets moois gezien.

Ze plaatste haar rechterarm tegen de zijne en danste om hem heen, waarbij haar schoonheid nu voor iedereen zichtbaar was.

Gage voelde hoe hij nog harder werd. Verdomme. Over onprofessioneel gesproken.

Hij danste achter haar — niet dichtbij genoeg om tegen haar aan te schuren. Dat was de grens van openbare schennis van de eerbaarheid en hij wilde Jeff geen enkele reden geven om hen eruit te gooien. Dit was Lara's moment en hij wilde dat ze ervan genoot.

Ze liet haar vingers onder de tailleband van haar broek glijden.

Shit, hij was vergeten dat die ook uit zou gaan.

Ze wiebelde en de broek zakte naar beneden.

Ze droeg een string.

Gage kreunde. Een string. Wat was er gebeurd met een degelijke slip? Zelfs een hipster? Maar een string?

Ze probeerde hem dood te maken.

Hij keek naar Jeff. *Die* wilde hem doodmaken.

Gage verborg zijn glimlach en bewoog zijn heupen achter Lara.

De menigte was weer in beweging gekomen, de mannen bij hun vrouwen. Er werd veel meer geschuurd en gedraaid.

Hmmm, misschien had Lara een punt. Gezamenlijk strippen. Ze konden het aantal mogelijke klanten verdubbelen als koppels er een avondje uit van maakten. Dan hadden ze misschien wel een grotere locatie nodig.

Haar broek gleed tot onder haar billen. Haar lieve, perfecte, ronde, verleidelijk lekkere, *naakte* billen.

Hij moest zich omdraaien. Zijn rug naar de menigte houden. Hij schudde met zijn kont, gaf hen die show omdat hij hen de andere niet kon geven. De short bevatte te veel spandex.

Lara kreeg echter haar eigen privéshow.

Haar ogen werden groter en ze likte haar lippen af. Wat hem alleen maar harder maakte. Hij schokte binnenin zijn short — dus wiebelde hij nog meer met zijn achterwerk.

Ze liet haar broek zakken en slaagde er op de een of andere manier in om in de maat van de muziek te blijven terwijl ze die over haar lange, verrukkelijke, ronde benen uittrok, been voor been.

Toen ging ze staan en hief haar armen, die ze golvend bewoog als een haremmeisje, maar in haar schaarse kanten lapjes die niets aan de verbeelding overlieten, leek ze er totaal niet op.

Hij hoorde de menigte gezamenlijk ademloos toekijken. Wat zij tweeën aan het doen waren, ging strippen zo ver te buiten dat het illegaal zou zijn als ze elkaar zouden aanraken.

Lara draaide langzaam om haar as, haar heupen cirkelend terwijl ze iedereen veel te veel van een show gaf.

En ze genoot van elke minuut, te oordelen naar de glimlach op haar gezicht.

God, hij hield van haar. Ze ging zo op in het moment, was zo volkomen en perfect daar bij hem, zo natuurlijk als ademhalen, en ze benam hem de adem.

Het maakte hem niet uit wat hij moest doen, maar Lara moest in zijn leven blijven. Voor altijd.

Het nummer eindigde en Lara stond klaar om door te gaan toen het volgende begon, maar Gage was er klaar mee. Hij kon zich niet veel langer beheersen — zeker niet zo in het openbaar — en hij moest haar nu alleen hebben.

Hij pakte haar hand — het enige deel van haar dat hij zichzelf toestond aan te raken — en hield die omhoog. 'Buigen,' fluisterde hij, terwijl hij haar meenam in de beweging.

De menigte werd uitzinnig. Het gefluit was doordringend, de kreten om een 'encore' luid en onstuimig — en getint met meer dan een beetje frustratie — maar Gage beëindigde de dans. Buren die niet waren uitgenodigd, zouden de politie kunnen bellen en het laatste wat hij of Lara nodig hadden, was betrapt worden terwijl hun broek op hun enkels hing.

Vooral omdat hij van plan was de hele nacht zo te verblijven. Met haar. In haar bed.

Hij griste hun kleren bij elkaar en trok haar mee het huis van Jeff in, waarbij hij de openslaande deuren achter hen op slot draaide zodra ze binnen waren.

Daarna trok hij haar mee naar de bijkeuken aan de rechterkant, deed die deur ook op slot en kuste haar tot ze sterretjes zag.

* * *

'Wat bezielde je in hemelsnaam?' vroeg hij toen ze eindelijk weer naar adem hapten.

'Vond je het niet leuk?'

'Schatje, ik vond het té leuk.' Hij duwde zijn heupen naar voren. 'Ik ben de hele tijd keihard geweest en iedereen in het publiek heeft het gezien.'

Ze grijnsde breed. 'Mooi zo.'

Het *wás* mooi. Alleen niet echt gepast. 'Serieus, Lara, wat bracht je ertoe?'

Ze stapte in haar broek en trok hem omhoog. Een doodzonde, volgens hem. 'Jeff. Hij was een eikel door je zo voor het blok te zetten, door te proberen je voor paal te zetten.'

'Hij zette me niet voor paal. Ik schaam me niet voor wat ik doe.' En dat was waar. Dat besefte hij nu. Het *was* een eerlijk bedrijf en eentje waar hij verdomd goed in was.

'Ik ben het gewoon zo zat dat hij denkt dat hij alles kan bepalen. Dat het op zijn manier moet of helemaal niet. Dus besloot ik de rollen om te draaien. De meeste mensen hier waren ontdaan door wat hij me aandeed. Ik wilde hen laten zien dat het goed met me ging. Dat het Jeffs fout was, niet de mijne, en dat ik verder ben gegaan. En ja, misschien wilde ik hem laten weten dat ik niet de persoon was die hij dacht, en dat hij niets meer te zeggen heeft over hoe ik mijn leven leid. Het was mijn keuze, Gage. Mijn keuze. Weet je hoe bevrijdend dat was?' Ze schoot in haar bloes, maar liet hem openstaan en greep zijn armen vast. 'En ik wilde met je dansen. Ik wilde dat al die vrouwen wisten dat je van mij bent. Ze mogen kijken, maar aan het eind van de dag ga je met mij naar huis.'

'Voor altijd?' vroeg hij.

Ze verstijfde. 'Voor altijd? Wat... wat bedoel je?'

Het was zijn beurt om haar armen vast te pakken. 'Ik bedoel *voor altijd*, Lara. Ik wil voor altijd met je naar huis gaan. Ik wil je voor altijd *in* mijn huis hebben. Ik wil dat jij voor altijd mijn thuis *bent*.'

Hij pakte haar bloes vast en begon die van boven naar beneden dicht te knopen. Zijn vingers rekenden snel af met het eerste knoopje, maar bij het tweede — die precies boven haar hart zat — stopte hij. 'Ik hou van je. En ik wil de rest van mijn leven met je doorbrengen. Wil jij het jouwe met mij doorbrengen?' Hij schoof het knoopje door het gat. 'Wil je met me trouwen, Lara?'

Hij zou nooit meer de blik vergeten die op dat moment in haar ogen kwam. Nooit, in geen miljoen jaar, zolang hij leefde, zou hij de liefde vergeten die uit haar ogen sprak.

Vlak voordat ze haar armen om hem heen sloeg en hem steviger vasthield dan wie dan ook ooit had gedaan.

'O Gage, ik hou ook van jou! Ja! Ja! Ik wil dolgraag met je trouwen!'

Toen kon het hem niet meer schelen wie er eventueel binnen zou komen. Hij kuste haar en liet zich meeslepen door het gevoel.

Maar hij had te veel respect voor haar en hun liefde om het te bezegelen met een vluggertje in de bijkeuken van haar ex-man, dus na een paar minuten schoof hij haar met een laatste, slepende kus van zich af. 'Ik weet dat het een tijdje lastig zal zijn. We hebben het allebei zo druk en het geld... Het zal krap worden, Lara. Ik kan je niet alles geven wat Jeff kon—'

Ze snoerde hem de mond met een vinger op zijn lippen. 'Ik wil niet wat Jeff me kon geven. Als je het je herinnert: ik hád het. En ik ben erbij weggelopen. Omdat het enige wat hij me niet kon geven, precies is wat jij wel kunt. En dat is iets wat ik boven alles waardeer: jouw hart. Het maakt me niet uit wat we moeten doen om het te laten werken. Ik ben niet bang om hard te werken. Maar als ik jou heb om bij thuis te komen, dan is dat de hemel op aarde.'

Hij kreeg geen woord uit door de brok in zijn keel, maar hij probeerde het toch. 'En het dansen? Vind je dat echt oké?'

Ze trok een wenkbrauw op en ze keek hem zondig sexy aan. 'Heb ik dat net niet bewezen?'

Hij sloeg zijn armen om haar middel en trok haar tegen zich aan. 'Wat je bewezen hebt, vrouw, is dat je de meest sexy vrouw op aarde bent en dat ik van geluk mag spreken dat je in mijn leven bent.'

'We hebben allebei geluk, Gage. We hebben elkaar gevonden.'

'En we laten elkaar nooit meer los.'

'Nee. Dat doen we niet.' Ze kuste hem opnieuw, vol passie en vuur, en hij voelde zijn vastberadenheid wankelen om van hun eerste officiële keer iets gedenkwaardigs te maken — en niet een vluggertje in de bijkeuken.

'Kom op, schatje, laten we teruggaan naar het feest, de boel afronden en hier maken dat we wegkomen. Ik kan niet wachten om je alleen te hebben.'

'Hm, daarover gesproken.'

Hij stopte. 'Hoezo?'

'Over dat alleen zijn. Jij hebt dat grote huis waar je het onderhoud voor betaalt en ik heb mijn appartement. Wat zou je ervan zeggen als we mijn appartement verkopen en het geld steken in, o, ik weet niet, laten we zeggen, een nachtclub? Je weet wel, eentje met *strippers*.' Ze imiteerde 'de eikel'.

'Zou je dat doen?'

'Voor een deel van het eigendom, zeker.'

'Mede-eigenaar, hè?'

'Nou, natuurlijk. Een goed gespreide portefeuille is altijd verstandig. En wat ik niet in het bedrijf van jou en Bryan investeer, kunnen we gebruiken voor Connors medische rekeningen.'

Ze maakte hem nederig. 'Heel erg bedankt, lieverd, maar we gaan jouw geld niet voor hem aanraken. Ik red het wel. Maak je over hem geen zorgen.'

'Dat doe ik wel en dat kan ik wel, en als ik je wil helpen, dan mag je geen nee zeggen. Zou jij niet hetzelfde voor mij doen?'

'Nou, natuurlijk wel, maar—'

'Dan is dit niet anders.'

'Hé, ik heb een nog beter idee voor je geld.'

Ze trok haar wenkbrauw weer op, maar dit keer sceptisch in plaats van sexy. 'Wat kan er nu beter zijn dan je neefje helpen?'

'Nou, dit zou hém helpen, maar het zou ook voor ons zijn.'

'Wat dan?'

'Hoe zou je een huwelijksreis vinden naar een zeker resort in Orlando, inclusief kastelen en wensen en dromen? Er wordt gezegd dat het de gelukkigste plek op aarde is.'

'Dat mag dan hun slogan zijn, maar de gelukkigste plek voor mij, Gage, is precies hier. In jouw armen.'

246

Het einde en bedankt voor het lezen

Het einde. Bedankt voor het lezen! Help andere lezers mijn boeken te vinden door een recensie achter te laten op de plek waar u het heeft gekocht. En als u graag meer van mijn verhalen wilt zien, sla dan de pagina om!

EEN MEIDENUITJE WAS NOG NOOIT ZO LEKKER!

Ook Spierenbonken

Maken Fouten

BEEF CAKE INC.

JUDI FENNELL

Eén

Hij had een zoon.

Bryan Lassiter stond aan het einde van het supermarktpad en staarde naar het jongetje een meter voor hem.

Hetzelfde krullende zwarte haar, inclusief identieke hanenkam boven het rechteroog die wat lager hing dan links, en hetzelfde kuiltje in zijn rechterwang. Ook de ogen waren hetzelfde. Die verdomde violette ogen die Bryan altijd had gehaat sinds Julie Richardson ze in de eerste klas 'mooi' had genoemd. Hij en Elizabeth Taylor.

En nu deze jongen.

En als *die* al niet genoeg waren, gaf de moedervlek op de arm van het kind de doorslag. Bry had dezelfde, gevormd als een vijfpuntige ster met een afgeronde punt aan de onderste rechterpunt. Bryan had er uiteindelijk een tatoeage overheen gezet – in de vorm van een ster – maar het was dezelfde.

Hij had een zoon.

'Trevor? Waar ben je?' Een knappe brunette kwam gehaast om het uiteinde van het schap, bezorgdheid op haar gezicht. Het verzachtte toen ze de jongen zag – het tegenovergestelde van Bryans reactie.

Hij kende haar niet.

Nou ja, hij had met veel vrouwen geslapen in zijn leven, maar hij was trots op zijn vermogen om te onthouden hoe ze eruitzagen, hoe dronken hij ook was geweest–

Nee. Dat was niet helemaal waar. Brads vrijgezellenfeest was één dronken waas geweest en er was mogelijk een stripper bij betrokken geweest...

Aangezien Brads feest vier jaar geleden was en de jongen er ongeveer drie uitzag... ja, het leek meer dan mogelijk, hoewel hij nooit zo dronken was geweest dat hij geen condoom had gedragen.

Waarvan bekend is dat ze kunnen breken.

Verdomme. Aangezien dat kind net zo leek op al zijn babyfoto's, kon één nacht van losbandigheid en pech hebben geleid tot een zoon.

'Schat, ik zei toch dat je niet bij mama weg moest rennen. Dit is geen plek voor verstoppertje.'

Bryans blik schoot naar 'mama'. Ongeveer één meter zeventig, met bruin krullend haar tot de kin dat ze steeds achter haar oren streek maar dat niet bleef zitten, hoge jukbeenderen en grote ogen – blauw of grijs, hij kon het niet met zekerheid zeggen. De gracieuze bewegingen van een danseres die verloren zouden gaan in een stripclub, maar die eindeloze benen zeker niet.

Hadden die zich ooit om hem heen geslagen? Bryan voelde zich stijf worden bij de gedachte alleen al.

Maar toen keek hij naar Trevor en werd zijn hele *lichaam* gespannen. Als dat jongetje van hem was, had ze hem hem onthouden.

Wist ze eigenlijk wel *wie* de vader was?

'Ik ben sowwy, Mama.' Trevor stopte zijn duim in zijn mond en Bryan was nog overtuigder dat de jongen van hem was.

Veel kinderen zoogen op hun duim, maar het was de manier waarop Trevor met zijn hanenkam speelde – net zoals Bryan had gedaan. Totdat zijn vinger vast was komen te zitten in de klitten en zijn oudere broer Kyle hem had uitgelachen. Moeder had zijn vinger los moeten knippen en dat puntje haar op zijn voorhoofd was nog iets anders geweest waar Kyle hem mee pestte. Het was de laatste keer geweest dat Bryan op zijn duim zoog.

'Ja, nou, je deed me schrikken, lieverd. Ik wil niet dat iemand je van me afpakt, oké? Je moet bij me blijven.' *Mama* knielde neer en omhelsde Trevor, waarbij de beweging haar strakke beige broek laag in haar rug trok.

Geen tramp stamp, dus hij had tenminste smaak in vrouwen gehad toen hij dronken was. Zelfs bij strippers.

Bryan schudde zijn hoofd. Juist hij mocht haar niet veroordelen. Hij had zelf in zijn tijd aan strippen gedaan en was nu eigenaar van een exotische dansrevue, Beef-Cake, Inc. Maar hij en zijn partner Gage runden een chic bedrijf en 'geen fraternisatie' was *de* belangrijkste regel. Jammer dat zij zich niet aan diezelfde regel hield.

'Waarom zou iemand mij pakken, Mama?' Trevor stopte met het draaien van zijn haar, een lok om zijn vinger gewikkeld.

Mama streek met haar ringloze linkerhand over Trevors haar, bevrijdde de vastzittende vinger en liet haar handpalm naar zijn wang glijden. 'Omdat je een heel bijzondere jongen bent, Trevor. Daarom houd ik zoveel van je. Dus je moet altijd bij me blijven en niet weglopen, oké? Zelfs als je aan het spelen bent.'

Trevor knikte en Bryan had het gevoel in een spiegel te kijken. 'Maar *waarom* ben ik bijzonder?'

Ze trok hem tegen zich aan en kuste zijn wang. 'Omdat jij mijn jongentje bent.'

Vanaf zijn plek had Bryan perfect zicht op de felle uitdrukking op haar gezicht toen ze het zei, de snelle aanspanning van haar biceps onder de korte mouw van haar T-shirt terwijl ze hem omhelsde. Ze hield van het kind. Maar duidelijk niet genoeg om hem de vader te geven die hij verdiende.

Bryan had de neiging haar dat te vertellen, maar supermarktpaden zijn niet de beste plek om de vuile was buiten te hangen. Hij keek op zijn telefoon hoe laat het was. Nog anderhalf uur tot de meeting met Gage.

Hij zette zijn zonnebril op en trok de klep van zijn pet lager. Hij kon nog wat blijven hangen. Haar volgen om te zien waar ze woonde – en dan plannen wanneer *wel* het beste moment was om op te duiken en over zijn vaderschapsrechten te praten.

* * *

Jenna Corrigan omhelsde haar zoon en probeerde haar hart te dwingen te stoppen met bonzen. God, ze had gedacht hem kwijt te zijn.

Drie jaar sinds hij haar zoon was geworden, en nog steeds was ze niet over het gevoel heen dat hij op de een of andere manier van haar afgepakt zou worden. En dan bedoelde ze niet door een vreemde.

Wat als de vader terugkwam? Wat als hij zijn zoon wilde?

Jenna kneep haar ogen dichter, omhelsde Trevor steviger tot hij begon te wiebelen en ze hem los moest laten. Ach, om zo zorgeloos te zijn.

Daar moest ze op focussen, niet op het feit dat de man die haar zus zwanger had gemaakt en was vertrokken, de verantwoordelijkheid wilde nemen waar hij voor weg was gelopen. Bovendien waren zij en Mindy naar een advocaat gegaan voordat haar zusters kanker terminaal werd, en hadden ze de documenten geregeld zodat er bij het onvermijdelijke einde geen problemen waren om Trevor van haar te maken.

'Mag ik een ijsjie?' Trevor zoog aan zijn duim.

Jenna glimlachte. Kon al het leed in het leven maar met een ijsje verholpen worden. 'Natuurlijk, schat. Welke smaak?'

'Wocky Woad. Dat is mijn favowiet.'

Deze week. Vorige week was het nog pepermuntsmaak geweest.

Jenna liet hem los uit de omhelzing, haar lichaam onmiddellijk verlangend naar zijn nabijheid. Ze had hem niet gedragen, maar het voelde wel zo. Ze had de eerste drie maanden na Mindy's dood elke nacht bij hem geslapen – meer voor haar eigen troost dan de zijne.

Ze stond op en deed alle gedachten aan *dat* van zich af. Dit was haar leven nu. *Trevor* was haar leven. Ze moest doorgaan. Ze *zou* doorgaan.

Ze stak haar hand uit. 'Laten we er snel een uitzoeken, schat.'

'Oké, Mama.' Natte vingertjes schoven in haar handpalm en Jenna zou het niet anders willen.

Ze liepen het gangpad af en Jenna ving de glimlach op van een man die zijn hoofd afwendde, terwijl de klep van zijn honkbalpet zijn ogen verborg. Hij had geluisterd. Waarschijnlijk zelf een vader, als die schampere grijns iets te betekenen had. Hij kende de opluchting die zij had gevoeld toen ze besefte dat haar kind er nog was.

Zoals altijd sloeg de pijn met hevige kracht in haar maag en Jenna deed een halve stap achteruit. Zou dat gevoel ooit weggaan?

'Mag ik ook chocwade?' Trevor, zoals altijd, trok haar terug naar het heden. Een plek die zoveel beter was dan hun verleden.

'Er zit chocolade in Rocky Road, Trev. Brokjes en stukjes.'

'Oh. Oké.' Zijn duim ging terug zijn mond in en hij schakelde over naar haar andere kant, de vingertjes die normaal zijn haar draaiden klemden nu haar hand vast. Ze moest waarschijnlijk proberen zijn duimzuigen af te leren, maar afstand doen van iets troostends ging haar tegen de borst. Ze wist uit ervaring hoe belangrijk troostdingen waren.

Vooral als het leven er zonder net iets te zwaar kon zijn.

Royally Sunk

Tot over haar oren

Reel is een meerman zonder staart en Erica is als de dood voor de oceaan. Slechts één ding kon haar het water in krijgen: een vuurwapen. En slechts één ding kon haar daar houden: de sexy meerman die haar leven redt, om vervolgens dat van hemzelf op het spel te zetten.

Wild en diepblauw

Valerie is een zeemeermin-prinses die is gestrand in het midden van het land. Rod is de prins die op pad gaat om haar te redden. Maar kunnen ze het complot van een troonbezetter ontduiken en op tijd terugkeren naar de oceaan voordat zijn staart — en zijn aanspraak op de troon — voorgoed verdwijnen?

De vangst van haar leven

Logan is *weggelopen* van het circus; het enige wat hij wil is een normaal leven. De naakte vrouw die op zijn boot verschijnt is allesbehalve normaal.

Vooral wanneer Angel een zeemeermin blijkt te zijn — met een woedend zeemonster achter zich aan.

Liefde op de klippen

Prinses Mariana is geen aanstelster; ze *is* echt een kunstenares, wat ze gaat bewijzen met het beeldhouwwerk dat ze op een verlaten eiland maakt. Het probleem is dat Jace zich daar schuilhoudt. Hetgeen dat Mariana zal bevrijden uit haar koninklijke gevangenis, is precies datgene wat Jace fataal zal worden. Romantiek is al lastig genoeg, maar wanneer er een tsunami op komst is, hangt de liefde aan een zijden draadje.

Golven maken

Lees over Het Incident waardoor Erica doodsbang werd voor de oceaan, de reden waarom Valerie, de verloren prinses, werd gevonden, en hoe Logans jonge zoon Michael een zeemeermin vond. De verhalen *vóór* de verhalen.

Bottled Magic

Ik droom van djinns

Matts geluk keert eindelijk wanneer de geest Eden uit haar fles ontsnapt en in zijn schoot belandt. Letterlijk. En ze zweert er nooit meer in terug te gaan. Helaas voor hen beiden wil de man die haar erin heeft opgesloten haar terug, en hij zal voor niets terugdeinzen om haar te krijgen.

Djinn weet raad

Samantha erft het landgoed van haar vader, compleet met een geest die nog één meester moet dienen voordat zijn dienstbaarheid erop zit. Sam is meer dan bereid om Kal vrij te laten — totdat haar hebzuchtige ex besluit dat als hij Sam niet kan krijgen, niemand haar krijgt.

Mijn lieve djinn

Zane heeft het voorouderlijk herenhuis geërfd waar hij maar wat graag vanaf wil om de geruchten over de krankzinnige geschiedenis van zijn familie de kop in te drukken. Jammer genoeg is de geest die de oorzaak van die geruchten was vrijgelaten om opnieuw chaos te veroorzaken. Alleen speelt ze dit keer met zijn hart.

Jouw wens is zijn bevel

Ontdek hoe Kal in zijn lantaarn gevangen kwam te zitten en waarom hij 1.001 meesters moet dienen. Het is het verhaal vóór het verhaal.

Once-Upon-A-Time Romance

Belle en de Beste

Jolie is overdag privékok en 's nachts schrijfster van liefdesromans. Dus wanneer ze een klus krijgt bij de knappe, teruggetrokken kunstenaar Todd, heeft ze de perfecte held voor haar boek gevonden. Totdat Todd erachter komt en haar uit zijn keuken, zijn huis *en* zijn hart schopt.

Als de schoen past

Er was eens, heel lang geleden, in een land hier ver vandaan, een meisje genaamd Assepoester. Dit is niet haar verhaal. *Dit* is het verhaal van Lucinda Isabella Casteleoni, die net als haar naamgenote een gemene stiefmoeder heeft, twee ordinairstiefzussen en talloze uren hard werk waar ze (niet) naar uitkijkt. Maar in tegenstelling tot die sprookjesprinses is Bella's droomprins nergens te bekennen. Totdat een oud mannetje met fonkelende groene ogen een schoenwinkel opent in de straat. Dan begint de magie...

Achter het glas in lood

Door een onbedoelde reis naar het middeleeuwse Engeland moet reclamevrouw Kate halsoverkop op zoek naar een manier om weer thuis te komen... Maar kan ze de woest aantrekkelijke ridder op het witte paard op wie ze verliefd is geworden met zich mee terugnemen?

BeefCake, Inc.

Ook Spierenbonken Houden van Zoet

Lara wil dat haar cupcakes een succes worden. Exotisch danser Gage zou ze best eens willen proeven, maar door zijn werkschema om de ziekenhuisrekeningen van zijn neefje te betalen heeft hij daar geen tijd voor. Totdat er een feestje is waar spierbundels en cupcakes elkaar ontmoeten en, *oh*, wat is dat heerlijk!

Ook Spierenbonken Maken Fouten

Wanneer Bryan Jenna aanziet voor een prostituee en zij beseft dat hij de vader van haar geadopteerde zoon is, stapelen de fouten en misverstanden zich op. Maar er groeit ook iets anders tussen hen. Soms kan een verkeerde afslag precies de juiste zijn...

Ook Spierenbonken Verdienen een Tweede

Tanner wil zijn ex-vrouw voorgoed uit zijn leven hebben, maar wanneer haar grootmoeder een beroerte krijgt en hij moet doen alsof hij nog steeds verliefd is op Juliet, durft hij het dan aan om die ene vrouw die nooit is opgehouden met van hem te houden een tweede kans te geven?

Ook Spierenbonken Laten Harten Smelten

Gina is al een eeuwigheid verliefd op Darien — tot de dag dat hij haar op school vernederde. Vijftien jaar later laat hij haar koud. Exotisch danser Darien is teruggekomen naar de stad om een paar dingen recht te zetten. Een daarvan is de puinhoop die hij jaren geleden voor Gina heeft veroorzaakt... en *misschien* het vuur weer aanwakkeren dat er ooit was. Maar de enige manier om de sneeuw rond Gina's hart te doen smelten, is door het vuur flink op te stoken, zowel tijdens het werk... als daarna.

Manley Maids

Wat gebeurt er als drie onweerstaanbaar sexy broers een pokerweddenschap verliezen van hun ondernemende zus? Ze worden verhuurd voor haar schoonmaakbedrijf. Nu staan de Manley Maids tot uw dienst. Tevredenheid gegarandeerd.

Wat een vrouw wil

Resorteigenaar Sean is van plan een historisch landgoed te kopen, hiermee naam te maken en miljoenen te verdienen, dus trekt hij erin onder het voorwendsel het pand schoon te maken om een bepaalde voorwaarde van de erfenis te omzeilen. Maar erfgename Olivia en haar beestenboel kruipen onder zijn huid, en hij ontdekt dat de pokerweddenschap die hem in deze nesten heeft gewerkt niet de enige factor is die alles verandert.

Wat een vrouw nodig heeft

Filmster Bryan wil roem en fortuin, niet een herhaling van zijn armoedige 'normale' jeugd. Na de publiciteit rond de dood van haar man heeft Beth behoefte aan een normaal leven voor haarzelf en haar kinderen, en de filmster die een weddenschap heeft verloren om haar huis schoon te maken — met de paparazzi in zijn kielzog — past daar niet bij. Maar als geflirt overgaat in verleiding, moet Bryan Beth ervan overtuigen dat hij meer man is dan een hulpje in de huishouding. Of een acteur. Want hij speelt de hoofdrol in een omgekeerd Assepoesterverhaal, en het zou zomaar eens de rol van zijn leven kunnen zijn.

Wat een vrouw verdient

Liam heeft geen geduld voor vrouwen die het geld van een man uitgeven zonder ook maar een moment aan echt werk te denken. Maar om zijn weddenschap na te komen, moet Liam socialite Cassidy niet alleen tolereren, hij moet ook haar rotzooi opruimen wanneer haar vader de geldkraan dichtdraait. Zonder geld en zonder huis dat Liam kan schoonmaken, heeft Cassidy geen andere keuze dan een baan te accepteren — als Liams nieuwe hulp. Maar wanneer de vonken tussen hen overvliegen, zal het dan echte liefde zijn of gewoon de volgende rommelige affaire?

· · ·

Wat een vrouw

MaryAlice Catherine staat klaar om het huis van een vriendin van haar grootmoeder schoon te maken, maar ontdekt tot haar grote schaamte dat de verwaande kleinzoon op wie ze vroeger verliefd was — en die dat al die tijd wist — daar woont. Jared herinnert zich het anders; Mac was altijd een bazig ding, maar hij is niet van plan haar nu de lakens te laten uitdelen. Maar nu ze met zijn tweeën in één huis wonen, is het nog maar de vraag wie er uiteindelijk aan het langste eind trekt.

Wat een kerel wil

Beckett is klaar om zijn verloren pokerweddenschap in te lossen. Hij had alleen niet beseft dat hij dat met zijn hart zou moeten doen. Jennifer is de vrouw die hem is ontglipt en nu staat ze weer vlak voor zijn neus. In haar huis. Dat hij moet schoonmaken. Jennifer kan niet geloven dat de 'bad boy' van de middelbare school op wie ze smoorverliefd was in haar huis is, maar als haar ex-man haar één ding heeft geleerd, is het dat ze niet op de bad boy kan rekenen. Totdat Beckett al zijn kaarten op tafel legt en hij iemand blijkt te zijn op wie Jennifer toch durft te wedden.

Hier is Judi!

De bekroonde bestsellerauteur Judi Fennell houdt van lachen en van de liefde, dus het is geen verrassing dat er van beide een beetje in elk boek zit dat ze schrijft. Bekijk haar sprookjes met een knipoog voor een voorproefje van haar luchtige, ironische paranormale en romantische komedies. Van meermannen voor de kust van Jersey Shore tot djinn met vliegende tapijten, en van mannelijke strippers à la Magic Mike tot stoere huishouders wiens motto *Tevredenheid Gegarandeerd* is; er valt altijd wel wat te lachen en er is altijd liefde te vinden.

En in haar overvloedige (?) hoeveelheid vrije tijd helpt ze auteurs bij alle aspecten van het schrijven en uitgeven in eigen beheer met haar bedrijf voor opmaak, omslag- en promotieontwerp, redactie, advies en audioboeken, www.formatting4U.com.

Judi woont in een voorstad van Philadelphia met een menagerie aan viervoeters, en op de dag dat die wezens beginnen met A) zingen, B) kleding naaien of C) het huis schoonmaken, zal ze stoppen met schrijven...!